MANESSE BIBLIOTHEK DER WELTLITERATUR

HONORÉ DE BALZAC

Von Edelfedern, Phrasendreschern und Schmierfinken

Die schrägen Typen der Journaille

Herausgegeben
und aus dem Französischen übersetzt
von Rudolf von Bitter

MANESSE VERLAG
ZÜRICH

TYPENLEHRE DER PARISER PRESSE

(Monographie de la presse parisienne)

Mit einer synoptischen Tafel
der Klasse der Schriftsteller

HINWEIS FÜR RAUBDRUCKER

Nachdem sich das Volk der *Schriftsteller* (wie das der Schausteller) in einem Verband zum Schutz seines *Eigentums* zusammengeschlossen hat, musste dabei herauskommen, was in Frankreich bei vielen Institutionen herauskommt, nämlich ein Widerspruch zwischen Absicht und Ergebnis: Geistiges Eigentum wird mehr denn je gestohlen. Und da Frankreich mittlerweile genauso belgisch ist wie Brüssel,[1] sehen wir Verleger, die wir noch dem allgemeingültigen Recht unterstehen, uns genötigt, schlicht zu erklären:

- dass *Die Typenlehre der Pariser Presse* unser Eigentum ist,
- dass deren Registrierung ordnungsgemäß erfolgt und
- dass jede anderweitige Veröffentlichung dieses Werks bestraft wird, weil ein Nachdruck im Namen des Autors ausdrücklich untersagt ist.

1 Belgien war zu Balzacs Zeit das Zentrum des Raubdrucks.

Wir haben gehört, wie Victor Hugo mit der ihm eigenen Beredsamkeit einen Gedanken durchspielte, dessen Wiedergabe wir wie folgt riskieren:

Frankreich hat zwei Gesichter. So außerordentlich militärisch es sich zu Zeiten des Krieges aufführt, so machtvoll gibt es sich im Frieden kraft seiner Ideen. Die Feder und das Schwert sind seine bevorzugten Waffen. Frankreich ist erfinderisch, denn es verfügt über geistige Fähigkeiten; es ist künstlerisch, denn die Kunst ergänzt die Literatur; es treibt Handel, stellt her, baut an, weil eine Nation ihre Erzeugnisse hervorbringen muss wie eine Seidenraupe ihren Kokon. Doch auf diesen drei Gebieten hat es Rivalen, die ihm zurzeit noch überlegen sind, obwohl seine Armeen fünfzehn Jahre gegen die ganze Welt gekämpft haben und es dank der Macht seiner Gedanken die moralische Vorherrschaft hält.

Die Engländer haben eine reizende Redewendung für die Notwendigkeit, von sich selbst zu reden: Offenbar habe jemand, sagen sie, «seine Trompeter verloren».

Victor Hugo sprach für Frankreich.

Ist es nicht ein Jammer, dass die derzeitige Regierung mit ihrer Achtlosigkeit gegenüber der Literatur unseren großen Dichter so weit gebracht hat auszusprechen, was in Europa allenfalls gedacht werden durfte?

Wenn Frankreichs Federn eine solche Macht haben, ist es Zeit, das Volk der Schriftsteller (wie das der Schausteller) kritisch zu erfassen.

Und muss man nicht an die Spitze dieses Volkes die Ordnungen *Publizist* und *Kritiker* stellen, die mit ihren Gattungen und Arten die *Pariser Presse* ausmachen, diese gewaltige Macht, deren Niedergang durch die Unfähigkeit der Regierung regelmäßig hinausgezögert wird?

Grundsatz

Man richtet die Presse zugrunde, wie man eine Gesellschaft zugrunde richtet: indem man ihr alle Freiheit lässt.

Für diese *Abhandlung vom Zweihänder in Gesellschaft* haben wir unsere Aufmerksamkeit besonders jenem Bereich gewidmet, dem die Zoologie ihre Typenlehre über Ringelwürmer, Mollusken und Maden verdankt und dem es an eigenartigen Wesensformen gar nicht mangeln kann. Wir hoffen, dass dieses Stück sozialer Naturgeschichte in anderen Ländern mit einigem Vergnügen gelesen wird, zumal seine kräftige Bildsprache einer Ikonografie[2] alle Ehre machen dürfte.

ALLGEMEINE EIGENSCHAFTEN

Das Wichtigste am Charakter jener beiden Ordnungen *Publizist* und *Kritiker* ist, dass sie keinen haben. Die Exemplare der Gattung *Publizist mit eigenem Ressort* (machen Sie es dabei wie die Regierung, kommen Sie bei gegebenem Anlass darauf zurück), die sich irgendetwas in der Art bewahrt haben sollten, besitzen aber auch nicht einen Hauch davon. Sonst genügten sie in einem ganz wesentlichen Punkt nicht den Bedingungen der französischen Politik, die sich jeder Bewertung entzieht und sich, bar allen Sinns, wie sie ist, der Philosophie anempfiehlt. Allerdings sind innerhalb der Ordnung der Publizisten einige Individuen bemerkt worden, die immer dasselbe schreiben und stets denselben Artikel wiederholen, weil ihnen sonst nichts einfällt, und die darum im Ansehen stehen, Charakter zu haben. Es sind Besessene, deren harmloser Wahn den *gläubigen* Abonnenten einlullt und den *selbstdenkenden* Abonnenten belustigt. Soll-

2 Ursprünglich die klassische Porträtkunde der Antike.

ten Fremde sich darüber wundern, müssen sie sich unseren Nationalcharakter vor Augen halten, der bei Mensch und Amt dieselbe Wirkung zeitigt. In Frankreich findet das Publikum Leute mit Überzeugungen langweilig und geistig bewegliche Menschen charakterlos. Dieses Dilemma, dem die Exemplare unserer beiden Ordnungen ständig ausgesetzt sind, macht ihre Lage höchst prekär. Wenn ein geistreicher Autor wie eine schmierige Fliege von Zeitung zu Zeitung wechselt, sich also nacheinander royalistisch, regierungstreu, liberal und dann wieder regierungstreu gibt und insgeheim für alle Blätter gleichzeitig weiterschreibt, so sagt man von ihm: «Das ist ein Mann ohne Haltung!» Wenn sich einer zum liberalen Kuckuck, zum humanitären Kuckuck oder zum Oppositionskuckuck macht und seine Melodie nicht variiert, so sagt man von ihm: «Der ist langweilig.» So finden sich die geistreichsten Exemplare letztlich bei den *Nihilogen* und bei den *Monothematikern*. Diese zwei Gattungen entziehen sich dem drohenden Dilemma, indem sie unlesbar schreiben. (Darauf kommen wir, wie die Regierung, später zurück.)

Was ihre äußere Erscheinung angeht, so fehlt es diesen Geschöpfen ganz allgemein an Wohlgestalt, obwohl sie sich mittels Lithografie und Gips, mit Statuetten und falschen Haarteilen zu Charakterköpfen stilisieren. Fast alle entbehren jener Umgangsformen, die die Schriftsteller des 18. Jahrhunderts ihrem Verkehr in den Salons verdankten, wo sie gefeiert wurden. Die heutigen leben isoliert dank ihrer Einbildung und kennen einander kaum aus Angst vor schlechtem Umgang. Ihr Einzelgängertum hindert aber nicht alle Exemplare, neidisch auf die Stellung, das Talent, das Glück und die persönlichen Vorteile ihrer Artgenossen zu blicken. Das heißt, dass ihr wildes Verlangen nach Gleichmacherei just daher rührt, dass sie untereinander die verletzendsten Ungleichheiten anerkennen.

Erste Ordnung
DER PUBLIZIST

Acht Gattungen:

a) Der Journalist
b) Der Politiker
c) Der Pamphletist
d) Der Nihiloge (auch: Vulgarisator)
e) Der Publizist mit eigenem Ressort
f) Der Monothematiker
g) Der Übersetzer
h) Der Autor mit Überzeugungen

Publizist[1] – dieses Wort, das früher große Autoren wie Grotius, Pufendorf, Bodin, Montesquieu, Bentham, Mably, Savary, Smith und Rousseau[2] vorbehalten war – ist nunmehr zur Bezeichnung all jener Schreiberlinge geworden, die Politik *machen.* Aus dem einstigen erhabenen Vermittler, Propheten und guten Hirten der Gedanken ist heute ein Mann geworden, der sich mit dem Treibholz der Aktualität abgibt. Bildet sich auf den politischen Organen ein Pickel, kratzt der Publizist ihn auf, knetet ihn, drückt ihn aus und zapft daraus ein Buch, das nicht selten eine Irreführung ist.

Die Publizistik war einmal ein großer konzentrischer Spiegel. Die Publizisten von heute haben ihn in Stücke zerlegt, und jeder von ihnen hat eins davon, um damit in den Augen der Masse zu glänzen. Anhand dieser verschiedenen Scherben ergeben sich folgende Gattungen:

1 Zu Balzacs Zeit Bezeichnung für politische Journalisten.

2 Alle hier und im Folgenden genannten Personen werden im Namenverzeichnis des Anhangs erklärt.

a) Der Journalist

Fünf Arten:

1. Der geschäftsführende Chefredakteur-Eigentümer-Direktor
2. Der Tenor
3. Der Schreiber von Hintergrundartikeln
4. Das Faktotum
5. Die Kämmerlinge

Erste Art: Der geschäftsführende Chefredakteur-Eigentümer-Direktor

Diese possierliche Spezies ist der Graf Gernegroß[3] des Journalismus. Als Publizist dessen, was er nicht schreibt – wie die anderen die Publizisten dessen sind, was sie zu viel schreiben –, hat diese Gestalt, mit jeweils immer einem der Gesichter ihrer vier

3 Im Original *Marquis de Tuffière*: Figur aus *Le Glorieux* (1732) von Philippe Néricault Destouches (1680–1732). Balzac setzt bei seinen Lesern stets weitreichende literarische Kenntnisse voraus; im Drama ist der Comte de Tuffière ein verarmter Adeliger, der die Tochter des reichen, aber nicht besonders hoch angesehenen Limison heiraten möchte.

Funktionen, etwas vom Besitzer, vom Krämer, vom Spekulanten an sich, und da er zu nichts taugt, erweist er sich als geeignet für alles. Aus diesem ehrgeizigen Eigentümer machen Redakteure einen ungeheuer wichtigen Mann, der entweder Präfekt oder Staatsrat, Steuerverwalter oder Theaterintendant werden will und es irgendwann auch werden wird, sofern er Verstand genug hat, zu bleiben, was er ist: Portier des Ruhms, Sprachrohr der Spekulation und Maskottchen der Wählerschaft. Nach Belieben winkt er die Artikel durch oder lässt sie im Stehsatz Wurzeln schlagen. Er kann ein Buch, eine Sache, einen Mann durchsetzen, und ebenso gut kann er den Mann, die Sache, das Buch, je nachdem, ruinieren.

Dieser Rattenfänger jeder Zeitung tritt als ihre Seele auf, und natürlich berät sich jede Regierung mit ihm. Daher seine Bedeutung. Weil er gezwungenermaßen auch mit den Autoren spricht, kommt er mit Gedanken in Berührung, scheint über Weitblick zu verfügen und gibt sich das Ansehen einer echten Persönlichkeit. Entweder ist er stark, oder er ist geschickt, und sein innerster Antrieb ist eine Tänzerin, eine Schauspielerin oder eine Sängerin, manchmal auch seine Ehefrau, die verborgene wahre Macht der Zeitung.

Grundsatz

Alle Blätter haben als Steuerruder, ganz wie früher die Monarchie, einen Unterrock aus Krinoline.

Es hat nur einen einzigen (bereits verstorbenen) Zeitungsdirektor im eigentlichen Sinne gegeben. Dieser Mann war gebildet, er war klug, er war witzig; also schrieb er nie etwas. Die Redakteure kamen jeden Morgen zu ihm, um sich die Ausrichtung der zu verfassenden Artikel kundtun zu lassen. Diese Persönlichkeit war frei von Ehrgeiz: Er machte Männer zu Senatoren, Ministern, Akademiemitgliedern, Professoren, Botschaftern und schuf so eine Dynastie, ohne etwas für sich selbst zu wollen; er lehnte den Besuch eines Königs ab, alles, sogar das Kreuz der Ehrenlegion. Als alter Mann war er leidenschaftlich; als Journalist hatte er nicht immer die Meinung seines Blatts in petto. Alle Zeitungen von heute mitsamt ihren Redakteuren und Eignern gäben nicht einmal das Kleingeld ab für diesen Kopf.

Um Direktor-Chefredakteur-Eigentümer-Geschäftsführer einer Zeitung zu werden, genügt es nicht, außer Ausbildung und Kenntnissen ein paar Hunderttausend Franc und Protektion im Rücken zu haben: Es bedarf dazu noch günstiger Umstände, eines rücksichtslosen Willens und einer Art theatralischer Begabung, woran es Leuten von Talent häufig mangelt. Deshalb gibt es in Paris viele, die ihren eigenen Machtverlust erlebt haben. Die Zeitungswelt hat ihre glücklosen Hernando Cortés[4] wie die Börse ihre Exmillionäre. Aus dem Verhältnis unternommener Versuche zum Mangel an Erfolg erklärt sich die schrecklich hohe Anzahl trister Mienen, die sich zur Promenade auf dem Boulevard sehen lassen. Seit 1830 sind nicht weniger als fünfzig Zeitungen im Kampf um die Leser eingegangen, was einem verlorenen Kapital von etwa zehn Millionen entspricht. Wir sahen, wir sehen noch immer Zeitungen, die in Paris mit dem Vorsatz gegründet werden, die alten zu verdrängen, indem sie in allen Belangen unter dem Niveau der Blätter liegen, die ausgestochen werden sollen. Der Exdirektor-Chefredakteur-Eigentümer-Geschäftsführer ist kein Mensch mehr, auch kein Ding, er ist der verachtete Schatten eines Fötus der Geltungssucht.

Es gibt drei Unterarten des Eigentümer-Direktor-Chefredakteurs:

4 Hernán Cortés (1485–1547), Eroberer Mexikos, erlebte als Feldherr große Erfolge und herbe Niederlagen.

- den Ehrgeizigen
- den Geschäftsmann
- das Vollblut

Der Ehrgeizige gründet eine Zeitung, weil er sich für ein politisches System einsetzen will, von dessen Sieg er etwas hätte oder weil er Politiker werden will, indem er anderen Angst einflößt. Der Geschäftsmann sieht in einer Zeitung eine Kapitalanlage, die sich ihm in Form von Einfluss, Vergnügungen und manchmal Geld verzinst. Das Vollblut ist einer, der sich zur Geschäftsführung und zu jener Machtausübung berufen fühlt, die sich gerne der Intelligenz bedient, ohne dabei die Gewinne seiner Zeitung zu verschmähen. Die beiden anderen machen aus ihrem Blatt ein Mittel zum Zweck, während es für das Vollblut Schicksal ist, sein Heim, seine Lebensfreude, sein Reich: Die anderen werden zu Persönlichkeiten, das Vollblut lebt und stirbt als Journalist.

Die Zeitungseigentümer-Chefredakteur-Direktor-Geschäftsführer sind gierige Routiniers. Wie die Regierung, die sie angreifen, haben sie und ihre Blätter Angst vor Veränderungen, und oft gehen sie daran zugrunde, dass sie weder die notwendigen Ausgaben getätigt haben noch *mit dem Fortschritt der Aufklärung mithalten.*

Grundsatz

Jede Zeitung, die ihre Abonnentenzahl nicht steigert, wie hoch diese auch sei, befindet sich im Niedergang.

Um sich dauerhaft zu halten, muss eine Zeitung aus einer Gruppe talentierter Leute bestehen, sie muss *Schule machen*. Wehe den Zeitungen, die sich auf nur ein einziges Talent verlassen!

Ist der Direktor eifersüchtig auf die Talente, derer er bedarf, umgibt er sich zumeist mit Mittelmäßigen, die ihm schmeicheln und mit denen seine Zeitung billig wird. Auch *die bestgemachte Zeitung von Paris* lässt sich so zugrunde richten.

Zweite Art: Der Tenor

Den Quark, der sich täglich am Kopf einer Zeitung zu befinden hat und ohne den die Intelligenz der Abonnenten mangels Nahrung abnähme, bezeichnet man als Aufmacher. Der Verfasser des Aufmachers gilt als Tenor der Zeitung, denn er ist – oder bildet sich zumindest ein, es zu sein – tonangebend und bringt die Abonnenten wie der Tenor in der

Oper die Abendeinnahmen. In diesem Metier ist es schwierig, sich nicht verbiegen zu lassen und mittelmäßig zu werden. Hier der Grund:

Abgesehen von Nuancen gibt es für die Aufmacher nur zwei Schablonen: die Oppositionsschablone und die Regierungsschablone. Daneben existiert durchaus auch noch eine dritte Schablone, aber wir werden sehen, warum sie selten Anwendung findet. Was auch immer die Regierung sagt oder tut, der für die oppositionellen Aufmacher zuständige Redakteur muss widersprechen, tadeln, nörgeln, Ratschläge erteilen. Was auch immer die Regierung sagt oder tut, der für die regierungstreuen Aufmacher zuständige Redakteur ist gehalten, sie darin zu bestärken. Hier ständige Ablehnung, dort ständige Zustimmung, einmal abgesehen vom Ton, der die Prosa jeder Parteiströmung färbt, denn innerhalb jeder Partei gibt es weitere Unterparteien. Nach einigen Jahren haben die Schreiber beider Seiten Schwielen am Verstand; sie haben sich eine bestimmte Sichtweise zu eigen gemacht und zehren von einer gewissen Menge an vorgefertigten Sätzen.

Ist ein Mann, der in diese Tretmühle geraten ist, zufällig ein herausragender Kopf, dann befreit er sich davon; bleibt er, landet er im Mittelmaß. Allerdings gibt es allen Anlass zu vermuten, dass die

Verfasser von Aufmachern von Haus aus mittelmäßig sind und noch mittelmäßiger werden über dieser öden und sterilen Arbeit, bei der sie viel weniger damit beschäftigt sind, eigene Gedanken auszudrücken als vielmehr die der Mehrheit ihrer Abonnenten. Wissen Sie, welche Art Menschen in einer Masse die Mehrheit bildet?

Diese Quarkschläger brillieren also in der Kunst, nichts zu sein als eine weiße Leinwand, auf der sich die Gedanken ihres Abonnenten wie chinesische Schatten abzeichnen. Der Tenor einer Zeitung treibt mit seinem Abonnenten ein lustiges Spiel. Zu jedem Ereignis bildet sich der Abonnent seine Meinung und schläft mit dem Gedanken ein: «Morgen werde ich sehen, was *meine Zeitung* dazu sagt.» Der Aufmacher, der nichts anderes ist als der andauernde Enträtselungsversuch der Abonnentenmeinung, überrascht diesen am nächsten Morgen angenehm, indem er ihm die eigenen Gedanken zum Frühstück serviert. Und der Abonnent honoriert dieses *Ich meine was, was du dann auch meinst* mit zwölf oder fünfzehn Franc pro Quartal.

Stil wäre ein Missgriff bei diesen Saucen, in die man die Ereignisse tunken muss, um die Leser bei der Stange zu halten, die dann sehen, wo es langgeht. Aber wer wäre denn imstande, jährlich sechshundert Kolumnen zu schreiben, die eines Jean-Jacques, Bossuet oder Montesquieu würdig wären, voller Sinn und Vernunft, kraftvoll und anschaulich?... Außerdem durchströmt die Aufmacher ein genauso konventioneller Phrasenfluss wie die konventionellen Reden auf der Tribüne. Niemand getraut sich, die Dinge beim Namen zu nennen. Weder die Opposition noch die Regierung schreiben Geschichte. Die Presse ist nicht so frei, wie es sich das französische und ausländische Publikum im Nachhall des Begriffs der *Pressefreiheit* vorstellt. Es gibt Sachverhalte, die man unmöglich benennen kann, und auch bei Fakten ist eine gewisse Zurückhaltung geboten. So war das von Pascal so sehr stigmatisierte Jesuitentum[5] durchaus weniger scheinheilig als die Presse. Zu ihrer Schande ist die Presse nur frei im Umgang mit den Schwachen und Vereinzelten.

Was den Autor von Aufmachern zugrunde richtet, ist sein Inkognito: Der Aufmacher bleibt unsigniert. Der Tenor der Presse ist in Wirklichkeit der *condottiere*[6] des Mittelalters. Wir haben miterlebt, wie Monsieur Thiers während der Koalition die

5 Blaise Pascal griff in seinen achtzehn *Lettres provinciales* (1656–1657) die Kasuistik der Jesuiten an.

6 Söldnerführer im Italien des Mittelalters und der Renaissance.

Feuerkraft von fünf Aufmachern in Sold nahm und lenkte.[7]

Der Aufmacher klingt stolz; sein Autor glaubt, er spreche zu Europa, und er glaubt, Europa höre auf ihn. Stirbt einer der Tenöre, kann kein Mensch etwas mit dem Namen des bekannten Publizisten anfangen, den alle Blätter beweinen.

Die Genialität oder, wenn Sie es damit schon bewenden lassen wollen, der Verstand besteht in der Politik darin, alle Seiten eines Sachverhalts im Auge zu behalten, die Tragweite eines Vorkommnisses, das Vorkommnis bereits anhand seiner Ursachen vorherzusehen und Schlüsse zum Nutzen der nationalen Politik zu ziehen; allerdings würde ein Autor, der seine Aufmacher nach dieser dritten Schablone schüfe, die Abonnenten seiner Zeitung in die Flucht schlagen. Je mehr eine Redaktion auf Pitt oder Montesquieu macht, desto weniger Erfolg hat sie (siehe auch unter *Nihiloge*). Das würde nur von denen verstanden, denen die Fakten genügen und die keiner Zeitung bedürfen. Das Blatt mit den meisten Abonnenten ist also das, das der Masse am ähnlichsten ist: Urteilen Sie selbst!

Nachdem er so wenig darstellt, erfüllt den Autor von Aufmachern ein großer Dünkel: Er hält sich

7 S. Nachwort im Abschnitt *Politische Situation*.

für unentbehrlich! Und er ist es auch: dem Unternehmen in Sachen bedrucktes Papier, das den Spekulanten diese oder jene Summe einbringt. Jawohl, nicht jeder, der es gern wäre, ist ein Autor von Aufmachern! Man muss die *jesuitische Rhetorik* des Publizierens beherrschen. Hier verurteilt das Gericht einen schlichten klaren Satz und lässt das Geschwafel gelten. Lassen Sie Ihre Gedanken auf Krücken wanken, und die Richter halten Sie für liberal; kommen Sie dagegen geradewegs zur Sache, sind Sie ein Aufwiegler. Sie sagen: «Die Pairs[8] haben ihr eigenes Ansehen beschädigt!», und Sie zahlen zehntausend Franc Strafe und sind schuld daran, dass der Geschäftsführer der Zeitung für zwei Monate in Haft kommt.

Fügen Sie aber nach scharfer Kritik an den Beschlüssen des Parlaments noch hinzu:

In Wahrheit stehen wir doch den Institutionen, mit denen unser Land die neue Dynastie umgibt, viel zu nahe, um zu verschweigen, dass wir, wenn wir weiter in dieser Richtung gehen, Einbußen an Ansehen und Ehre gewärtigen müssen usw.

8 Frz. Titel des Hochadels, zu Balzacs Zeit Mitglieder der Ersten Kammer des frz. Parlaments; s. Anm 18 und Nachwort im Abschnitt *Politische Situation.*

… dann werden Justiz, Kabinett und Thron nicht das Geringste einzuwenden haben.

Es gibt in Paris Meister der Pointe, die zu jedem beliebigen Ereignis schon im Voraus die bedeutendsten Aufmacher schreiben können. Hat sich zum Beispiel über den Ozean der Politik platte Ruhe gebreitet und trifft dann folgende schreckliche Nachricht aus Augsburg ein[9] (Augsburg ist für den Journalismus, was Nürnberg für die Kinder ist: ein Markt für Spielartikel):

Wie verlautbart, hat die englische Gesandtschaft anlässlich der Durchreise Lord Willgouds durch Galucho (Brasilien) ein Diner ausgerichtet, zu dem das gesamte diplomatische Corps geladen war, mit Ausnahme des französischen Konsuls. Diese Übergehung ist unter den derzeitigen Umständen bezeichnend.

… dann wirft sich als Erstes die *République*[10] mit folgendem Aufmacher in die Bresche:

9 In Paris wurde gelegentlich aus der Augsburger *Allgemeinen Zeitung* zitiert; s. Zeitschriftenverzeichnis.

10 Alle hier und im Folgenden genannten Zeitungen und Druckschriften werden im Zeitschriftenverzeichnis des Anhangs erklärt.

Wäre der Geist von Unterwürfigkeit und Korruption nicht die einzige Antriebskraft des derzeitigen Systems, wäre es nicht sein einziges Ziel, Frankreich in den Augen des Auslands zu diskreditieren, dann könnte man tatsächlich staunen über eine so niederträchtige Selbstgefälligkeit, über eine solche Unverschämtheit in der Beschämung, solch einen feigen Mut! Eine Meldung der gestrigen Ausgabe der Augsburger *Allgemeinen Zeitung* hat unseren vaterländischen Stolz zutiefst verletzt; und bei der Wiedergabe dieser Meldung heute Morgen scheint kein Blatt der Regierung geahnt zu haben, was für einen Sturm der Entrüstung sie bereits im Land entfacht hat. Anlässlich der Durchreise Lord Willgouds durch Galucho (Brasilien) gab die englische Gesandtschaft dieses Ortes ein Bankett zu Ehren des Admirals, und zu diesem Essen für Diplomaten hat man von allen ausländischen Vertretern allein den französischen Konsul nicht eingeladen. «Er war erkrankt», fügt die *Allgemeine* ironisch hinzu. Oje!, wir wissen nur zu gut, dass die traurigen Gestalten, die Frankreich regieren oder repräsentieren, stets sterbenskrank sind, wenn es darum geht, das Ansehen des Landes zu wahren, dessen Bestimmung sie untergraben. Ganz und gar mit ihren persönlichen Intrigen beschäftigt, mit ihrem peinlich krämerischen Geschachere und ihren skandalösen Gefälligkeiten zugunsten der eigenen Partei, wird die Regierung diese abermalige Beleidigung unter dem Eindruck der nächsten in Vergessenheit geraten lassen, und so ist unser Land wieder einmal gezwungen, diesen unverschämten Affront seines geschätzten Verbündeten, des perfiden Albion, stillschweigend hinzunehmen. […][11]

Am Morgen danach entfaltet sich sodann die Dynamik einer Walze vom Gewicht der vierzigtausend Abonnenten, die zu lesen bekommen:

Unter Schmerzen müssen alle mündigen und engagierten Staatsbürger mitansehen, wie sich die Regierung von Tag zu Tag mehr und mehr dem eigenen Volk entfremdet[12] und alle bewährten Prinzipien politischer Verlässlichkeit mit Füßen tritt, die unsere Verfassung begründet haben und die ihr als einzige moralisch verbindliche Regeln für die Zukunft garantieren, was jede gesellschaftliche Ordnung braucht, deren Grundlage immer die Zuverlässigkeit der Regierung ist, vor allem bei

11 Zu den Auslassungen s. Editorische Notiz.
12 *Dieser Aufmacher hat Sätze von ultra-konstitutioneller Länge entwickelt.* (Anm. von Balzac)

einem Volk, das wie Frankreich seit jeher an der Spitze der Zivilisation gestanden hat und dessen geballter Einfluss auf der Waagschale des Weltschicksals das Gegengewicht zur absoluten Monarchie bildet, deren Tradition und Organisationsform für ihren Bestand unentbehrlich sind, die allerdings in fatalem, wenngleich natürlichem Gegensatz zum Geist der Freiheit stehen: In diesem Kampf zwischen den rückwärtsgewandten Ideen des Absolutismus und den großmütigen Sympathien, die Frankreich stets erweckt hat, würde eine Regierung, die auf der Höhe ihres edlen Auftrags stünde, folglich mit der nationalen Würde des Landes nicht Schindluder triebe und aus unseren Demütigungen keine Handelsware machte, sich ausnahmslos und unter allen Umständen mit lauter und fester Stimme im Ausland Gehör verschaffen; denn wenn man die Ehre hat, Frankreich zu vertreten, so darf man seinen Mangel an Patriotismus nicht unter einem falschen Anschein von Hochmut verbergen und erklären, diese oder jene Beleidigung sei unseres Zornes unwürdig, wie es heute die Regierung in der Affäre Willgoud tun wird, die, wie wir hoffen, alle jene Gemäßigten auf unsere Seite ziehen wird, die das nationale Ansehen, die Beständigkeit in der Politik, den Anstand der Regierung, eben all die Gefühle über alles stellen, die dem trostlosen System, das uns regiert, so vollständig fehlen, und das, da nunmehr ohne Rückhalt in der öffentlichen Meinung, von allein unter der erdrückenden Bürde seiner eigenen Verwahrlosung zusammenbrechen wird.

Dieser eine in drei Variationen zusammengedrechselte Satz genügt allmorgendlich der Mehrheit der Franzosen, sich eine Meinung zu allen möglichen Ereignissen zu bilden. Der Tenor, dem er zu verdanken ist, schreibt ihn seit fünf Jahren mit wahrhaft parlamentarischem Mut. Nach dem Triumph vom Juli[13] gestand ein alter Tenor der Linken, er habe zwölf Jahre hindurch ein und denselben Artikel geschrieben. Dieser ehrliche Mann ist mittlerweile tot! Sein berühmt gewordenes Eingeständnis mag vielleicht lustig sein, sollte uns aber das Fürchten lehren. Tut ein Maurer nicht immer denselben Schlag mit der Spitzhacke, um das schönste Gebäude zum Einsturz zu bringen?

Die größte der Zeitungen, was das Format betrifft, antwortet wie eine Figur aus Vergils *Eklogen*[14]:

13 Die frz. Julirevolution von 1830, s. Nachwort im Abschnitt *Politische Situation*.

14 Sammelwerk von zehn Hirtengedichten.

Bei aller Bewunderung des Geistes, des Verstandes und vor allem des Anstandes der Oppositionsorgane gestehen wir, nicht recht nachvollziehen zu können, warum sie sich solche Mühe geben, jeden Tag eine neue Beleidigung Frankreichs aufzudecken. Bei einer Partei, die sich selbst ungeniert zum einzigen Wahrer der nationalen Würde erklärt hat, fehlt diesem Ehrgeiz wohl die Logik. […]

Die Verbindung von Monarchie und Freiheit war immer Frankreichs Berufung.[15] Wir haben diese Verbindung geschaffen, und wir werden sie gemeinsam mit allen Leuten von Anstand und Vernunft gegen böswillige Umtriebe und umstürzlerisches Gedankengut verteidigen, die unermüdlich die gesellschaftliche Ordnung untergraben. (Preis: fünftausend Franc im Monat).

Dabei würden wir diese ewige Opposition, die an jeder Gemeinsamkeit Anstoß nimmt, die sich von jeder Form von Überlegenheit aufbringen lässt und der das allgemeine Wohlergehen ein Dorn im Auge ist, mit ihren wirkungslosen Auftritten völlig in Ruhe lassen, verdrehte sie nicht Tag für

15 *Die am besten geschriebene Zeitung hat folgenden netten Rebus zur Grundlage:* das Bündnis von Monarchie und Freiheit. *Das ist eine der größten bekannten politischen Unsinnigkeiten, über die die Regierungen vor Lachen prusten, «allen voran unsere eigene», meint der* Charivari. (Anm. von Balzac)

Tag die einfachsten Tatsachen, um sich Munition gegen die Regierung zu verschaffen.

So empört sich die Opposition zum Beispiel seit zwei Tagen über ein diplomatisches Bankett, zu dem ein französischer Generalkonsul nicht eingeladen worden sein soll. Wir, die wir das hohe Ansehen kennen, das Lord Willgouds Höflichkeit genießt, wie auch den edlen Charakter unseres Repräsentanten in Galucho, erklären unbesehen, dass sich die Dinge unmöglich so zugetragen haben können, wie die Opposition es behauptet.

In der Folge dieser schlichten Meldung und ohne weitere Einzelheiten abzuwarten, wiegelt *Le National* den Norden gegen den Süden auf, den Osten gegen den Westen, an alle Kardinalpunkte legt er Feuer, und das alles wegen einer verloren gegangenen, übersehenen oder abgesagten Einladung. Im Grunde ist die Opposition reichlich naiv, sich so lebhaft für die Belange eines Landes einzusetzen, das von ihr so wenig Notiz nimmt.

Als *Le Messager* seine Pseudoregierung diskreditiert sieht, antwortet er mit diesen grausamen Zeilen auf die treffliche Augsburger Spitze:

Seit einigen Tagen befassen sich die Zeitungen mit einem von der englischen Gesandtschaft von

Galucho zu Ehren des Admirals Willgoud ausgerichteten Diner, von dem, wie es heißt, unser Konsul ausgeschlossen gewesen sei. Zunächst einmal ist Galucho eine abgetakelte, von nichts als drei Fischerhütten umgebene Befestigungsanlage achthundert Kilometer von Pernambuco entfernt. Außerdem führt die englische Admiralität in ihren Registern keinen Admiral des Namens Willgoud.

Und folgendermaßen geht die *Gazette de France* vor, die zur selben Stunde wie *Le Messager* ausgeliefert wird:

Wenn man bedenkt, dass die monarchistischen Zeitungen herauszufinden suchen, ob einer unserer Konsuln bei einem Engländer mit oder ohne politische Funktion diniert hat oder nicht, nur um festzustellen, ob der Regierung von Louis-Philippe auch die gebührende Achtung entgegengebracht wird oder nicht, wer teilte da nicht unsere Meinung, dass erneut die Frage nach einer befriedigenden Form der Repräsentation gestellt werden muss? Hätte sich das Land selbst eine Regierung aussuchen dürfen, wäre es dann so weit gekommen? Wäre es 1825 so weit gekommen? Antwortet, Darsteller dieser seit fünfzehn Jahren andauernden Komödie!

Dazu bringt *La Presse* am folgenden Morgen diese nette Meldung:

In ihrer Fantasielosigkeit, irgendetwas von Belang zustande zu bringen, ist die Opposition jetzt dem Phantasma eines englischen Admirals und einer Stadt erlegen. Wer beschädigt das Ansehen der Presse: die, die sich von Zeitungsenten aus Deutschland hereinlegen lassen und ziellos Gift und Galle spritzen, oder die, die sich der wahren Interessen des Landes redlich annehmen?

La Presse hält sich zugute, die Geschäfte des Landes mit Anstand zu betreiben.

Es sind nun bald siebenundzwanzig Jahre, dass die politische Publizistik Frankreichs dem menschlichen Geist den Dienst erweist, ihn auf diese Art über alle Fragen aufzuklären. Dies also ist die *Aufgabe* des Aufmachers. Das ist die Freiheit, die mit Blutbädern und so viel verlorenem Wohlstand bezahlt worden ist. Lesen Sie die alten Blätter, und Sie werden immer denselben Admiral Willgoud in unterschiedlicher Ausprägung finden.

Gäbe es keine Zeitungen, welche Berufe übten die politischen Tenöre dann aus? Die Antwort ist die grausamste Satire des derzeitigen Zustandes.

Tenöre werden in zwei unterschiedliche Varietäten unterteilt: den Oppositionstenor und den regierungstreuen Tenor. Die regierungstreuen Schreiber geben sich als gutmütige Jungs aus. Im Allgemeinen geistreich, unterhaltsam und fidel, haben sie etwas Umgängliches; sie gestehen, verwöhnt zu sein wie Diplomaten, und sind zunächst voll Zuversicht.

Die anderen, geziert und aufgeblasen, stellen derart viele Stärken heraus, dass kaum eine drinnen sein kann; sie nennen sich puritanisch und setzen der Obrigkeit zugunsten ihrer Verwandtschaft mächtig zu. (Die Familie Barrot bezieht eine Apanage von etwa 130 000 Franc!) Erfährt ein regierungsfreundlicher Tenor, dass ein Pressevertreter etwas Unerhörtes getan hat, so fragt er: «Ist er dabei wenigstens auf seine Kosten gekommen?» Und vergibt ihm. Der Oppositionstenor dagegen speit Feuer und Flammen, schafft es dabei aber, zum Lobe seiner selbst zu schreiben: «Das gibt es nicht bei uns, wie anständig wir doch sind!» Womit er eigentlich sagen will: «Noch bekommen wir nichts ab.»

Dritte Art: Der Schreiber von Hintergrundartikeln

Dieser Redakteur, der mit besonderen Themen befasst ist, hebt sich von der Phraseologie der Aufmacher ab. Er kann eine eigene Ansicht haben, im Rahmen der übergeordneten Linie des Blatts und dessen, was nicht die Politik im Allgemeinen betrifft – denn da muss er sich immer wieder mit ein paar Sätzen an die Ausrichtung der Zeitung halten. Doch bei der Beschäftigung mit Handels- oder landwirtschaftlichen Fragen und bei der Besprechung von wissenschaftlichen Fachbüchern bewahrt er sich einiges an gedanklicher Aufrichtigkeit. Deshalb hat er auch einen höheren Wert als der Tenor. Er schaut selten in der Redaktion vorbei und kommt auf drei oder vier Artikel im Monat. Der Aufmacher, stets durch die Ereignisse vorbereitet, holt sich sein Futter in der Oper, in den Fluren des Parlaments und beim Diner mit dem Chef des Politikressorts seiner Zeitung (dazu später mehr); indessen erfordert ein Hintergrundartikel die Kenntnis des Buchs, mit dem man sich auseinandersetzt, und der Wissenschaft, von der es handelt; und doch verdient dieser Redakteur nur wenig Geld, und seine Rolle lässt sich mit jener vergleichen, die man im Theater *Springer* nennt.

In den regierungstreuen Zeitungen haben diese Redakteure eine Zukunft: Sie landen als Generalkonsuln in fernsten Ländern, sie werden Privatsekretäre von Ministern oder Hauslehrer; dagegen bleiben denen von oppositionellen oder antimonarchistischen Zeitungen als Altenteil nur die Akademien der Geistes- oder der politischen Wissenschaften, Aufträge der Académie des Inscriptions et Belles-Lettres[16], einiger Bibliotheken oder Archive, und nur im äußerst unwahrscheinlichen Falle eines Triumphs ihrer Partei kommen sie wirklich zu etwas Richtigem. Den Zeitungen, die anfangen, sich mit Leere zu füllen, fehlt der Hintergrundartikel. Kein Blatt ist reich genug, um gewissenhaftes Talent und ernsthafte Recherchen zu honorieren (siehe die Ordnung der *Kritiker*).

Vierte Art:
Das Faktotum der Zeitung

Neben dem unausweichlichen Aufmacher und dem heute immer seltener werdenden Hintergrundartikel besteht ein Blatt aus einer Menge kleiner

16 Deren Aufgabe war die Abfassung und Redaktion der Inschriften an öffentlichen Denkmälern.

Artikel, die als *Kurzmeldung*, als *vermischte Meldungen aus Paris* und als *Hinweise* bezeichnet werden. Diese drei Artikeltypen werden bei einem Schriftsteller (wie Schausteller) bestellt, der direkt dem Geschäftsführer oder Eigentümer untersteht und feste Bezüge erhält, um die fünfhundert Franc im Monat. Ihm obliegt es, alle Pariser Blätter und die der Departements zu lesen und mit der Schere die kleinen Meldungen und Nachrichten auszuschneiden, die sodann die Ausgabe füllen werden, Hinweise nimmt er nach Vorgabe des Geschäftsführers oder Eigentümers auf oder lässt sie weg. Gehalten, über die *Seitengestaltung* der einzelnen Teile einer Ausgabe zu wachen, hat dieses Faktotum, das aufbleibt, bis die Zeitung in Druck geht, die Befehlsgewalt über jene besondere Form von Hauptfeldwebel unter den Setzern, den man als *Umbrecher* bezeichnet. Und als Chef vom Dienst ist er von eminenter Bedeutung. Die interessantesten Dinge, die großen und die kleinen Artikel, alles wird zwischen Mitternacht und ein Uhr zu einer Frage der Seitengestaltung, in jener fatalen Stunde der Zeitungen, der Stunde, wenn die politischen Nachrichten, die gegen Abend ins Kraut schießen, nach Kurzmeldungen verlangen.

Die Kurzmeldung wird, wie die schweren Verbrechen, mitten in der Nacht ausgeführt. Der

Geschäftsführer, der Tenor, das Faktotum, manchmal ein *Parteigänger* (siehe unten) – manchmal die Putzfrau, fügen Spaßvögel hinzu – vereinen ihre Geisteskräfte, um die Kurzmeldung zu verfassen, die selten länger als zehn Zeilen ist und oft über zwei nicht hinausreicht.

Die Kurzmeldung der Opposition, bei der es darum geht, einer anderen Zeitung zu widersprechen, oder darum, mit Bezug auf eine Nachricht einen Aufmacher für den nächsten Morgen anzukündigen, thematisiert stets die Günstlingswirtschaft und die Postenvergabe und hat die Wirkung eines Knüppels. Denn die Maxime aller Oppositionszeitungen ist diese:

Grundsatz

Erst draufhauen, dann klären.

Die vermischten Meldungen aus Paris sind in allen Blättern identisch. Lassen Sie die Aufmacher weg und Sie haben buchstäblich nur mehr ein und dieselbe Zeitung vor sich. Daher rührt die tagtägliche Notwendigkeit, gegensätzliche Schlüsse zu ziehen und zwangsläufig auf der einen oder der anderen Seite ins Absurde zu geraten. Und da, bei den vermischten Meldungen aus Paris, gedeihen die Enten.

Bestimmen wir einmal die Herkunft dieses Ausdrucks aus der Zeitungswelt: Der Mann, der in Paris die Festnahme des Verbrechers, den man hinrichten wird, oder den Bericht seiner letzten Augenblicke oder die Kunde eines Sieges oder den Hergang einer außergewöhnlichen Untat ausruft, verkauft für einen Sou das bedruckte Blatt Papier, das er ausruft und das in der Sprache der Drucker als *Ente* bezeichnet wird. Solche Ausrufer gibt es immer seltener. Nachdem die Spezies eingeschworener Ausrufer unter der alten Monarchie, während der Revolution und im Kaiserreich geglänzt hat, besteht sie heute nur noch aus einigen wenigen versprengten Exemplaren. Die Tageszeitung, die der Kutscher heute auf seinem Bock liest, hat diesem Wirtschaftszweig den Garaus gemacht. Die Schilderung der anomalen, monströsen, unmöglichen und wahren, der möglichen und unwahren Tat, die den Inhalt der *Enten* bildete, hat in den Zeitungen die Bezeichnung *Ente* mit umso größerer Berechtigung erhalten, als sie ohne Feder nicht verfasst werden kann und in jede Sauce passt.

Die Ente holt ihren Schwung oft aus den Tiefen der Provinz. Es gibt die sogenannte periodische Ente, eine Albernheit, die alle paar Jahre wieder auftaucht (ein in einer Scheune gefundener Rubens – der Kriegsgefangene in Sibirien etc.). *Le*

Constitutionnel machte unter der Restauration aus der Ente eine politische Waffe. Er brachte seine berühmte Priesterkarikatur, in der es um verweigerte Beerdigungen und um Schikanen gegen liberale Geistliche ging, *die es niemals gegeben hat:* Der liberale Geistliche ist eine Fiktion.

Die reinrassige Ente hat sich mitunter in atemberaubende Höhen aufgeschwungen, indem sie die Aufmerksamkeit ganz Europas auf sich zog. Es wäre ein Versäumnis, in diesem Zusammenhang unerwähnt zu lassen, dass ein Kaspar Hauser niemals existiert hat, genauso wenig wie Clara Wendel und der Räuber Schubry. Paris, Frankreich und Europa haben diese Enten geglaubt. Napoleon hat einem Mann eine Pension gewährt, der fünf Jahre lang in *Le Moniteur* falsche Bulletins vom Krieg der Afghanen gegen England[17] veröffentlichte. Als der Schwindel aufflog, hatte er damit doch so sehr Napoleons Interessen gedient, dass der ihm diese dreiste Täuschung verzieh.

Zurzeit werden viele Enten aus dem Russischen Reich importiert. Zar Nikolaus bleibt die *Ente*

17 England wehrte sich gegen die russ. Expansionspolitik in Asien, während Napoleon einen Angriff Persiens und Afghanistans auf die engl. Kolonie Indien anregte. Später, ab 1839, kam es dann zu den Anglo-Afghanischen Kriegen.

ebenso wenig erspart wie irgendeinem Franzosen. Seit ein paar Jahren ist an die Stelle des Wortes *Ente* übrigens das Wort *Türke* getreten.

Die Aufgaben des Faktotums der Zeitung sind wichtig; in Wahrheit ist er selbst die Zeitung; deshalb sagt er ständig: «Das habe ich nicht zu entscheiden, fragen Sie den und den …»

Sie gehen in der Überzeugung zu Bett, dass Ihr Artikel durchgeht; doch für den Bericht aus den Parlamentskammern hat es zwei Spalten mehr gebraucht, und Ihr Artikel, schon *in die Form gebracht,* ist abermals für den Sankt-Nimmerleinstag im *Stehsatz* gelandet. Da die Anzeigen die Seite vier der Zeitung einnehmen und der Fortsetzungsroman ein Viertel des verbliebenen Rests, haben die Zeitungen nicht mehr Platz übrig. Eine der wichtigsten Aufgaben des Faktotums ist es, in den *vermischten Meldungen aus Paris* die *Anzeige* zu wittern. Aus der vermischten Meldung aus Paris kann so die Empfehlung eines Geschäfts, eines Buchs, einer Veranstaltung werden; dann aber zahlen sich die paar spitzfindigen und berechnenden Zeilen für den Geschäftsführer etc. in jeder Währung aus. Haben Sie bei der Bewerbung um ein Amt einen Konkurrenten und wollen die Stelle bekommen, können Sie die Einstellung Ihres Rivalen verhindern, indem Sie Ihre eigene Berufung unter hymnischem Lob von sämtlichen Zeitungen hinausposaunen lassen und auf diese Weise die Behörde nötigen, der öffentlichen Meinung nachzugeben. In Wahlkampfzeiten werden die Kurzmeldungen und die vermischten Meldungen aus Paris zur Plage. Schwärme von Wahlkampfenten verdunkeln dann Frankreich.

Der Hinweis besteht aus ein paar wenigen zum Nutzen einer Anzeige geschriebenen Zeilen, eine Verbindung, die in den großen Zeitungen die Kritik erstickt hat. Das Faktotum, Objekt der Pflege und Fürsorge seiner Verleger, gebietet über die Hinweise: Je nach Freund- oder Feindschaft trägt er sie zum Geschäftsführer und flößt ihm Zweifel ein, oder er bringt sie einfach so. Als Fast-Zensor einer Zeitung lenkt er die Aufmerksamkeit des Geschäftsführers auf verfängliche Sätze. So lautet denn die übliche Rede des Faktotums, wenn es zu einem politischen Prozess kommt: «Die haben ja nicht auf mich hören wollen!… Ich habe es doch gesagt!…» Diese Hausfee sieht die Dinge, wie sie sind, und hat keinerlei politische Vorlieben: Die Zeitung mag ihren Chef oder ihre Ausrichtung wechseln, er bleibt! Nach zehn Berufsjahren ist er meist ein feiner Herr mit gesundem Menschenverstand, der die Welt kennt und der das schönste Leben geführt hat. Nachdem er Verlage und Theater begünstigte und die weißen Bänder aller Eröffnungen, auch das einer ganzen Dynastie sehen konnte, hat er sich eine Bibliothek und eine Philosophie zugelegt. Den Machern oftmals überlegen, hat er ernsthaft über die Kehrseite der öffentlichen Angelegenheiten nachgedacht. Schließlich wird er Präfekt, Friedensrichter, Königlicher Kommissar oder Privatsekretär des Tenors, sofern es dieser zum Minister bringt.

Fünfte Art:
Die Kämmerlinge

Jede Zeitung *lässt* die Kammern[18] von einem Stenografen *machen*, der den Sitzungen beiwohnt und ihnen die Couleur der Zeitung verleiht:

Hier seine Aufgaben:

- die Reden jener Abgeordneten, die derselben Couleur wie die Zeitung angehören, vollständig wiedergeben
- die Grammatikfehler daraus tilgen
- die Reden anreichern mit Einschüben wie: *(Unruhe)* … *(lebhafte Unruhe)* … *(heftige Unruhe).*

18 Das frz. Parlament, die Nationalversammlung, bestand aus zwei Kammern, der der Pairs (später: Senat), und der Abgeordnetenkammer, der *Chambre des Députés*; s. Nachwort im Abschnitt *Politische Situation.*

Hat der Anführer des Parteiflügels, dem die Zeitung zuzurechnen ist, das Wort ergriffen, so steht ihm folgender Satz zu:

Nach dieser Rede, die das Parlament in große Unruhe versetzt hat, wird die Sitzung für einen Moment unterbrochen, und die Abgeordneten treffen sich zu Einzelgesprächen im Parlamentsparkett.

Oder aber (wobei dies schon einen zweitrangigen Abgeordneten verrät):

Der Redner nimmt die Glückwünsche seiner Kollegen entgegen.

Ein Redner, der *die Kammer in Unruhe versetzt*, kann gar nichts anderes werden als ein Minister; einer, der *die Gratulationen seiner Kollegen entgegennimmt*, wird Präfekt oder Ministerialdirektor. Der eine ist ein verdienter Bürger seines Landes, ein Staatsmann; der andere bloß ein bemerkenswerter Mann seiner Partei.

Dafür geht der Kämmerling auf die Reden der politischen Gegner nur mit wenigen Zeilen ein, und oft gibt er sie unvollständig wieder, indem er sie durch:

(Gemurmel) ... (die Abgeordneten führen Einzelgespräche) ... (Zwischenrufe) ... (Stimmengewirr) etc.

verklammert; oder auch durch:

(die Rede hat die Abgeordneten belustigt) ... (Heiterkeit).

Dabei gibt es *Heiterkeit* in einem freundlichen Sinn, wenn die Opposition das Parlament auf Kosten der Regierung zum Lachen bringt, und grausame *Heiterkeit*, mit der man einen Vertreter der Regierungspartei am Reden hindern will. Unter der Restauration war es den Kämmerlingen schließlich gelungen, das liberale Frankreich glauben zu machen, dass Syriès de Mayrinhac, ein hervorragender Verwaltungsbeamter und geistreicher Mann, das Parlament durch sein täppisches Wesen belustigte.

Will man einen Abgeordneten in ein günstiges Licht rücken, so stelle man dessen erstem Satz diese fette Werbung voran:

Nach dem Innenminister hat Monsieur Gaucher de Galifou das Wort (tiefes Schweigen), Monsieur Gaucher de Galifou:

Abgeordnete, die man vernichten will, sind groben Späßen ausgesetzt:

Monsieur Gabillot tritt ans Rednerpult und trägt eine Rede vor, von der wir über die große Entfernung hinweg … aufgrund seiner kraftlosen Stimme … wegen des Klangs … wegen des mediterranen oder Elsässer Zungenschlags des Redners … wegen des Lärms im Saal kein Wort verstehen.

Oft wird eine Rede nicht einmal erwähnt, man übergeht sie. Das führt dazu, dass sich der Zeitungsabonnent in der Provinz die Abstimmungsergebnisse der Kammer nicht mehr erklären kann. Mitunter wird ein breitschultriger Athlet als Tribun vorgestellt, während sich vernünftige Leute über diesen republikanischen oder linken Perkin Warbeck lustig machen, eine Art politischer oder manchmal auch unpolitischer Modellpuppe. Man dichtet Leuten edle Gesinnungen an, die sich im Namen des Vaterlands reichlich ehrlose Dinge herausnehmen. Oft werden die vernünftigsten Beschlüsse der Regierung zu Unsinn. Und ein unfähiger, ideenloser Phrasendrescher wird zum Staatsmann.

Die Debatte, wie sie stattfand, findet sich nirgendwo, nicht einmal in *Le Moniteur*, der keinen richtigen Einblick in die Kammer gewährt, nachträgliche Korrekturen der Redner akzeptiert und der mit seiner offiziösen Nüchternheit alle Leidenschaft zunichtemacht, die die Abgeordneten auf ihren Bänken erfasst hat. Einer Debatte beizuwohnen ist, wie eine Symphonie zu hören. Von einer Debatte in den Zeitungen zu lesen ist wie das getrennte Hören der einzelnen Instrumente mit ihrem jeweiligen Part; auch wenn Sie alle Zeitungen zusammenlegen, erhalten Sie nie das ganze Ensemble. Der Dirigent, die Leidenschaft, das Kampfgetümmel, die Posen, alles fehlt dort, und selbst die Fantasie kann das nicht wettmachen. Eine Zeitung, die in diesem Punkt wirklichkeitsgetreu sein wollte, hätte einen ungeheuren Erfolg.

Die Kämmerlinge der Zeitungen kennen einander, kennen einander übrigens gezwungenermaßen, sind sie in der Kammer doch auf einer Tribüne zusammengepfercht und trotz ihres jugendlichen Alters, oder vielleicht gerade deshalb, die Schiedsrichter dieses täglichen Turniers. *Le National* zur *Gazette*: «Jetzt ist euer Abgeordneter aber ganz schön in den Fettnapf getreten.» Ein Strom von Schriftstücken fließt von der Pressetribüne zu den Rednern hinüber, die sich von den jungen Leuten mit Fakten und Zitaten versorgen lassen. So mancher Kampf, so manche Debatte ist von dieser Tribüne aus gelenkt worden. Man vernimmt von dort Ausrufe wie: «Also hör mal, ich hatte es ihm (manchmal handelt es sich dabei um einen Minister) doch so gut eingetrichtert! Und jetzt sieh dir an, was er daraus macht! Vielen Dank!»

Die Kämmerlinge sind den Abgeordneten, was die bezahlten Claqueure einem Theaterstück sind: Sie können einen Erfolg bewirken oder aber den guten Ruf, den sich ein Abgeordneter im Parlament erworben hat, dauerhaft totschweigen. Die Kämmerlinge kennen das politische Personal, sie kennen hübsche kleine Anekdoten, die nur selten an die Öffentlichkeit gelangen, die aber verdienten, bekannt gemacht zu werden, denn sie vermitteln das treffendste Bild der Akteure des politischen Theaters.

Versteht man denn zwei Minister nicht viel besser, wenn man weiß, dass der eine, ein Doktrinär, seinem Kollegen, einem kleinwüchsigen Korrupten großen Maßstabs, beim Betreten der Kammer gesagt hat: «Merkwürdig, dass hier noch niemand verrückt geworden ist!», worauf der Kleine erwidert hat: «Aber verrückte Hunde gibt es hier, zum Glück, jede Menge!»

Wäre es für so manche, die auf die Würden des Abgeordnetendaseins hoffen, nicht nützlich, von dem Zuruf des Präsidenten an den einfallslosen Abgeordneten einer Mittelmeerprovinz und Angehörigen der Regierungspartei zu wissen, der auf der Tribüne vergebens versuchte, seine Blätter in die richtige Reihenfolge zu bringen, und sich bereits zu wiederholen begann: «Du kannst deine Karten hier mischen, solange du willst, einen Stich machst du doch nicht!»

Halten Sie mal einem solchen Schlag stand!

b) Der Politiker

Vier Arten:

1. Der Staatsmann
2. Der Parteigänger
3. Der überparteiliche Parteigänger
4. Der Broschürenpolitiker

Erste Art:
Der Staatsmann

Jede Zeitung hat außer einem Geschäftsführer, einem Chefredakteur, einem Tenor (Aufmacher), einem Schreiber von Hintergrundartikeln und den Kämmerlingen einen Mann, der ihr ihre Couleur verleiht, an den sie sich hält, der sie offen und im Hintergrund schützt, der den im Folgenden aufgezählten Arten angehört haben kann und der es schließlich so weit bringt, dass man von ihm sagt: «Dies ist ein Staatsmann.»

Ein Staatsmann[19] ist einer, der eingestiegen ist, der einsteigen wird oder der ausgestiegen ist und wieder einsteigen will.

Der Mann ist zuweilen nur ein Mythos; es gibt ihn nicht, und er kommt auf keine zwei Gedanken: Als gehobener Kader wäre er nicht fähig, die Straßenreinigung zu verwalten.

Grundsatz

Je weniger ein Staatsmann taugt, desto geeigneter ist er als Hochwürden einer Zeitung.

Die Zeitung ist die Zeitung, der Staatsmann ist ihr Prophet. Nun weiß man ja, dass die Propheten eher Propheten dessen sind, was sie verschweigen, als dessen, was sie sagen. Es gibt nichts Unfehlbareres als einen stummen Propheten.

Für das heutige politische System ist die Kammer eine Kegelbahn. Die Kegel heißen Soult, Gui-

19 Als «die drei Staatsmänner» wurden die Chefredakteure des *Charivari* bezeichnet; s. Zeitschriftenverzeichnis.

zot, Thiers, Villemain, Molé, Martin (du Nord), Teste, Dufaure, Duchâtel, Duperré, Passy etc. Mal schießt der Hof die Kegel der Opposition um, mal schießt die Opposition die Kegel des Hofs um, und seit 1830 stellt man sie in immer neuer Anordnung wieder auf. Dieses Spiel nennt sich Frankreichs Innenpolitik. Es gibt ehemalige Kegel, Leute, die unmöglich geworden sind, wie die Herren Salvandy, Montalivet, Cubières und de Broglie, die man nicht mehr haben will oder die ihrerseits nicht mehr das Ziel der Kugeln sein wollen. Die in einer Botschaft untergeschlüpft sind, eine Stelle im Beamtenapparat gefunden haben. Es gibt viele Kegel, die erst im Kommen sind, die Herren Billault, Malleville, Cousin, Jaubert und Rémusat, und solche, die zur Zeit noch ehemalige Kegel sind, umgehauen beim Regierungssturz am 1. März.

Grundsatz
(aktualisiert nach Bossuet)

**Die Kammer regt sich,
ein regloser Gedanke treibt sie.**

Alle angeblichen Staatsmänner sind die Bauern, Springer, Türme oder Läufer eines Schachspiels, das gespielt wird, solange kein Zufall das Brett umstößt.

Der Staatsmann einer Zeitung verbleibt in seinem Allerheiligsten, in den Redaktionsräumen sieht man ihn nie. Redakteure, Eigentümer, Geschäftsführer, alle gehen sie zu ihm hin. Die Staatsmänner selbst verabreden sich in der Kammer. Es ist bekannt, über wie viele Abonnenten ein jeder von ihnen verfügt: Danach bemisst sich ihr Ansehen. Gelegentlich lässt sich der Staatsmann zu einem Aufmacher herab oder setzt mit einer Zwischenmeldung ein Zeichen. Die Zeitung bittet dann einen Kollegen aus der Regierungspartei oder von ihrer Couleur, den Schleier der Anonymität zu lüften, der dem Abonnenten dieses Wissen vorenthalten kann.

So liest man in einem Blatt:

Der gestrige Artikel in *** stammt offenbar von ***. Wir haben darin die Denkweise von *** wiedererkannt. Folglich recherchieren wir, was *** will. Was war der Sinn dieses Artikels? … Wohin soll das führen? … Hält sich Monsieur *** für den Herrn der Lage? usw.

Die Zeitung greift seine Behauptungen also wieder auf und rügt ihren Kollegen, indem sie etwas von den *Privilegien der Presse* verlautbart. Nein, der Staatsmann hat den Artikel nicht geschrieben; aber der Tenor bringt seine Beteuerungen derart zum

Ausdruck, dass Abonnenten, *die scharfsinnig genug sind, die peinliche Lage zu erkennen, in der ihre Zeitung steckt,* das Gegenteil glauben. Ich finde die Einfälle von Cassandre und Debureau bei den Funambules[20] ungleich witziger, und da kostet der Platz bloß fünfundsiebzig Centime.

Der Staatsmann ist der Rudersklave der Zeitung: Er besucht seinen Steuerbezirk und wird dort stets vom ganzen Dorf begrüßt, das zu seinen Ehren ein Bankett ausrichtet, auf dem er mit einer *speech* (s'pietsch) glänzt; ein englisches Wort, das aber ins Französische übernommen werden wird, da es etwas bezeichnet, was weder französisch noch englisch ist, was man weder sagt noch denkt, was weder eine Rede ist noch ein Gespräch, noch eine Meinung, noch eine Ansprache oder ein Aufruf, vielmehr eine notwendige Gedankenlosigkeit, eine Phrase aus der Regierungsmusik, angestimmt un-

20 Das Théâtre des Funambules («Seiltänzer»), ein Pantomimen-Theater am Boulevard du Temple, bestand von 1816 bis 1862. Der Kritiker Jules Janin (s. Namenverzeichnis) entdeckte es in den 1830er-Jahren, als eine Neuorientierung der Pariser Theaterwelt stattfand, in der das Grobe und Volkstümliche als besonders poetisch geschätzt wurde. Cassandre verkörpert den Typ des lächerlichen Alten, der vom Harlekin / Pierrot / Baptiste ständig getäuscht und hereingelegt wird; Debureau war dort ein Star (s. Namenverzeichnis).

ter freiem Himmel oder in einem Lokal zwischen Birnen und Käse nach jeder erdenklichen Melodie, doch immer inmitten seiner Mitbürger, und seien es bloß fünf, den Staatsmann miteingerechnet. Verliert der Staatsmann seine Frau, weint das Land nicht um sie, sondern nimmt an der Trauer des großen Mitbürgers Anteil und rühmt seine Zivilcourage; verliert er seinen Sohn, ergeht man sich im Lobpreis des Vaters; verliert er seine Tochter, zählt man dem Vater eine Mitgift an Komplimenten hin; trägt das Land Trauer, tritt der Staatsmann mit einem Taschentuch in der Hand vor und betreibt anlässlich des allgemeinen Schmerzes Wahlwerbung für sein politisches Lager; reist er, bestaunen ihn die Einwohner bei der Durchfahrt, sogar in den Städten, die er nachts passiert; tritt er im Ausland auf, erregt er ein Aufsehen, das Preußen, Italien, Spanien und Russland zur Ehre gereichen würde und das beweist, dass diese Länder die Gedanken des Staatsmanns über die Maßen schätzen und Frankreich um ihn beneiden. Erblickt er den Rhein, so ist es der Rhein, der ihn erblickt.

Und dieselben Zeitungen haben sich darüber beklagt, dass man einst die Fürsten in den Kirchen beweihräuchert hat!

Zweite Art:
Der Parteigänger

In manchen Zeitungen, die eine Überzeugung vertreten (siehe weiter unten), gibt es uneigennützige Leute, die im übertragenen Sinn von einer Weltanschauung leben, der sie ihr Dasein verschrieben haben, Leute mit grüner, gelber oder roter Brille, die dereinst mit dieser ihrer Brille auf der Nase sterben werden und die man einem bestimmten Blatt zuordnet. Man sagt von ihnen: «Er gehört zu dieser oder jener Zeitung.» Dort sind diese Leute oft bedeutungslos, manchmal sind sie als Berater tätig, oft sind sie Laufbursche. Darum sind sie immer *bekannt für den Nachdruck, mit dem sie ihre Überzeugungen vertreten*. In den oppositionellen und sozialistischen Zeitungen denken sie sich tödliche Schläge aus, die man der Regierung zufügen muss; sie sind die Weberschiffchen der Koalitionen, sie entlarven die Willkürakte, sie begeben sich wegen gefährdeter Wahlausgänge in die Departements, sie rauben Ministern den Schlaf, indem sie sie piesacken. Wir verdanken ihnen die *brennenden Fragen* und die *aktuellen Ereignisse*: Wahlrechtsreform, Stimmrecht für die Nationalgarde, Parlamentseingaben usw. Diese beherzten Leute sind die Infanteristen, die Jäger von Vincennes[21] der Presse; sie besetzen *in ihrer Partei politische Positionen*, bis sie, müde geworden, in ihrer Stellung auf der Lauer zu liegen, bemerken, dass sie einer Idee, den Leuten oder den Umständen aufgesessen sind, und es gibt nichts Undankbareres als eine Idee, einen Umstand oder eine Partei; denn eine Partei ist eine Idee, die sich auf Umstände stützt. Unter den Parteigängern gibt es Dickköpfe, die als *charakterstark* durchgehen, als *solide Männer*, als *Leute, auf die man sich verlassen kann*. Schaut man später einmal nach diesen Parteigängern, trifft man sie wieder als Parteigänger ihrer Frau und ihrer Kinder, als Handeltreibender in irgendwas und total *illusionslos bezüglich der Zukunft des Landes.*

Die Partei der Republikaner wacht über ihre Parteigänger und hält in ihnen die eigenen Illusionen lebendig. Trifft ein Republikaner eines schönen Tages einen Freund auf der Straße, einen Freund, den seine Parteinahme für volksnahe Doktrinen hat spindeldürr bleiben lassen.

Er mustert ihn und sagt: «Du hast dich verkauft!»

«Ich?»

«Ja, du hast zugenommen!»

21 Die leichte Infanterie des frz. Heeres, eingeführt 1837.

Dritte Art:
Der überparteiliche Parteigänger

Dieser andere Mitstreiter hält sich, um einen militärischen Ausdruck zu verwenden, nicht in den Frontlinien auf: Er knüpft seine Fäden zwischen den Zeitungen und den Artikeln, er ist den Ministerien gefällig; er trickst herum und hält sich für schlau; oft tut er puritanisch, ist durchaus begabt und häufig in der Universität; er ist gleichzeitig Redakteur für Politik und für Literatur. Er leistet Dienste zu Ausverkaufspreisen, er speist an allen Tafeln, er übernimmt es, diesen Politiker in jener Zeitung anzugreifen, dort jenen zu loben und an einer weiteren Stelle übel angreifen zu lassen, um woanders siegreich dagegenzuhalten. Solche Parteigänger, die wie herrenlose Hunde kommen und gehen, bringen es über diesem Geschäft zum Professorentitel einer unglaublichen Wissenschaft, zum Privatsekretär eines Kabinetts, zum Generalkonsul; ihnen werden Aufgaben übertragen; schließlich bringt man sie irgendwo unter, und haben sie endlich eine Stellung inne, müssen sie Platz machen für die, die das Geschäft der Presse nach ihnen begonnen haben. Man muss schon unzähligen Leuten einen Gefallen getan oder sie befremdlich das Fürchten gelehrt haben, um es so weit zu bringen. Diese Freibeuter der Presse werden dann von denen fallen gelassen, denen sie dienlich waren, aber *das war ihnen ja immer schon klar*!

«Tja, so läuft es», sagen sie, «wenn man mit Herzblut bei der Sache ist.»

Grundsatz

Das Herz ist die Beileidskarte des Unpolitischen.

Vierte Art: Der Broschürenpolitiker

Manche Autoren treten nur mit Drucksachen und Broschüren in Erscheinung, und zu jedem Ereignis fällt ihnen eine neue ein, so wie Monsieur Jovial *ein Lied darüber schrieb*.[22] Man liest heute keine Broschüren mehr, aber früher wurde man durch sie zum Politiker. Monsieur Salvandy ist das inzestuöse Erzeugnis mehrerer widersprüchlicher Meinungen, ausgebreitet in diversen Broschüren, die er

22 *Monsieur Jovial oder Der singende Gerichtsvollzieher*, ein Vaudeville in zwei Akten von Marie-Emmanuel-Guillaume-Marguerite Théaulon de Lambert (1787–1841) und Adolphe Choquart (1800–1859), Paris 1827.

unter der Restauration veröffentlichte, der großen Zeit für diese Art politischer Wucherungen; denn damals konnten die Zeitungen nicht alles bringen. Die Herren de Mosbourg, Aubernon, Bigot de Morogues und Montlosier haben viele Broschüren geheftet, und alle vier wurden in die Pairskammer vom Juli 1830 befördert. Für gewöhnlich verlegt sich der Broschürenpolitiker auf ein Fachgebiet. Jedes Mal, wenn sein Thema an der Oberfläche auftaucht, legt er das Fangeisen seiner Broschüre aus. So gelingt es ihm, sich für einen besonderen Menschen halten zu lassen; oft verfasst er den Zeitungsartikel über seine Broschüre selbst und erringt dadurch eine Stellung; oft genug ist er reich. Das Verfassen von Broschüren eignet wesentlich dem Typus des Philanthropen. Ein nicht unwitziges Faktotum sagte neulich: «Drucksachen sind wie Heuschrecken, sie tauchen periodisch und in Massen auf.» Für ihn war das Broschürenwesen eine spezielle Art Hautausschlag der Politik. Die Orientfrage, die Befestigungsanlagen von Paris, die Eisenbahn haben Broschüren in einer Zahl heraufbeschworen, dass sich der politische Himmel verdunkelt hat. Die Zeitungen mögen die Broschüren nicht, bedienen sich ihrer aber: Dort werden die Fragestellungen erarbeitet. Im Sommerloch hat man gelegentlich schon mal anhand einer Broschüre eine Frage entwickelt. Die jeweilige Broschüre kommt dann zu Ansehen: Sie ist das Werk eines korrekten Mitbürgers, sie erregt Aufsehen; manchmal ist sie eine unbedachte Enthüllung eines Mannes, der den Absichten der Regierung vorgreift.

Die Broschüre hat ihre Märtyrer. Hin und wieder trifft man Leute, die einem nach Art ruhiger und besonnener Menschen zuhören, bis man auf eine bestimmte politische Frage zu sprechen kommt. Als habe man an ihre große Sprungfeder gerührt, wechseln sie die Farbe und richten sich auf. «Mein lieber Mann», sagen sie, «darüber habe ich eine Schrift verfasst, ich habe versucht, die Regierung (oder die Opposition) in dieser Sache aufzuklären, aber genauso gut hätte ich einen Säbelhieb ins Wasser tun können; und jetzt plötzlich erkennt man die Gefahr, vor der ich gewarnt habe!»

Dieser Mann redet dann zwei Stunden lang; und wenn Sie ihn ein wenig ermuntern, wenn Sie ihn geschickt befragen, entdecken Sie schließlich in diesem Mann, der, wie er sagt, dem Vaterland seine Schuldigkeit leisten will, einen Intriganten, der einen ungedeckten Wechsel auf die Staatskasse gezogen hat, indem er versuchte, sich auf einen Posten heben zu lassen.

Die Philanthropen schließlich haben die Schaffung von Stellen mittels Broschüren über Gefängnisse, Zuchthäusler und Inhaftierte etc. erreicht. Die Ehrenmänner sind die neueste Erfindung der Broschüre.

Wir werden ein Gerichtswesen von Ehrenmännern haben ... es wird die Aufsicht von Ehrenmännern vonnöten sein ... die Rechtsprechung der Ehrenmänner ... usw.

c) Der Pamphletist

(ohne Arten)

Wer Pamphlet sagt, der sagt Opposition. Zum Wohle der Regierung Pamphlete zu verfassen, ist in Frankreich noch niemandem gelungen. Das Pamphlet hat also nur zwei Gesichter: Es ist entweder radikalsozialistisch oder monarchistisch. Die Opposition vom lauen Wasser der dynastischen Blätter lässt ein hochprozentiges Pamphlet nicht zu. Das echte Pamphlet ist ein Werk höchsten Talents, wenn auch nicht der Schrei eines Genies.

L'homme aux quarante écus, eines der Meisterwerke Voltaires, und sein *Candide* sind zwei Pamphlete. Das Pamphlet muss populär werden. Darum lässt es seine Kritik wie eine Muskete knattern und zielt auf einen Missstand, eine politische Frage oder eine Regierung. Pamphletisten sind rar; überdies sind sie zwangsläufig ein Produkt der Umstände; dann aber sind sie mächtiger als die Zeitung.

Für das Pamphlet will echter Sachverstand in eine unterhaltsame Form gebracht werden, und es bedarf, da es fehlerfrei sein muss, eines tadellosen Stils; seine Sätze müssen bündig, einprägsam, engagiert und anschaulich sein, vier Eigenschaften, die alle von Genie zeugen.

Unter der Restauration hat das Pamphlet Benjamin Constant, Chateaubriand, Courier und Monsieur Vatout hervorgebracht.

Monsieur de Chateaubriand mag es leidtun, sein Pamphlet gegen Napoleon geschrieben zu haben. *De l'usurpation et de l'esprit de conquête* von Benjamin Constant ist viel zu systematisch. Die *Aventures de la fille d'un roi,*[23] ein erster Schuss des Hauses Orléans auf die Charta Ludwigs XVIII., ist längst vergessen. Allein Courier bleibt, wenn auch mehr als literarisches Monument denn als Pamphletist. Der wahre Pamphletist war Béranger; alle anderen haben mehr oder minder bloß zur Unterwanderung

23 *Les Aventures de la fille d'un roi, racontées par elle-même* (1821): allegorische Erzählung von Jean Vatout.

der Liberalen beigetragen; er allein hat getroffen, denn er hat die Massen erreicht.

Gegenwärtig erfreuen wir uns zweier Pamphletisten: des Abbé de Lamennais und des Monsieur de Cormenin.

Die Ziele von Monsieur de Cormenin sind nicht ganz klar, er steht auf schwankendem Boden; er greift den Staatshaushalt an und weiß besser als sonst jemand, dass der Staatshaushalt das Blut des politischen Körpers ist, dass der Staat nicht einen Heller davon einbehält und seine Gelder als Goldregen über Frankreich verteilt. Geschickter wäre es, deren Verwendung zur Diskussion zu stellen. Außerdem ist dieser Pamphletist schwerfällig; er ist ein Rhetor, er hat nicht den Gestus à la *Figaro*[24] wie Courier, er ist lahm. Solange er seinen Auftritt nicht ändert, reißt er nichts ein und bleibt ungefährlich.

Sieyès bleibt der Fürst der Pamphletisten: Er hat gezeigt, wie man sich dieses politischen Stiletts bedient, gegen ihn war Courier nur ein gefälliger Spötter.

Monsieur de Lamennais setzt seine Pamphlete

24 In Beaumarchais' berühmter Komödie *Der tolle Tag oder Figaros Hochzeit* (1778) tritt der Bedienstete Figaro gegenüber seinem Herrn als der moralisch und geistig Überlegene auf.

auf ein breites Fundament, indem er sich die Sache des Proletariats zu eigen macht; doch war er nicht imstande, diese modernen Barbaren zu erreichen, die ein neuer Spartakus, halb Marat, halb Calvin, zum Sturmangriff gegen die niederträchtige Bourgeoisie führen würde, deren Tage gezählt sind. Zum Glück für die Schlaufüchse und die Reichen verfällt er, an dem ein Luther verloren gegangen ist, in einen biblischen und prophetischen Duktus, dessen großartige Bilder tausend Fuß über den gebeugten Häuptern des Elends stehen. Dieser große Schriftsteller hat vergessen, dass das Pamphlet Sarkasmus in Gestalt einer Kanonenkugel ist. Das derzeitige System Frankreichs hielte nicht drei Pamphleten stand. Das Pamphlet à la Comenin ist zäh, das von Monsieur de Lamennais ist schwammig. Monsieur de Chateaubriand, dessen letzte Broschüren seinen ersten überlegen sind, hat das Alter erreicht, in dem man keine Pamphlete mehr schreibt. Die Regierung, in trügerischer Sicherheit dahindösend, wird ihre Verfehlungen gegen die Intelligenz nie erkennen, wenn nicht im Licht eines Brandes, den ein kleines Büchlein entfacht hat.

d) Der Nihiloge

von manchen auch als Vulgarisator *bezeichnet,*
alias: homo papaver[25]
(zwangsläufig ohne Arten)

Frankreich hat den größten Respekt vor allem, was langweilt. Darum gelangt der Vulgarisator im Nu zu einer Position: Vermöge der Langeweile, die er verbreitet, gilt er auf Anhieb als wichtiger Mann. Das hat weithin Schule gemacht. Der Vulgarisator dehnt den Gedanken eines Gedankens zu einem Bündel von Binsenwahrheiten und zerrupft dieses furchterregende philosophisch-literarische Sammelsurium mechanisch zu Fortsetzungen. Die Seite sieht vollgeschrieben aus und scheint Gedanken zu enthalten, doch der Kundige, der seine Nase daranhält, wittert den Duft leerer Keller. Es hat Tiefe und enthält nichts: Die Intelligenz erlischt darin wie eine Kerze im stickigen Schacht. Der Nihiloge ist der Gott des derzeitigen Bürgertums; er weiß sich mit ihm auf Augenhöhe, er ist sauber, er ist schlicht, er ist sicher. Dieser Warmwasserhahn gluckert und gluckert fürderhin *in saecula saeculorum* ohne Unterlass.

25 Lat. «Mann vom (Schlaf-)Mohn».

Und so geht der Vulgarisator zu Werke: Würde ein klar denkender Mensch angesichts des derzeitigen Zustands von Frankreich alles in dem Satz zusammenfassen: *Freiheiten, ja; die Freiheit, nein!*, so kann der Vulgarisator aus diesem Spruch drei Artikel folgenden Stils verfassen:

Wenn man unter frei sein versteht, ohne Gesetze zu leben, so ist in der Natur nichts frei, und deshalb kann innerhalb der Gesellschaft niemand frei sein, denn die gesellschaftliche Ordnung ist der höhere Zweck der natürlichen Ordnung. Die Welt hat ihre Regeln: Jedes Tier folgt den Gesetzen der allgemeinen Natur und denen seiner eigenen Natur. Gott selbst, nach dem Bild, das wir uns von ihm machen, hat eine Natur, die wir die göttliche Natur nennen, und deren Gesetzen er folgt.

Sechs Seiten über Hegel, Kant, Wolf, Schelling, die enden mit:

Wir können also nur die körperhaften Dinge wahrnehmen, also jene, die eine Existenzform aufweisen; und ist ein Lebewesen Veränderungen unterworfen, so treten diese Veränderungen in die Natur der Dinge ein oder sind das Resultat seiner eigenen Entwicklung; was natürlich die Vorstellungen, die wir von ihrer Körperhaftigkeit haben, nicht im Mindesten beeinträchtigt.

Aber wenn man unter frei sein versteht, einen Willen zu haben, eine Entscheidung zu treffen …, so müsste man vorab erläutern, was denn der Wille ist. Die richtigen Definitionen bilden den Reichtum der philosophischen Sprache.

Sechs Seiten über den Willen.

Wenn also Wille bedeutet, eine Bewegung auszuführen, Einflüsse auszuüben, dann sind wir, Mensch und Tier, in unterschiedlichem Ausmaß frei. Doch man beachte: Wir sind abwechselnd Gehorchende und Bestimmende, in der natürlichen Ordnung wie in der der Gesellschaft. Was also ist nun die Freiheit? Die Freiheit ist das Recht, nach bestimmten Regeln zu bestimmen. Dies mag paradox klingen. Nun, die Freiheit wird nach römischem Recht als Macht definiert. Diese Definition wurde im vergangenen Jahrhundert zu Unrecht Locke zugeschrieben. Die großen Schwierigkeiten der derzeitigen Politik bestünden folglich, philosophisch gesprochen, darin, zu wissen, ob das Wort «frei» nicht etwa nur «selbstbestimmt» heißen soll. Jedes Wesen, das seinem Willen folgt, wähnt sich frei; handelt es wider seinen Willen, fühlt es sich wie ein Sklave; wenn es an einen eigenen Willen nicht glaubt, bleibt es untätig. Ein Volk muss wie so manche Armee aus Freiwilligen bestehen, denn jeder Freiwillige hält sich für frei.

Die Politik wäre also die Kunst usw. usw.

Vernimmt er die Worte eines Manns von Genie, sollte der Bürger eigentlich nachdenken, bei sich ein Buch verfassen; mit dem Nihilogen dagegen ist er auf Augenhöhe, versteht alles, was von ihm kommt, bewundert ihn sechs Spalten lang, die allerdings nicht immer so klar sind wie unser Beispiel.

Kaum zu glauben, dass die Vulgarisatoren in der Nachfolge Madame de Staëls Deutschland wiederentdeckt und ihr eines Buch in einer Unzahl von Büchern kopiert haben. Die Zeitschriften brauchen einen Vulgarisator; aber haben sie mit sieben oder acht nicht zu viele davon? Die Zeitschriften sind so auf der Höhe des Mittelmaßes, und diesem passt es so gut, die französische Intelligenz im österreichischen Zustand[26] zu belassen, dass es all seine Gunst den Vulgarisatoren schenkt. Die vom *Journal des Débats*, Liebchen der Macht, mästen sich an mancherlei Futterkrippen.

26 Die Restaurationszeit unter Metternich, der die Opposition mit polizeistaatlichen Mitteln unterdrückte.

Grundsatz

Je weniger Gedanken man hat, desto leichter erhebt man sich.

So lautet das Gesetz, nach dem diese philosophisch-literarischen Ballone unweigerlich einen Punkt am politischen Horizont erreichen.

In allem haben die Obrigkeit, die Regierung, der Hof recht: Wir können nur schützen, was uns untergeordnet ist. Das ist der Grund für die Entblößungen, die Verlassenheit, für all das Unglück, das Jahrhundert um Jahrhundert im Leben von Männern zu finden ist, die zu Höherem berufen waren, aber nicht reich geboren wurden.

Monsieur Guizot, übermannt von der Arroganz einheimischer Vulgarisatoren, hat einen solchen aus dem Ausland kommen lassen. Dieses Manöver von hoher strategischer List hinterlässt ein eigenartiges Bild von diesem Staatsmann, der eingedenk der Langweiligkeit von Professoren mit Meisterhand einen Professor ausgesucht hat, von dem er annahm, er schüchtere die anderen ein. Die Lektion hat ihre Wirkung gezeigt. Die gesetzten Nihilogen sind – bescheiden geworden, die anderen haben die Hoffnung verloren.

e) Der Publizist mit eigenem Ressort

(ohne Arten)

Die Exemplare dieser Gattung sind die Publizisten ihrer eigenen Reden, ihrer Gespräche in den Salons, ihrer Vorlesungen an der Sorbonne oder dem Collège de France, irgendwelcher Geschichten, ihrer Ansichten zur Politik (man unterstellt ihnen Ansichten), und obwohl man ihnen nicht einen Gedanken, keine Initiative und keine politische Absicht verdankt, außer der, Minister werden zu wollen, stehen sie im Ansehen, Politiker und vor allem Publizisten zu sein. Diese traurige Spezies, eine Mischung aus Staatsmann und Nihiloge, ist dementsprechend kurzlebig. Eine Vorlesung am Collège de France oder eine Antrittsvorlesung führen, ach!, nicht mehr zur Macht. Dieses seltene Glück verdankte man den Anfangszeiten der Restauration, als man aufgrund einer Rede oder eines Vorworts als Politiker angesehen wurde, wie im 18. Jahrhundert, als man dank eines Madrigals, einer Tragödie, eines Lieds, eines Heldendramas oder einer Epistel als Schöngeist galt. Im liberalen Arkadien jener Zeit konnten unter dem Staunen der politischen Grünlinge angesichts dessen, was man damals die *Errichtung der Konstitutionellen Regierung* nannte, Lappen als Banner durchgehen.

Solche Leute, die blutsaugenden Parasiten Frankreichs, werden ein Vierteljahrhundert lang auf Kosten des allgemeinen Wohls gelebt haben, sich allein um der Bewegung willen bewegt und Frankreich dabei sinnlos gepiekt und geplagt haben; allein um ihrer Eitelkeit willen haben sie das Wachstum des Landes hinausgezögert, Gelegenheiten zu Eroberungen versäumt und dem politischen Korpus Juckreize verursacht mit dem Ziel, ihn über dem Gestichel den beschämenden Alltag eines Systems vergessen zu lassen, in dem das persönliche Interesse vor dem Gemeinwohl rangiert. Das Mittelmaß wird immer egoistisch sein. Das ist es, was das derzeitige System, die Vergötzung des Mittelmaßes, antinational macht.

Fremde klagen in Paris, dass sie die Kategorien nicht verstehen, nach denen die parlamentarischen Fraktionen angeordnet sind. Sie wissen nicht, was das heißen soll: die Doktrinären – die reine Linke – die Linke – das linke Zentrum – die dritte Partei – das Zentrum – der Hof – die Sozialpartei – die Rechte. Und dann: – der 29. Oktober – der 15. April – der 1. März etc. Das Schlagwort für diese Charaden unserer Sophisten ist *die Spätzeit*. Dieser wird es an Historiografen nicht mangeln!

f) Der Monothematiker

(ohne Arten)

Es fanden sich fünf oder sechs Männer von Verstand, die sehr wohl erkannt haben, was eine bürgerliche Regierung uns für ein Jahrhundert bereiten würde. Statt sich auf Adel oder Kirche zu verlassen, haben sie ihren Kopf bemüht und dabei gemerkt, dass die Intelligenz wenn nicht als Wort, dann als Ding der große Leitbegriff der Bourgeoisie werden würde. Da wir nur dem hinterherlaufen, was sich uns entzieht, und da es der Bourgeoisie an Intelligenz wesentlich mangelt, musste sie verrückt danach sein. Hat also jemand ein langweiliges Buch geschrieben, so schenkt sich alle Welt dessen Lektüre und behauptet bloß, es gelesen zu haben. Und schon ist man der intelligente Mann, nach dem die Bourgeoisie sucht, denn sie will alles billig haben: die Regierungsgewalt, den König, den Verstand und den Spaß. Ein Buch zu schreiben, das zugleich moralisch, regierungstreu, philosophisch und philanthropisch ist, aus dem man zu allem und bei jeder Gelegenheit ein paar mehr oder weniger wohlklingende Stellen zitieren kann, sollte doch eine hervorragende Grundlage sein. Man lässt seinen Namen dann nur noch in Verbindung mit diesem langen Attribut verlauten: *Monsieur Marphurius, der Verfasser von Über Deutschland und die Deutschen*. Daraus wird ein Titel, ein Lehen. Und was für ein Lehen! Ihm entspringen jede Menge Auszeichnungen, angetragen von allen Höfen, und es verschafft eine Grundschuld[27] auf Mitgliedschaft in irgendeiner Abteilung der Académie française. Dieses Schlachtross trägt einen in jede Festung, die sich der öffentlichen Meinung auftut. Besagte Männer, als überaus pfiffige Jungs ihrer Zeit weit voraus, haben die dreihundert Seiten eines Oktavbandes in ihr Haus eingestellt, wie man früher die dreihundert Lanzen einer Kompanie bei sich unterhielt.

Bewundern wir diese virtuosen Gaukler, die Einzigen, die, da sie ihr Buch gelesen haben, wissen, was man von diesem *Goldesel* zu halten hat, mit dem sie die Welt belasten, ohne dass die Welt sich damit je belastete. Hierin verstehen wir die Monothematiker, weil sie zu den Politikern gehören. Sie erlangen einen Parlamentssitz, indem sie sich auf eine einzige Frage verlegen: *Der Zucker, Die Eisenbahn, Das Kanalnetz, Eine landwirtschaftliche Frage, Schwarze oder Weiße, Das Gewerbe unter dem Gesichtspunkt von* etc. oder *Tendenzen Europas* etc.

27 Lat. *debitum fundi*: dingliches Recht, aus Grundbesitz die Zahlung eines Geldbetrags zu fordern.

g) Der Übersetzer

(verschwundene Art)

Einst hatten die Zeitungen einen eigenen Redakteur für Auslandsmeldungen, der sie übersetzte und aufmacherisch verleitartikelte. Das hat sich bis 1830 gehalten. Im Getümmel drängte sich der Übersetzer des *Journal des Débats* in die Auslandsredaktion; die Zeitung sagte ihm: «Nur zu, mein Sohn!» Einst ein einfacher Monsieur Bourqueney, ist er heute ein Baron de Bourqueney und fast schon Botschafter. Inzwischen haben die Pariser Zeitungen alle denselben Übersetzer und weder Agenten noch Korrespondenten; sie schicken in die Rue Jean-Jacques-Rousseau zu Monsieur Havas, der ihnen allen dieselben Auslandsmeldungen gibt, die Erstveröffentlichung aber den Stammkunden vorbehält, die am besten zahlen. Das *Journal des Débats* zahlt hundert Écu[28] pro Monat. Der erstbeste Redakteur übergießt die Nachricht mit der passenden Sauce für die Abonnenten, sodass die Beschießung Barcelonas im *Constitutionnel* fast nichts, eine Lappalie ist und in *La Presse* oder im *National* eins der größten Gräuel der modernen Zeit.

28 Eine zu Balzacs Zeit bereits veraltete Währungseinheit.

h) Der Autor mit Überzeugungen

Drei Arten:
1. Der Prophet
2. Der Ungläubige
3. Der Sektierer

Erste Art:
Der Prophet

Was Paris so überaus amüsant macht, ist, dass man dort wie in einer riesigen Laterna magica alles zu sehen bekommt. Dementsprechend hat auch die Presse ihre Mohammeds. Zu jedem Mohammed gehört ein neuer Gott; und da es schwerfällt, sich beim Gang in die englische Taverne oder zu *Katcomb*[29] zu einem lebenden Gott zu bekennen, erhob man Tote zu Göttern. Erst nahm man Saint-Simon, der den Saint-Simonismus hervorgebracht hat. Diese Doktrin manifestierte sich in der Gratiszeitung, eine großartige Idee, deren Lächerlichkeit ihr Tod war. Die Leute, die sich um *Le Globe* ver-

29 Preisgünstiges Speiselokal bei der Place Vendôme, wo man zu jeder Tageszeit Roastbeef mit Kartoffeln bekommen konnte.

sammelt hatten, waren so bemerkenswert, dass die meisten von ihnen Laufbahnen einschlugen, auf denen sie gut vorankamen. Trotz des Untergangs der Saint-Simonisten kann man in Paris den Propheten noch beobachten: Dem Philosophen bietet sich hier Gelegenheit zur Untersuchung einer Verstandeskrankheit, der man einmal große Wirkungen in der Politik zu verdanken hatte, die jedoch in einer Zeit, in der alles zur Diskussion steht und in der man einen Halbgott ohne Weiteres vors Schwurgericht zitiert, keinerlei Bedeutung mehr hat.

Es sind die schrecklichen Lebensverhältnisse, die zum Diebstahl führen. In Zeiten der billigen Öfen und der Philanthropen, die es Menschen nicht erlauben, in Paris mangels Nahrung zu verschmachten, kann man nur noch aus Starrsinn verhungern. Auf dem Land, wo jeder jeden kennt, lässt man niemandem die Möglichkeit, am Mangel zu sterben; und doch: Empfängt eine Zeitung in der Volière ihrer vermischten Meldungen diese exzessiv wilde Ente, lässt der Prophet in einem verwegen zurechtgebürsteten Artikel die Haare auf seinem eigenen Schädel zu Berge stehen und schließt folgendermaßen:

Und diese Tatsache ereignet sich, während wir noch hinzufügen, dass es mit der Einführung des

Systems unseres Meisters ein Produktions*minimum* gäbe, von dem jeder einzelne Untertan leben und zwar gut leben könnte!

Der Meister hat jedem Franzosen vierhundert Franc Rente *in Naturalien* versprochen; was so viel heißt wie, dass Frankreich mit seinen fast 36 Millionen Einwohnern einen Gegenwert von 14,4 Milliarden jährlich erwirtschaften kann; das brächte (was der Meister im Einvernehmen mit dem Mond auch für die Fälle von Hagel, Hochwasser, Frost und Dürre garantiert) trotzdem nicht mehr als vierhundert Franc pro Kopf.

Spricht man davon, den Isthmus von Panama[30] abzuschaffen, bringt der Prophet vor, dass das unter der Politik seines Meisters von den Phalanxen Europas im Nu erledigt wäre. Er verhängt einen Bannfluch über die Ausgaben des Kriegsministers und schlägt eine Einsparung von 300 Millionen jährlich vor – durch den Bau einer Modellkaserne zum Preis von vier Millionen pro Gemeinde, was ganz Europa eiligst umsetzen würde, vor allem die waldreichen Länder, in denen der Bau der schönsten *cottages* nicht mal hundert Écu kostet. Alle Übel der Gesellschaft rühren daher, dass es in Frankreich

30 Landbrücke zwischen Nord- und Südamerika.

nicht 36 000 Klöster gibt, die die Kleinigkeit von 130 und mehr Milliarden kosten würden (Gerät und Mobiliar nicht mit eingerechnet) und die so viel Platz bräuchten wie die Grundfläche Frankreichs einschließlich all seiner Parkanlagen.

Wird jemand ermordet, tritt die Zeitung des Propheten den Beweis der Unmöglichkeit eines Mordes im politischen System des Meisters an, in dem natürlich ein jeder seine Leidenschaften befriedigen kann. Die Doktrin gründet auf dem Versfragment Vergils: *Trahit sua quemque voluptas* («Jedweden zieht seine Leidenschaft»).[31] Der Mörder wird Metzger und tötet Federvieh; der Geizhals ist Kassierer; die Kinder lecken die Teller ab und halten so das Geschirr sauber etc.

Hätte es die Zeitungen dieser verschiedenen Doktrinen nicht gegeben, man wüsste gar nicht, was Frankreich alles an Talent, Geist, gesunder und kluger Kritik unter widrigen Bedingungen verplempern kann; denn man muss diesen Neuerern eine große Tatkraft und geniale, in ihrer Wahrnehmung häufig zutreffende Erkenntnis gesellschaftlicher Missstände zugestehen; doch das alles gerät durch eine ungefällige, saftlose und ermüdende Ausdrucksweise glanzlos.

31 Aus Vergils *Bucolica, Ekloge* 2, Vers 65.

Zweite Art: Der Ungläubige

Neben den Propheten, diesen edlen Hahnrei einer grandiosen Illusion, gesellt sich stets ein Ungläubiger, eine äußerst nützliche Persönlichkeit: Er ist der Händler der Idee, er zieht aus ihr seinen Nutzen.

Grundsatz

Der Prophet sieht die Engel, der Ungläubige macht sie der Leserschaft sichtbar.

Es gibt treuherzige Ungläubige, die meinen, dass *der Gedanke sich durchsetzen wird*, dass ihn zu predigen eine quasipriesterliche Macht verleiht. Ist der Stein schwer zu verdauen, wird er so gut in Gemüse eingelegt sein, dass man sich davon ernähren kann. Mit einem Wort, der Ungläubige bestreitet nicht, dass die Tribüne aus Pappe sei und kaum tragfähig; man kann sogar draufsteigen, dort sprechen, sich Gehör und Bekanntheit verschaffen. Ungläubige sind feinsinnige, geistreiche Männer, die es sich zur Aufgabe gemacht haben, mit weltmännischen Argumenten Anhänger um sich zu scharen. Wo der in die Irre gelaufene Prophet ausruft: «Es war ein großer Gedanke, doch man hat ihn nicht verstanden ...!», sagt der Ungläubige, mittlerweile ein Zeremonienmeister: «Wir hatten gute Leute zusammengebracht, es gab etwas zu tun.»

Dritte Art: Der Sektierer

Der Sektierer ist ein sehr jung gebliebener Mann; er hält sich für begeisterungsfähig. Er predigt auf den Boulevards, in den Theaterfoyers, in der Kutsche. Er hat an den Blumen geschnuppert, die auf dem Mond wachsen. Seine Leidenschaft für den Meister ist so groß, dass er Hindernisse nicht wahrnimmt: Er ist ergeben bis zum Leichtsinn, bereit, sein Leben für die Menschheit hinzugeben wie Jesus Christus. Dieser aufrichtige Sektierer ist eine Erscheinung unserer Tage; er lässt sich nur so schwer ausmachen, weil man ihn von jenem Sektierer unterscheiden muss, der die Begeisterung bloß spielt; doch er ist inmitten der Journalistenmenge eine so erhabene wie seltene Gestalt, er ist der Glaube selbst! – das seltenste Phänomen von Paris.

Noch ein paar Jahre, und diese drei originellen Charaktere werden verschwunden sein, hinweggefegt vom breiten Strom des Pariser Alltags. Von diesem unangebrachten Heroismus, der von so viel Leben und Wärme zeugte, der einst Penn und die Hussiten beseelte, wird nichts mehr zu bemerken sein. Der Prophet mit dem flammenden und bebenden Wort wird dann wohl Abgeordneter sein, er wird vielleicht die Kammer beeindrucken und Mittel für die Marine fordern. Der Ungläubige wird zu irgendetwas auf den Marquesas-Inseln ernannt. Der Sektierer wird sich in seinen Glauben und in seine Provinz flüchten. Wollte jemand zehn Jahre später erzählen, dass in einem Restaurant siebenhundert Personen nach einem Diner zu sechs Franc pro Kopf dem Lob des Meisters gelauscht haben, man würde ihn genauso auslachen, wie wenn er behauptete, dass es auf dem Mond bäuchlings lebende Wesen gebe.

Zweite Ordnung

DER KRITIKER

Fünf Gattungen:

a) Der Kritiker von altem Schrot und Korn
b) Der junge blonde Kritiker
c) Der große Kritiker
d) Der Feuilletonist
e) Die kleinen Journalisten

Der Charakter des Kritikers ist seinem Wesen nach insofern bemerkenswert, als in jedem Kritiker ein verhinderter Schriftsteller steckt. Da er selbst zur Schöpfung nicht taugt, wirft er sich zum Haremswächter auf, und unter diesen Haremswächtern stößt man hie und da auf einen Narses und einen Bagoas. Gemeinhin hat der Kritiker damit angefangen, Bücher zu veröffentlichen, in denen er vielleicht sein Französisch unter Beweis hat stellen können, die aber weder Dramaturgie noch Charaktere bieten, Bücher bar allen Interesses.

Früher waren Ausbildung, Erfahrung und lange Studien erforderlich, um den Beruf des Kritikers zu ergreifen; man übte ihn erst im fortgeschrittenen Alter aus; doch heute *machen wir das alles anders*, wie es Molière ausdrückt.[32] Es hat Kritiker gegeben, die sich auf Anhieb als solche etabliert haben und die, da sie trotz Kenntnis der Spielregeln nicht spielen durften, gleich anfingen, diesen Beruf auszuüben. Der junge Mann von zwanzig Jahren urteilt kreuz und quer drauflos (siehe *Der junge blonde Kritiker*).

32 Zitat aus Molières Komödie *Le médecin malgré lui* (*Der Arzt wider Willen*, uraufgeführt 1666), 2. Akt, 4. Szene.

Außerdem hat die Kritik ihr Wesen geändert. Es geht nicht mehr darum, Gedanken zu haben, man legt mehr Wert auf eine bestimmte Ausdrucksweise, die in Beleidigungen gipfelt. Den Kritiker unserer Tage verkörpert die Figur des Bertrand in der schrecklichen Farce mit dem Titel *Robert Macaire*.[33] Als Monsieur Gogo, der Aktionär, nach Abrechnungen verlangt, erhebt sich Bertrand und sagt: «Zuerst mache ich mal darauf aufmerksam, dass Monsieur Gogo eine Kanaille ist!» Heute fängt man da an, wo die Gelehrten vergangener Zeiten – leider! – manchmal aufhörten. Es sieht so aus, als sei eine Beleidigung schon immer das beste aller Argumente gewesen.

Heute, da alles seinen Auftritt hat, ist die Kritik eine Art gedanklicher Zollstation für Bücher und buchhändlerische Unternehmungen geworden. Entrichten Sie die Abgaben, so dürfen Sie passieren. Freundlich gegenüber Dummheit und Dilettantismus, nimmt die Kritik ihre neunschwänzige Peitsche erst zur Hand, setzt sie das Horn der Verwünschungen erst an die Lippen, greift sie nach Maske und Florett erst, wenn es sich um große

33 Robert Macaire, Bertrand, Monsieur Gobard (Gogo): Typen des frz. Boulevardtheaters in Anlehnung an die Commedia dell'arte, s. Nachwort im Abschnitt *Das literarische Leben der 1830er-Jahre.*

Werke handelt. Sie ist nicht aus der Art geschlagen, sie schätzt ihresgleichen: Sie hätschelt und lobt das Mittelmaß.

Die Kritiker aller Kaliber legen vor allem Wert darauf, als nette Leute zu gelten; sie tun das Böse nicht etwa aus Berechnung, sondern weil es das Publikum liebt, wenn man ihm allmorgendlich drei, vier mit Spott überzogene Schriftsteller darreicht wie Hühnchen am Spieß. Der Kritiker findet es ausnehmend witzig und erlesen, Ihnen die Hand zu reichen und als Ihr Freund aufzutreten, während er Sie mit den vergifteten Nadeln seiner Artikel sticht.

Wenn er Sie in einer Pariser Zeitung preist, verreißt er Sie in London.

Grundsatz

Der Kritiker von heute dient nur mehr einem: dem Kritiker.

a) Der Kritiker von altem Schrot und Korn

Zwei Arten:
1. Der Akademische
2. Der Mondäne

Dieser Typus des Kritikers ist dabei, abzutreten, Sie können ihn kaum noch woanders beobachten als im *Journal des Savants*, in einigen sehr seltenen Artikeln des *Constitutionnel*, dieser Arche Noah der Altertümlichkeiten, und in ein paar Anthologien, in denen sein dezenter Stil und seine Höflichkeit dieselbe Wirkung erzielen wie die Tanzkunst Mademoiselle Noblets neben Tänzerinnen der neuen Schule, der Essler, der Carlotta Grisi, der Taglioni, die am Horizont aufsteigen wie Meteore.

Dieser Kritiker meint, mit Ideen so verfahren zu müssen wie der Magistrat mit Rechtsstreitigkeiten, und er hat recht, der gute Mann. Mit seiner altertümlichen Rhetorik ist er mehr zum Lachen als verletzend; er wird niemals persönlich, sondern zeigt sich lieber spitzfindig. Der Académie française gilt sein ganzer Ehrgeiz, er glaubt, einen Anspruch auf Mitgliedschaft zu haben, weil er sein Leben der Literatur gewidmet hat. Wenn er zwanzig Jahre lang den Posten eines literarischen

Oberstaatsanwalts besetzt hat, fordert er, in die Richterschaft aufgenommen zu werden. Vor allem aber ist er ein Ehrenmann. Er käme sich verworfen vor, wenn er einwilligte, einen Artikel *für* zu schreiben, nachdem er einen *gegen* geschrieben hat. Wenn er mit Rücksicht auf die Zeitung oder eine einflussreiche Freundschaft von einem Buch reden soll, das er nicht gut findet, verfasst er einen Artikel *über*. Soweit sein methodischer Ansatz. Über diese drei Haltungen kommt er nicht hinaus: *für, gegen, über*.

Das *Journal des Débats* war dem guten alten Kritiker an die dreißig Jahre lang eine Heimat, den Leuten von Geist und Talent, den Leuten mit Herz und umfassender Bildung, die die hohe Schule der Kritik ausmachten. Der Letzte dieser Aufrechten ist gestorben. Der alte Duvicquet bekam beim Anblick des jungen blonden Kritikers so etwas wie Sehstörungen. Duvicquet kann als der Letzte gelten, denn die Herren Feletz und Jay, die in die Académie gelangt sind, haben kaum mehr geschrieben; Monsieur Fiévée hatte sich schon lange aus der Arena zurückgezogen, und der selige Becquet, der ihnen nachfolgen sollte, hat es nicht gebracht. Dieser Lebemann verließ alsbald den Weg der Dussault, der Hoffmann, der Colnet, der Bonald, der Tourreil, um Duvicquet zu folgen.

Der Kritiker von altem Schrot und Korn kennt zwei Erscheinungsformen: Er ist *akademisch*, oder er ist *mondän*.

Erste Art: Der Akademische

Dieser wenig fruchtbare Kritiker nimmt ein Buch zur Hand, liest es, studiert es, verdeutlicht sich den Gedanken des Autors, untersucht ihn unter dem dreifachen Gesichtspunkt von Idee, Ausführung und Stil. Nach einem Monat macht er sich daran, seine drei Absätze zu schreiben, eingeleitet von einer Analyse des Werkes selbst. Er drechselt seine Kritik wie Boulle seine Möbel. Nach drei Monaten, das Buch ist so gut wie vergessen, liefert der gute alte Kritiker seine gewichtige und gewissenhafte Arbeit ab. Zurückgezogen auf die Höhen des Quartier Latin, in die Tiefen einer Bibliothek, hat dieser Greis so viele Dinge gesehen, dass er sich nicht mehr die Mühe macht, die Gegenwart in Augenschein zu nehmen. Er geht in Schwarz, er ist Offizier der Ehrenlegion, und er spielt Domino. Ihn erfüllt kein Ehrgeiz mehr, er ist im Ruhestand, er hat eine Haushälterin, er liebt die Jugend; er sagt Erfolge voraus und er täuscht sich immer.

Zweite Art:
Der Mondäne

Dieser hier dagegen geht mit seinem Jahrhundert und staunt dennoch über den Gang der Dinge: Sie treffen ihn, der steif ist wie ein ausgestopfter Vogel, wie er über die Boulevards promeniert und nichts mehr am Journalismus findet, an all den Artikeln voller Fehler, an den *Lapsus plumae*[34], die zu zahlreich sind, um nicht krasse Unkenntnis zu offenbaren, und am fehlenden Anstand. Dieser Schöngeist aus der Kaiserzeit bekennt unumwunden, einer *anderen Epoche* anzugehören: Seine vergessenen Erfolge halten ihn ganz gut im Gleichgewicht und er kennt alle Anekdoten aus Napoleons Zeit. Dieser brave Mann, halb Schlegel, halb Fontanes, hat Periodika herausgegeben; er hat Ämter bekleidet, denn früher wusste die Regierung, dass man vom Schreiben nicht leben konnte. Schließlich hat dieser alte Kritiker dem anderen voraus, dass er nicht mehr schreibt; er verbirgt seine Verachtung für die Werke der Gegenwart unter erlesener Höflichkeit und Formulierungen voller Liebenswürdigkeit: Er bezichtigt sich selbst mangelnden Einfühlungsver-

34 Verbindung aus lat. *lapsus (Fehler)* und *pluma (Schreibfeder)*: Verschreiber.

mögens, verehrt die Frauen, geht ins Theater, besorgt sich die besten Zähne und die schönsten Haare der Welt. Er ist so glaubwürdig nett und bietet so vorzügliche Gesellschaft, dass der Bürger ihn für einen ehemaligen Präfekten Napoleons hält. Er ist zu gut angezogen, zu charmant, geht zu oft ins Theater und besucht die Salons zu eifrig, um lächerlich zu sein. Er lebt in Vollkommenheit das, was man früher *einen Literaten* nannte!

b) Der junge blonde Kritiker

Drei Arten:
1. Der Leugner
2. Der Spaßvogel
3. Der Lobhudler

Paris, das sich über alles lustig macht, sogar über sich selbst, wenn es sonst gerade nichts zu lachen gibt, hat diese Bezeichnung für den bartlosen Kritiker gefunden, der à la «Gogo ist eine Kanaille»[35] verfährt. So muss einer denn auch nicht unbedingt helle Haare haben, um ein blonder Kritiker zu sein. Es gibt auch ziemlich finstere.

35 S. Anm. 33.

Erste Art:
Der Leugner

Lebt dieser Kritiker mit einem Mädchen im vierten Stock in wilder Ehe, ist er durch und durch moralisch und ruft über die Dächer: «Ja wo kommen wir denn da hin?» Als Ehemann wendet er sich den Ansichten der Régence zu[36] und macht sich an die Rechtfertigung der größten Ungeheuerlichkeiten. Er, der die Sprache kaum beherrscht, ist Purist und leugnet jeden Stil, wenn ein Buch stilistisch elegant geschrieben ist; er streitet die Konstruktion ab, wenn eine da ist; er stellt alles in Abrede, was vorhanden ist, und lobt alles, was fehlt: Das ist seine Art. Er prüft, wo der Autor seine Stärken hat, und wenn er seine Qualitäten erkannt hat, fängt er zu nörgeln an und sagt: «Das und das fehlt.» Er gibt die Werke seiner Geliebten zu lesen und übernimmt ihr Urteil.

Was er abends erfährt, spuckt er Ihnen am nächsten Morgen wieder aus: So ist er Purist, Moralist und Leugner und kommt aus diesem Programm nicht heraus.

36 Anspielung auf die Epoche sexueller Freizügigkeit nach dem Tod Ludwigs XIV.

Zweite Art:
Der Spaßvogel[37]

Diese hübsche Spielart überlässt sich unablässigem Gewitzel, wie z.B. in der Rezension eines Buches die Handlung zu entstellen und die Figurennamen durcheinanderzubringen; oder indem er an die Begabung einer mittelmäßigen Person glauben lässt.

Der Spaßvogel liebt es, Schauspieler, Schriftsteller, Tänzerinnen, Sängerinnen, Zeichner *zu machen*. Er arbeitet für alle und schreibt über alles; er redet über Kunst, ohne sich auszukennen, er berichtet von der Gewerbeausstellung, von einer Sitzung der Akademie, von einem Ball bei Hofe, ohne den Fuß dorthin gesetzt zu haben. Im Nachruf auf einen würdigen Greis gibt er ihm sechsunddreißig Jahre und beklagt, dass dieser in der Blüte seines Lebens gestorben sei; handelt es sich um einen jungen Mann, macht er einen Hundertjährigen aus ihm. Wenn jemand, der Bescheid weiß, so frei ist, ihn darauf aufmerksam zu machen, dass die *Judith* im

37 Vorbild des Spaßvogels war angeblich François-Adolphe Loève-Veimars, aber auch Jules Janin kommt in Frage, so wie ihn die *Literarischen Blätter* schildern; s. Nachwort und Namenverzeichnis.

Palazzo Pitti nicht von Raffael ist,[38] antwortet er mit einem Schmunzeln: «Wie kleinlich!»

Der junge blonde Kritiker hat Freunde, die ihm ein unablässiges Hosianna singen und die sein Leben teilen; er diniert und soupiert, er ist überall dabei und in jeder Partei, er veranstaltet einen Karneval, der mit dem 2. Januar anhebt und erst an Silvester endet. Doch der junge blonde Kritiker hält sich nur kurz. Sie haben ihn erlebt, jung, elegant, für geistreich gehalten und Autor eines ersten eigenen Buchs – schließlich haben alle diese *literarischen Sternchen* beim Verlassen der Schule entweder einen Roman oder einen Band mit Versen veröffentlicht –, und Sie begegnen ihm nun wieder, gerupft, verblüht, der Blick erloschen wie sein Witz, auf der Suche nach einer Stellung; und, merkwürdig, er findet eine: Er wird Generalkonsul im Land der *tausendundeinen Nächte*, wo er, wohlbestallt, Besitz auf dem Land hat. Doch in der Sprache der Journalisten hat er *nichts mehr im Bauch* außer Unfähigkeit, Neid und Enttäuschung.

38 Das Gemälde *Giuditta con la testa di Oloferne* im Palazzo Pitti in Florenz stammt von Cristofano Allori (1577–1621); das Kunstwerk gibt es in drei Varianten; Raffael (1483–1520) hat das Thema angeblich nicht behandelt.

Dritte Art:
Der Lobhudler

In jeder Zeitung gibt es einen, der berufen ist zu loben, einen Jungen ohne Arg, gutgläubig, der aus der Kritik einen Milchladen der reinen Denkungsart macht. Seine Sätze sind rund und reizlos. Seine Grundstimmung ist das Loblied, und das stimmt er mit einer Unmenge von gleichermaßen widerlichen wie genialen Wendungen an; er hat für jeden Fall sein Rezept, er entblättert die Rose und breitet sie mit der Anmut eines Parfümerielehrlings über die Breite von drei Spalten aus; seine Artikel atmen die Unschuld von Chorknaben, deren Weihrauchkessel in seinen Händen liegt. Das ist langweilig, aber angenehm für den, um den es geht. Die Zeitungsdirektoren schätzen sich glücklich, einen solchen Redakteur im Haus zu haben. Wenn es gilt, einen Menschen über Gebühr zu loben, liefert man ihn dem Weihrauchschwenker aus. Leider durchschauen die Abonnenten auf die Dauer diese Masche und schlucken derlei Süßholz nicht mehr. So ziehen es viele vom *Lobhudler* bedrohte Schriftsteller auch vor, mit Dolchstößen zerrissen zu werden, statt wie Clarence im Malvasierfass zu ersaufen.[39]

39 S. unter Plantagenet im Namenverzeichnis.

Der Lobhudler, Kanonikus der Kritik, ist gern gesehen und wird überall empfangen; allseits beliebt, hat er sich nur wenige Bosheiten vorzuwerfen; er hat seine Momente der Auflehnung gehabt und macht sie sich zum Vorwurf; er begeht sein Leben als Feier: Es gibt so viele Eitelkeiten zufriedenzustellen! Er hat seinen Fuß in so vielen Zeitungen, in denen er kleine Artikel unterbringt, dass er vor allem von alten Blaustrümpfen gehätschelt wird. Es ist wahrscheinlich schwieriger, immer nur Gutes von seinem Nächsten zu sagen als immer nur Schlechtes.

Der Weihrauchschwenker, den manche einfach nur Kretin zu nennen die Freundlichkeit besitzen, hat seinen kleinen Roman verbrochen, seine kleine Gedichtsammlung; manchmal gelingt ihm eine *schön geschriebene* Novelle, die in Geschenkeditionen und Neujahrsalmanachen auftaucht. Er gehört zur Legion jener berühmten Namen, die jeder Spekulant missbraucht und die als Mitarbeiter von Blättern aufgeführt werden, deren Titel sie noch nie gehört haben. Der Lobhudler, der somit der Literatur anzugehören scheint, gilt in seiner Provinz als großer Mann. Nach einer stürmischen Jugend und nachdem er das Leben des unbekannten Journalisten geführt hat, heiratet er schließlich eine junge Person, die exzentrisch genug ist, einen berühmten

Namen tragen zu wollen, und die der liebe Gott in seiner Gnade grausam bestraft: Sie bekommt einen vollkommenen Ehrenmann zum Gatten, der nicht fähig ist, sie die Ungeheuerlichkeiten ihrer delirierenden Jungmädchenträume erleben zu lassen, und der sie umbringt, indem er sie glücklich machen will.

c) Der große Kritiker

Zwei Arten:
1. Der Scharfrichter
2. Der Schönschreiber

Erste Art:
Der Scharfrichter

Dieser Kritiker ist mit einem Wort beschrieben: Langeweile. Der Junge langweilt sich und versucht, alle anderen mitzulangweilen. Sein Ausgangspunkt ist der Neid; aber er verleiht seinem Neid und seiner Gelangweiltheit Format. Zuerst einmal hat er den anderen Arten voraus, dass er etwas weiß, dass er analysiert, worauf es ankommt, und dass er das Französische korrekt schreibt, das heißt:

ohne Wärme, ohne Bilder, aber makellos. Sein Stil ist kalt und nüchtern wie eine Klinge. Er ist ein Grammatiker; er liest die Bücher, die er bespricht; er ist gewissenhaft in seinem Neid und wird darum von den Feinden allen Talents ein großer Kritiker genannt. Vor allem ist er hochmütig und herablassend; er steht zu seinen Urteilen und er fällt sie, ohne Revision zuzulassen. Er gibt sich nicht wie der junge blonde Kritiker oder der Lobhudler mit dem nächstbesten Buch und allem und jedem ab; er wählt seine Opfer aus und sieht allein in dieser Wahl ein so großes Lob, dass er sich erlaubt, das Buch sowohl der einfachen wie auch der peinlichen Befragung seiner Kritik zu unterziehen, legt er doch Wert auf seine Unerbittlichkeit.

Für seine Zeitgenossen ist er ein literarischer *Foltermeister*. Besonders liebt er es, den Toten Gerechtigkeit widerfahren zu lassen; er lobt sie, indem er ihre Absichten herausstellt und bei ihnen eine Menge Ideen entdeckt, die sich bei Gegenwartsautoren nicht finden.

Veröffentlicht ein Mitarbeiter *seiner Zeitschrift* einen Roman mit dem Titel *Freude*, dann lässt er sich die Gelegenheit nicht entgehen, ihm mit folgendem Lob das Herz zu durchbohren:

Das Werk, das ich gerade gelesen habe, ist das, das der Kollege schreiben musste, dem wir so viele feinsinnige Urteile und manche Seiten verdanken, deren Arbeit an die der Elfenbeinschnitzer von Dieppe erinnert. Die Handlung, die Geschichte verrinnt zu einem Nichts, sie verliert sich auf Tausenden Seiten voller Einfälle und Betrachtungen, in deren Verlauf der Autor sein Denken unzählige Wendungen vollführen lässt, ohne sich mit dem Aufbau einer Szene abzumühen oder etwas zu erzählen. Er hält die Aufzählung von Motiven für eine Analyse und ersetzt die feinen Stränge der Intrige durch unscharfe Bilder der Poesie. […] Dazu hat er die höchsten moralischen Maßstäbe herausgearbeitet, die sich seinem Blick in die Seelen unserer Zeit offenbarten. Er hat die bedeutende Erkenntnis kundtun wollen, dass der Katholizismus allem Zweifel ein Ende bereitet. […] Die selbstverliebte stilistische Neugier speist sich in diesem Buch weitgehend aus fremden Quellen. Früh vertraut mit den schlüpfrigsten Maschen schriftlichen Ausdrucks, vollführt der Autor unwiderstehliche Wandlungen. In diesem Buch sieht man, wie sich das von den Sinnen berauschte Herz dagegen auflehnt, in der Freude zu verkommen. Wer in gewissen Passagen etwas Triviales und in manchen Schilderungen etwas Kindliches entdeckt, der müsste gegenüber einem Hobbema einen ähnlichen Vorbehalt geltend machen. So ist dieses Buch meiner Meinung nach eine triste Monodie[40]. Meint denn jemand, die Liebe beschränke sich für echte Männer, für den Dichter, den Denker, den Künstler, auf Rausch und Vergessen, auf Exzess und Erschöpfung? Hat der Heilige Augustin die Begierde so aufgefasst? Aber nicht doch. Große Menschen zögern nicht, die flüchtige und fehlgeleitete Begeisterung einzugestehen, die nutzlose Erregung, die fruchtlose Erschöpfung. Beim Anblick des sicheren Hafens hält die Seele inne und strebt danach, sich durch heroischen Verzicht rein zu halten. Es gibt Lüstlinge, die zurückweichen, deren Fuß vor dem Abgrund der Hingabe strauchelt, sodass sie für ein paar Momente in den duftenden Alkoven zurückkehren. Das ist auch schon der ganze Roman. Von der Begierde zur Unfähigkeit, von der Unentschiedenheit zum Nichts ist es nur ein logischer Schritt. So verstanden ist die Freude eine Initiation. Diese doch sehr einfache Geschichte endet mit einem strahlenden Schluss: Der wankelmütige Lüstling wird wieder Mann, indem er das Gebet als letzten, unausweichlichen Zufluchtsort wählt. So sei es.

40 Altgriech. Sologesang im Drama.

Dieser Kritiker ist groß, weil sonst niemand trocken und kalt zugleich sein kann. Ich ziehe diesem System das Epigramm der guten alten Zeiten und derer vor, die einem Autor gesagt hätten:

Publizieren Sie Ihr Buch, und reden wir nicht mehr davon.

Das war leichter zu behalten und amüsanter als die eifernden Befunde des trockenen und kalten großen Kritikers.

Zweite Art: Der Schönschreiber

Dieser andere große Kritiker schreibt wolkig und wollig. Er geht mit ähnlichen Phrasen zu Werke wie einst die Schöngeister an Elisabeths Hof:

Die Lenze der Seele
von Abel Mutin aus Neuchâtel

Dieser Dichter, dessen Werke in begrenztem Maße ernsthafte Kunstversuche sind, hat noch nicht sein letztes Wort gesprochen. Seine Veröffentlichungen, übrigens beschränkt auf und bestimmt für sein Heimatland, die Schweiz, bezeichnen einen unstillbaren Hang zur Träumerei und wenden sich an jene, die sich aufgrund der schmerzhaften Gleichförmigkeit ihres Lebens für die melodisch beklagten Leiden des Herzens erwärmen. Seine Dichtung ist ein unermessliches Chaos, in dem uns frische Erinnerungen auf dornige Abwege entführen, von denen uns monströse Visionen in wüste Leeren weitergeleiten. Man sieht da Wanderdünen, auf denen Weidenbäume gedeihen. Diese Seiten bieten uns große, ausgesonderte Gedanken, weise Vorhersagen, gefolgt von närrischen Handlungen. Der Autor ist angewiesen auf die Effekte des Abendhimmels, der vor blauem Horizont zusammengeballten Wolken und der tausend Varianten eines schütteren, grünen Blattwerks.

Er ist einer jener Männer, die nichts Kindliches daran finden, auf der Sonnenseite der Straße zu gehen, vier Stunden lang auf einer Brücke zu stehen oder loszulaufen, um eine Postkutsche vorbeifahren zu sehen; er hält sich etwas darauf zugute, ein Dichterherz zu haben, sich den besonderen Wesen zuzurechnen, die am helllichten Tag vom Weg abkommen. Wahrscheinlich wollte er nur zuerst sich selbst seine Leiden erzählen und war dann überrascht, dass seine *gemurmelten Klagen* durch ihren Rhythmus wie

Verse klangen. Eine bläuliche Melancholie brütet in seinen Vertraulichkeiten, gelegentlich überhöht von frühreifem Lyrismus. Bei ihm ist die Unerfahrenheit voll Anmut, und wenn ihn die Verbitterung in ergreifende Scherze stürzt, geschieht es ihm bisweilen, dass er mit Lord Ormond aus Victor Hugos *Cromwell*[41] ausruft: «Und wie rein erscheinen jene, die doch bloß glücklich waren!»

Mit seinen Vorlieben, seinen Studien und seinen Vergnügungen gehört Abel Mutin dieser jungen und keuschen Schule harmloser Dichtung an, die sich für das Intime, Malerische und Imaginierte begeistert, das André Chénier dem anhebenden 19. Jahrhundert zu Füßen legte und dessen ruhmreiches Erbe Lamartine, Alfred de Vigny, Victor Hugo, Émile Deschamps und nach ihnen noch einige andere bereichert haben. Was auch immer mit analysierenden Skizzen und kleinteiligen Genrebildern angestellt worden ist, Abel Mutin hat Anspruch, zur Gefolgschaft gezählt zu werden. Er ist streng in der Form und gläubig in der Ausführung; er prägt überalterte oder, man weiß nicht warum, als kleinbürgerlich aus der Dichtersprache ausgesonderte Worte neu. Er meidet die schneidende Klarheit des Ausdrucks und verleiht

41 Theaterstück von 1827.

seinem Denken in einem weit ausgreifenden und in der Schwebe verharrenden Buch Form, das auf tausend unterschwellige Umstände anspielt. [...]

Diese Unmenge reihum begonnener und liegen gelassener Partizipialkonstruktionen. Diese adverbial hingeworfenen Sätze. Diese *Wenns*, diese *Wanns*, diese *Abers*, diese *Auchs*, die Welle um Welle heranschwappen und Schlag um Schlag ungeahnte und fruchtbare Quellen erschließen. Diese Aufzählungen, die wie ein Brunnenstrahl vom Scheitelpunkt in die Tiefe stürzen. All dies erinnert an den Gott der Flüsse, der in großzügigen Ebenen unter den weiten Himmeln der Lombardei dahinzieht und dabei die Wolkenbrüche und das Stechen einer gierigen Sonne hinnimmt, in der Mitte unwiderstehlich und unsicher in seinen Strömungen, der die Sumpfblumen umschmeichelt und seine schaumigen Wellenkämme mit feurigen Garben krönt: Da komme einer und sage, das sei das Falsche ...!

Lassen wir diesen kindlichen Kritiker zurück am Po.

Ist man nach dieser Prosa nicht geradezu erpicht auf den Stil des Scharfrichters? Lieber einen Schlag mit dem Krummsäbel, als zwischen zwei wattierten Matratzen ersticken.

d) Der Feuilletonist

(mit Abarten)

Hier nun die fröhlichste Spezies all dieser Papierverschwender: Er lebt auf den Blättern wie der Seidenspinner und ist wie dieses Insekt mit dem, was er spinnt, vollauf beschäftigt. Die Feuilletonisten, was immer sie auch sagen, führen ein lustiges Leben; sie regieren die Theater, man liebt und umschmeichelt sie! – Doch sie, sie beklagen sich über die Zunahme der Premieren, denen sie mit ihren Geliebten auf besten Logenplätzen beiwohnen. Merkwürdig! – die ernsthaftesten Bücher, mit Hingabe ziselierte Kunstwerke, die ihre Verfasser durchwachte Nächte und viele Monate gekostet haben, finden in den Zeitungen nicht die geringste Beachtung. Sie stoßen dort auf tiefes Schweigen. Wohingegen das letzte Vaudeville des hinterletzten Theaters, die Schlussakkorde der Varietés, die am Rande irgendwelcher Déjeuners entstanden sind, also Stücke, die heutzutage wie Strümpfe oder Schals fabriziert werden, sich umfassender und regelmäßiger Besprechungen erfreuen. Diese Arbeit verlangt in allen Zeitungen einen eigenen Redakteur, einen Analysten aller Zweideutigkeiten der Déjazet und zugleich Historiker jener wie in einem ständig bewegten Kaleidoskop wiederholten sieben Grundsituationen. Dieser Redakteur, dieser Panurgos[42] der Zeitung, beklagt sich wie ein Sultan, dass er zu viel Vergnügen habe. Sein Gaumen ist der Götterspeise überdrüssig; er stöhnt unter der Last von jährlich fünfzehnhundert Theaterakten, über die sein Skalpell wandert und die er mit der Feder abschmeckt. Wie ein Koch, der Selters bestellt, um sein Geschmacksempfinden wiederzubeleben, sieht er sich Akrobaten an. Wie kommt es nur, dass dieser Weinschaum der Literatur derart vorgezogen wird? Das führt zu der entsetzlichen Frage der Wirtschaftlichkeit, die die Unmoral der gesetzgeberischen Absichten offenlegt, unter deren Last alle Zeitungen stehen.

Das Theater bezahlt die Zeitung in Form von Vergnügungen; das Theater mästet alle Arten Redakteure, die Geschäftsführer wie die Faktoten, einen jeden mit Eintrittskarten, Logenplätzen und Zuwendungen, während der Verleger von Literatur, dessen Erzeugnisse sich nur dank eines großen Bekanntheitsgrades vertreiben lassen, die Zeitung in bar bezahlt. Wenn die Zeitung Bücher ebenso bespräche wie Theaterstücke, dann bräuchte es die Anzeigen des Buchhandels nicht. Doch mit dem

42 Altgriech. «Allesmacher».

Tag, an dem aus der Seite vier der Zeitungen das ertragreiche Feld geworden ist, auf dem die Anzeigen erblühen, ging es mit der Literaturkritik bergab. Dies ist einer der Gründe für den kontinuierlichen Rückgang beim Verkauf literarischer Bücher gleich welcher Gattung. Literatur und Gewerbe haben Stempelgeld und Porto der Zeitungen von dem Tag an bezahlt, an dem die Anzeigen 200 000 Franc Jahresumsatz einbrachten. Erstens kann das Theater auf Anzeigen verzichten, da es mit seinen Plakaten Tag für Tag alle Straßenecken bunt überzieht; und zweitens ist es nicht so unscheinbar wie ein Buch. Mit seinen Schauspielerinnen, seinen Tänzerinnen, seinen Sängerinnen appelliert es an die Sinne und an die Eitelkeit; es verschickt Logenplätze und empfängt allabendlich die Legion der Schreiber, denn bei den Pariser Theatern entfallen fünfhundert freie Eintritte auf die Presse, von der am Abend höchstens zehn Leute kommen. Zwischen dem Baren in der Tasche und der Herrschaft über den schönsten Teil der Intelligenz hat die Presse nicht gezögert: Sie hat das Geld genommen und das Zepter des Grundsatzartikels abgegeben. Mit dem Tag, an dem Porto und Steuer zusammen nicht mehr als einen Bruchteil kosten, wird die Literatur- und Wissenschaftskritik in der Zeitung wieder genauso wichtig sein wie zurzeit der Feuilletonroman.

Geoffroy war der Vater des Feuilletons. Das Feuilleton ist eine Schöpfung, die nur in Paris gedeiht und nur dort bestehen kann. In keinem anderen Land fände man diesen Überschwang des Geistes, diesen Spott in allen Tonlagen, die sinnlos vergeudeten Reichtümer an Verstand, diese menschlichen Existenzen in Raketenform, einer wöchentlichen und gleich wieder vergessenen Parade geweiht, die von der Unfehlbarkeit eines Almanachs und von der Feinheit handgeklöppelter Spitze sein muss und die jeden Montag den unteren Teil der Zeitungsseite wie ein Besatz schmücken soll.[43]

Heutzutage hat alles in Frankreich sein Feuilleton. Die Wissenschaft und die Mode, der artesische Brunnen und die Ätzstickerei haben in den Zeitungen ihre Kolumne. Baudran und Arago, Biot und Nattier drängeln sich in den *Besprechungen*. Diese Lebhaftigkeit der geistigen Produktion macht Paris heute zur *amüsementzentriertesten* Hauptstadt, zur strahlendsten, zur besondersten, die es je gab. Es ist ein nicht endender Traum. Dort werden Menschen, Ideen, Systeme, Späße,

43 Das Feuilleton nahm etwas mehr als ein Viertel der ersten Seite und der beiden Folgeseiten der Zeitungen ein, die aus einem einmal gefalteten Bogen, also aus insgesamt vier Seiten bestanden.

Kunstwerke und Regierungen in solchen Massen verbraucht, dass man das Fass der Danaiden[44] vergessen kann.

Das Gewerbe der Feuilletonisten ist so schwierig, dass man von zwanzig nur zwei mit Vergnügen liest und sich auf die Wucht ihrer Montagsartikel schon freut. Einer dieser beiden gehört zu unseren besten Dichtern.

Feuilleton vieler Montage

Hier eine Probe des Ersteren dieser Feuilletons:

Legen Sie großen Wert darauf, dass ich, Pistolet, der Hund Ihres verheirateten Kritikers, Ihnen vom Drama unseres Umzugs erzähle? – Nein. – Ein Glück für Sie und für mich. Außerdem kennen Sie es ja schon, denn es gibt auf Erden nur ein Drama, wie es auch nur eine Komödie gibt. Nämlich Ehrgeiz und Liebe. Und die Möglichkeit, an den menschlichen Ehrgeiz zu glauben, heute, da diese edle Tugend großer Seelen zum Laster kleinkarierter Geister geworden ist, heute, da

44 Nach griech. Mythos waren die Danaiden durch einen Fluch der Götter dazu verdammt, beständig Wasser in ein durchlöchertes Fass zu schöpfen.

unsere Herren Anwälte allesamt von der Macht träumen und Ihre Theaterleute darunter zu leiden haben! ... Wie konnte der Ehrgeiz so tief sinken! Niemand kann es sagen. Lassen Sie ihn doch in der tauben Brust unserer Tribunen und auf der grünen Robe der Académie-Mitglieder verkümmern. Auf diese Weise geht alles zugrunde, die schönen Leidenschaften wie die großen Ideen. Das Drama ist von Corneille auf Monsieur Bouchardy heruntergekommen, und der Sturz ist zu arg, als dass es sich davon jemals erholt. Nachdem er Cäsar, Cromwell und Napoleon beherrscht hat, reizt der Ehrgeiz heute nur mehr Bürgersleute. Das Palais der Bourbonen ist ein Invalidendom geworden. Arme Leidenschaft! Das Schicksal wäre ihr etwas Besseres schuldig gewesen!

Veranstalten Sie also Ihr eigenes Drama, oder, noch besser, machen Sie gar nichts und reden wir vom Landleben. Wenn der Winter kommt, kann man sich, wie mein Herrchen sagt, mit dem fahlen Licht einer Bühne zufriedengeben, man kann sich die ausgeleierten und alternden Gesänge eurer mageren und kahlen Primadonnen anhören, man kann sich damit abfinden, all diese schmierigen Flitterkostüme hinzunehmen, all diese angemalten Gesichter, all dieses zahnlose Lächeln, all diese falschen Leidenschaften, all diese hinkenden und geschwollenen Phrasen, all den Bühnenplunder, was das Theater eben ausmacht. – Doch wenn der Sommer ins Land zieht, wenn der morgendliche Gesang der Lerche uns alle – jeder ein Romeo – grüßt und die Nachtigall ihre verliebten Melodeien in des Abends frische Düfte mischt, wenn unter den grünen Alleen eines geheimnisvollen Waldes erlesene Damen in Blau und Rosa schimmern wie verirrte Blüten, die vergessen haben, wo ihre Stängel stehen, und wir uns unter einem Himmelsbaldachin von goldenen Blumen, verloren inmitten dieser großartigen Harmonien, fragen, ob man Düfte hört oder Gesänge atmet – welche Freude ist es da, Monsieur Arnal und das Vaudeville zu vergessen! Monsieur Duprez und die Oper! Und Mademoiselle Rachel! Und die Schauspieler vom Hofe! Und die Schauspieler vom Hinterhofe! Und sogar Alcide Tousez, dem man dann sagt: *Displicuit nasus tuus!* «Deine Nase passt mir nicht, verschwinde!»[45]

Das schrieb mein Herrchen neulich, und ich trottete an seiner Seite, als wir die Aufschreie der Nüsse vom Straßenpflaster hörten. Es war Herbst geworden. Und da hielt es euren Kritiker nicht mehr, ihr Leute vom Vaudeville!, er warf seine

45 Aus: Juvenal (um 58–um 140), *Satiren VI*, 495.

Baumwollmütze ab, streifte seine schöne weiße Weste über, pfiff frohgemut nach mir, und schon waren wir zur Suche nach einem Haus auf dem Land aufgebrochen.

Verstehen Sie dies, wie Sie wollen: Immer haben wir ein Stück Land und ein Haus gefunden. Ein reizendes Haus, gelegen zwischen Park und Stadt: Die Stadt ist Paris, der Park ist der Bois de Boulogne. Ein Rokoko-Haus, noch voller Erinnerungen an Ludwig XV., mit Putten allerwärts, Schäferinnen allerwärts, Schafen allerwärts, Blumen allerwärts, eine echte Schäferei. Diesmal handelt es sich nicht um ein Wolkenkuckucksheim, die Rede ist vielmehr von einem richtigen Haus aus Stein, meine Güte!, mit grauen Fensterläden, das tatsächlich unser ist samt Läden und Park; und der Park hat einen schönen samtenen Rasen und richtig alte Bäume, die dicker alter Efeu schmückt, und ich habe eine hübsche grün bemalte Hütte auf dem Hof, und wenn Sie vorbeikommen, fragen Sie nach Pistolet. Man wird Ihnen sagen: «Da ist er.»

Gestern beim Spazierengehen, als uns, um auf das Drama zurückzukommen, das wir nicht gesehen haben, der Gedanke kam, Ihnen diese alte Geschichte von rostigen Dolchen und durchtriebenen Leidenschaften, von echten Ehebrüchen und falschen Kindern zu erzählen, die man das moderne Drama nennt, da stellte uns Louis ein junges Mädchen vor, das mit unserer Empfehlung zum Theater wollte.

Zu welchem Theater? Das arme Kind wusste es selbst nicht. Sie war schön, sie war rein und frisch, schöne sanfte blaue Augen, und in ihrer Naivität glaubte sie, es genüge, intelligent, sehr empfindsam, sehr schön und sehr jung zu sein, um die Höllenhunde zu erweichen, die sich Regisseure nennen. Beim Anblick solcher Anmut, solcher Jugend und solcher Schönheit, die das Theater mit einem Haps verschlingen würde, empfand ich einen schrecklichen Schmerz, und mein Herrchen vergoss dicke Tränen, gleich einem großen Kind, das er in Wahrheit auch ist.

Das war wirklich ziemlich traurig und erschütternd.

«Was! Mein Kind», sagte er zu ihr, «Sie denken ans Theater! Aber an der Comédie Française wird Sie Monsieur Samson zu jung finden, um die Naiven zu spielen, und Mademoiselle Mante wird Sie zu mager finden; an der Oper wird man Sie zu dick finden; an der Komischen Oper wird man Ihnen vorwerfen, dass Sie zu gut französisch sprechen. Oh! Mein armes Kind, glauben Sie mir, mein Nachbar ist ein Eisenwarenhändler im Ruhestand, der nie anderswohin geht als ins *Ambigu*[46] und nichts anderes liest als den *Constitutionnel*. Er ist das Haupt einer anständigen Familie, in der niemand Feuilletons geschrieben hat, in der keine Frau jemals ins Gerede gekommen ist. Dieser würdige Herr hat mich nach einer Gouvernante für seine Kinder gefragt, und in diesem ruhigen und anständigen Haus werden Sie Ihre Anfänge machen.» So also sprach mein Herr; daraufhin, sie in Tränen, er mit Lächeln, ich japsend, treten wir beim Nachbarn ein, der unser junges Mädchen herzlich begrüßt, und heute, inmitten ihrer Gefährtinnen, ihren ehemaligen Schwestern, würden Sie unseren Schützling gar nicht mehr wiedererkennen.

Und darum habe ich Ihnen auch nichts gesagt vom Stück des Tages. Ist diese Geschichte nicht so viel wert wie alle Dramen der Boulevards zusammen? Bedeutet eine solche Tat meinem Herrchen nicht viel mehr als der beste seiner Feuilletonartikel?

46 Das Théâtre de l'Ambigu-Comique, ein 1769 eröffnetes Haus, das nach einem Brand 1827 auf dem Boulevard Saint-Martin wiederaufgebaut wurde, bot eine bunte und höchst populäre Mischung aus Pantomimen, Vaudevilles und Commedia dell'arte. Auf der Bühne stand der spätere Fürst Florestan I. von Monaco, im Orchester spielte der Komponist Jacques Offenbach.

Man weiß wahrhaftig nicht, ob man die Geduld dessen bewundern soll, der diese Leier kurbelt, oder die Langmut jener, die sie sich anhören. Es ist seit zehn Jahren dasselbe Geklapper der Adverbien, dieselben wie Glasperlen aufgefädelten und raffiniert kombinierten Worte.

Die Trompete der *Presse* spielt allerlei Musik, schallend und poetisch: Man errät leicht, dass der, der sie an die Lippen setzt, nicht viel Luft braucht und sich seine schönsten Melodien, seine klingenden Fanfaren für ein anderes als das große Auditorium aufhebt.

Das Reich des Feuilletons war zu groß, man herrschte dort gleichzeitig über die Dichtung und die Theatermusik. Eines Tages trennte das *Journal des Débats* wegen eines großen Komponisten, wegen Berlioz, die Musikkritik von der Literaturkritik, womit es den enormen Entwicklungen in der Musik Rechnung trug, einer Kunstgattung, die die Gesellschaft erst nach dem Sturz des Kaisers erobert hat, dessen Signale die Welt betäubten. An jenem Tag öffneten die Herren Bertin ein Tor, durch das sich später die sieben oder acht ausschließlich der Musik gewidmeten Zeitungen stürzen sollten.

Weil die Presse heute über ein so gut sortiertes, so fruchtbares, so ausgedehntes Orchester verfügt, darf man annehmen, dass es demnächst eine auf das Klavier oder das Ventilhorn spezialisierte Zeitung geben wird. Und so berichten die edelsten Federn der Musikkritik von einer Oper:

Nach einer Introduktion, die so mager ist wie alles, was Monsieur Sowieso macht, eröffnet der erste Akt mit einem geheimnisvollen Andante, in dem eine Menge leichter Skizzen aufeinander folgen. Frantz, der Liebling des Fürsten, eröffnet den Höflingen die Liebe seines Herren zu Lucile. Bald erscheint Lucile mit ihrem Liebhaber. Die schöne Phrase in C-Dur:

«Und wenn Ihre ach so schöne Glut
Eines Tages ohne Hitze bliebe!
Ah! Habt Mitleid, seid nicht gut
Und versagt mir die Liebe!»

läuft gegen den Rhythmus der Melodie. Wir hätten es auch gern gehabt, wenn der verminderte Quintakkord des feinen C-Moll auf die Es-Dominante gesetzt worden wäre. Der Schlusschor des Akts:

«Hier müssen wir im Zorn noch kauern,
Doch bis zur Rache wird's nicht mehr dauern.»

… ist von mitreißender Kraft. Die Tremolo-Begleitung der gestopften Hörner durch die dritten Geigen, die im *Forte* auf dem Tonika-Akkord endet, hätte eine bessere Wirkung, wenn die Posaune, die diese melodische Linie um eine Oktave versetzt dominiert, den Halbton der Cacciatura[47] verlängerte. Das liegt auf der Hand.

Im zweiten Akt befinden wir uns im Garten des Palastes. Nach ein paar Takten *Andante*, gefolgt von einem feurigen *Allegro*, erhebt sich über der F-Dominante ein ungeheures *Crescendo* in 6/8-Noten. Horace singt dazu eine bezaubernde Sicilienne[48], in der sich eine dunkle Ahnung deutlich abzeichnet, ausgedrückt von den zweiten Kontrabässen im synkopischen Echo der Vokalphrase:

«Erst am Abend,
oh! süße Geliebte!
Kann deine Liebe
Mein Hoffen ganz laben.

Nur in deiner schönen Augen Blau
Erhebt sich meine Sonne.

47 Satzbezeichnung in der Barockmusik.
48 Ebenso.

Doch herrscht erst eitel Wonne,
wenn der andere zu uns vom Himmel schaut.»

Diese im 2/4-Takt komponierten Couplets, die man genauso auch auf dem Pont-Neuf hören könnte, singt Roger leidlich schön. Das wollen wir vom Sextett der Soldaten gar nicht behaupten:

«Lasst uns trinken, Freunde, und im Chore singen –
Ehre unserm Herren, und Ruhm vor allen Dingen!»

Die Begleitung dazu ist immerhin ordentlich orchestriert; doch die Herren setzen ihren Part um einen Zweiunddreißigstelton zu hoch an. Das Trio zwischen Frantz, Lucile und Horace, so ordinär es ist, erhebt sich immerhin am Ende mit der Phrase in Moll:

«Ich muss gehen, oh! welch Schmerz!»
«Er geht, oh! Glück, das sei kein Scherz!»
«Dieser Abschied bricht mir das Herz!»

... was als syllabischer[49] Dialog einen wunderschönen Effekt erzielt.

49 Pro Silbe eine Note.

Dieser zweite Akt, an sich ja nicht sonderlich stark, ist noch der beste der drei. Das Finale, das mit der Reprise des vorhergegangenen *Grupetto*[50] auf einer gehaltenen Tonika fußt, ist von einer erbarmenswerten melodischen Armut, die selbst die ehrgeizigen Gesangspartien der Madame Rossi nicht überspielen.

Der letzte Akt spielt in einer abgelegenen Scheune. Verzweifelt über Luciles Flucht, besingt der Fürst seinen Schmerz in einem Fauxbourdon[51], während sich Frantz mit Horace schlägt. Frantz wird verwundet: Er wird sogar ein bisschen umgebracht, während Horace verhaftet, angeklagt und zum Tode verurteilt wird. Zum Glück bringt ein Porträt Licht in die Sache. Horace war niemals Waise; der Fürst findet in ihm einen geliebten Neffen wieder; alle Welt umarmt sich; Lucile kommt dazu; die beiden Liebenden sind vereint, und alles endet im Schlusschor mit einem Kanon auf der Quinte, dessen Gesang sich mit überaus anmutigen Modulationen verbinden könnte, nahmen die spitzen *alto* und die fortgesetzten Triller der Piccoloflöten dem Finale nicht alles Gewicht.

50 Vorschlag, musikalische Verzierung.
51 Frz. *faux bourdon*: «falscher Bass», bezeichnet als musikalische Figur aufeinanderfolgende Terz-Sext-Klänge.

Insgesamt ist dies ein sehr schöner Erfolg für Monsieur Sowieso, dessen Begabung wir mehr als jeder andere bewundern.

Die übrigen Feuilletonisten, die einen Kilometer jenseits der Stadtgrenzen niemand mehr kennt, schreiben ihrer eigenen Ansicht nach kluge Artikel. Sie halten sich an die Vernunft und haben damit unrecht. Obwohl sehr bieder, erleben auch sie manchmal ihre temperamentvollen Momente, besinnen sich aber gleich wieder eines Besseren. Sie nehmen die Kritik übrigens ernst und erlauben sich gelegentlich Vorbehalte gegenüber den dreihundertsechzig Theaterautoren, deren Gaben, in einer Retorte destilliert, null Grad Corneille oder null komma null Promille Shakespeare ergäben. Diese Herrschaften begreifen weder den einen noch den anderen: Berühmte Feuilletonisten *wollten ganz bestimmt so nicht schreiben*, doch auch das Publikum hat es sich, ach!, in den Kopf gesetzt, ihnen die Aufmerksamkeit zu versagen.

Der Feuilletonist des *National* ist von der bequemen Fraktion; er schreckt gelegentlich aus seinem Schlaf hoch und schleudert flüchtige Blitze, die man bemerkt; und dabei breitet er gewöhnlich so viel Geist aus wie der Kollege des *Commerce* in seinen literarischen Werturteilen Verlässlichkeit bietet. Wozu auch ehrlich sein …? Was den Feuilletonschreiber der *Gazette* betrifft, der ist verdammt, alles niederzumachen, *und wenn schon*! Bis heute hält es das *Siècle* unter dem Vorwand der durchaus nachgewiesenen Dummheit seiner dreißigtausend Abonnenten für angemessen, sich fürs Theaterfeuilleton nicht auch noch Verstand abzuverlangen. So sagte einer unserer geistreichsten Zeitgenossen: «Das ist eine Zeitung auf Plattfüßen.»

e) Die kleinen Journalisten

Fünf Arten:
1. Der Mann fürs Grobe
2. Der Spötter
3. Der Zeilenangler
4. Der Anonyme
5. Der Guerillero

Mit Ausnahme der *Männer fürs Grobe*, von denen sich in den Zeitschriften ein paar die Faust an die Hüfte und die Feder an den Hut führen, handelt es sich bei den Arten dieser Gattung fast ausnahmslos um Redakteure kleiner Zeitungen. In Paris gibt es an die zwanzig Unternehmungen in Sachen

Skandal, Spott um jeden Preis und gedrucktes Geschrei, von denen ein paar geistreich sind, bissig, eine Art Leichtbewaffnete der Presse. Fast alle Anfänger, mehr oder minder Dichter, wieseln durch diese Blätter und träumen von leitenden Positionen, angezogen von Paris wie die Motten vom Licht und in dem Gedanken schwelgend, in einem vom Buchhandel oder der Zeitung geworfenen Gold- und Freudenstrahl *gratis* zu leben. Sie spielen sich bei den Buchhändlern auf, schleichen sich bei den Zeitschriften ein und schaffen es mit Müh und Not und unter Einsatz ihrer Zeit und Jugend, sich hervorzutun. Diese lieben Jungen meinen, dass witzig zu sein einem das Denken erspart; sie halten den Neid für eine Muse, und wenn sie die Distanz ermessen, die ein Buch von einer Zeitungskolumne trennt, wenn sie die Ebenen durchqueren, die zwischen einem Stil und den paar Sätzen der Kolumne einer kleinen Zeitung liegen, trocknet ihnen das Hirn aus; sie kommen erschöpft zu Fall und werden Feuilletonchefs, Faktoten und Beamte irgendeines Ministeriums. Tatsächlich sind ein paar dieser Heckenschützen als gemäßigte Existenzen gesichtet worden, die bürgerlich von ihrem Besitz lebten: Das sind jene, die sich neben diesem Geschäft das Vaudeville und das Auftragsmelodram oder den Tugend-Preis von Montyon zunutze machen.

Hier also die unserer Meinung nach originellsten Gestalten der Presse: Einige sind traurig wie die Statuen um die Kirche der Madeleine, andere sind fröhlich wie Häftlinge im Schuldturm, hübsche Jungs, die an nichts anderes denken als an die Liebe, an die Zerstreuung, Ehemänner mit Aktienanteil an ihrem Blatt, gute Jungs, die im Bösen nur Vergnügen sehen, Anwälte ohne Mandat, die in Mandaten ohne Anwalt obsiegen, Söhne ruinierter Familien. Es sind die Turbulenzen erster literarischer Gelüste und die gefährlichen Späße der Pariser Rangen, die die schönsten Monumente beschmutzen und imstande sind, Passanten die Augen auszustechen, nur um ihnen einen Streich zu spielen. Da findet sich die Würze des Journalismus, ein durch und durch originelles Denken, das in Feuerwerken verpulvert wird, deren Konstruktionen (die Motive) allerdings immer hässlich sind.

Erste Art:
Der Mann fürs Grobe

Der Mann fürs Grobe will sich einen Namen machen, oder *hofft* es zumindest, indem er sich an die großen Namen heranmacht; er ist bekannt dafür, dass er sich die Bücher *greift*, um ihnen das

Rückgrat zu *brechen*; er ist vereidigter Schlachter. Folglich bespricht dieser literarische Abdecker ein Werk nicht, er zerstückelt es; er prüft es nicht, er zerdrückt es. Er glaubt, dass man dann die Kraft seiner Feder bewundert, die Stärke seiner Gedanken und die Eleganz, mit der er den Patienten *aufs Rad flicht*. Seine Artikel sind Hinrichtungen, und er verdient dabei einen Sou pro Zeile, den er von einem Zeitschriften- oder Zeitungsdirektor erhält. Doch trotz solcher Mühen kommt es bei der Masse an Neuerscheinungen vor, dass der Mann fürs Grobe nicht das geringste Aufsehen erregt. Unsere Zeiten sind so unruhig, es hasten so viele Leute mit ihren Angelegenheiten über die Straßen, dass man kaum noch Aufmerksamkeit hat für Verleumdungen, die im 18. Jahrhundert Rousseau für den Rest seiner Tage ins Exil getrieben haben. Heute wäre die Weise Jean-Baptiste Rousseaus eine Harmlosigkeit, mit der sich niemand aufhalten würde und die nur den kränken könnte, für den sie geschrieben wäre. Das also ist die Gerechtigkeit, die die Presse der Literatur hat widerfahren lassen.

Wofür einer eine Ohrfeige verdient hätte, wenn er es einem anderen ins Gesicht sagte, statt es in seiner Kolumne zu schreiben, das gereicht dem Verleumdeten zur Ehre, wenn es der Mann fürs Grobe veröffentlicht, denn dann ist es dieser selbst, der sein eigenes Ansehen beschädigt. Den Männern fürs Grobe mangelt es nie an Stoff, um ihren Neid und ihr Elend zu bemänteln: Es geht ihnen angeblich immer darum, die beleidigte französische Sprache oder die beleidigte Moral zu rächen, sich fatalen Tendenzen entgegenzustellen, die Kunst zu schützen usw. Unter den großen Kritikern (siehe oben) gibt es einige, die von niederträchtigen Spekulanten dazu verführt wurden, sich in kleinlichem Kollegenzank zu verstricken, die sich gegen ihre Vorbilder gewandt haben und sie zu zerlegen suchten, die sich Verleumdungen erlaubt haben, die ihnen wie ein Schatten auf dem Gewissen lasten, und die leiden, weil sie Seiten gleichermaßen falschen wie verlogenen Lobes oder Tadels geschrieben haben.

Grundsatz

Das Verleumden und Diffamieren von Gedanken steht nicht unter Strafe.

Zur Rechenschaft gezogen werden kann der vermessene Kritiker, der ein Buch entstellt, nur von seinem Gewissen und dem Spekulanten, der ihn bezahlt und ihm früher oder später Gerechtigkeit widerfahren lässt. Man trifft auf dem öffentlichen

Platz der Literatur *Männer fürs Grobe* zu drei Franc die Hundert-Zeilen-Spalte und zu sechzig Franc die Seite, ganz nach Wunsch.

Der Mann fürs Grobe ist über alles auf dem Laufenden, was in Sachen Literatur passiert, und wenn er nicht an welcher Unternehmung auch immer *beteiligt* ist, greift er sie an. Geht man mit offenem Geldbeutel auf ihn zu, steckt er die Feder wieder weg.

Beispiel: Ein Verleger hat die Idee, eine Reihe von thematischen Abhandlungen zu veröffentlichen, und weigert sich, einem Mann fürs Grobe fünfhundert Franc für eine *Physiologie der Zigarre* zu zahlen; am nächsten Morgen schreibt der Mann fürs Grobe in einem kleinen Blatt ungefähr dies:

Die Physiologie war früher die Wissenschaft, die sich ausschließlich damit befasste, uns vom Mechanismus des Steißbeins, vom Wachstum des Fötus oder des Bandwurms zu berichten, also wenig geeigneten Stoffen, um Herz und Geist der Kinder oder junger Frauen zu bilden. Heute ist die Physiologie die Kunst, aufs Geratewohl von sonst etwas daherzuschwatzen und das Ganze in die Form eines kleinen blauen oder gelben Buchs zu bringen, das den Passanten unter dem Vorwand, ihn zu amüsieren, um zwanzig Sou erleichtern soll, worüber er später mit den Zähnen knirscht.

Haben Sie die *Physiologie des Schnupfers* zu verfassen, dann schreiben Sie, dass der Tabak das Gehirn entspannt, die Gedanken läutert, den Geruchssinn verdirbt, den Rachen angreift und zur üblen Angewohnheit wird; sodass man schließlich auch noch im Bett schnupft und die Frauen mit diesem Stimulans bestäubt, wodurch es zu einem Accessoire der Liebe wird: Findet der Verleger das lustig, müssen Sie hinzufügen, dass der Tabak die weiße Wäsche versaut, Schnupfen verursacht, den Schleimhäuten schadet, den Kummer lindert, den Stuhlgang fördert und dass man ihn als ein exzellentes Niespulver betrachten kann, das wir Nicot verdanken, dem französischen Botschafter in Portugal, einem Salvandy des 16. Jahrhunderts. Abgezapft in Kapitel und verziert mit Gravüren wird das mit hunderttausend Exemplaren aufgelegt, von denen sich auch welche verkaufen usw.

Der Verleger erschrickt und sieht zu, dass er das Manuskript der *Physiologie der Zigarre* erwirbt. Am folgenden Morgen rühmt der Mann fürs Grobe die Sache in einer anderen Zeitung mit einem Artikel, der folgendermaßen beginnt:

Das 18. Jahrhundert kannte die Mode der Schoßhunde; heute kennen wir die der Physiologien. Die Physiologien sind wie die Schafe des Panurgus,[52] eine folgt auf die andere, ganz Paris reißt sich darum, und für zwanzig Sou erhält man mehr vernünftige Gedanken, als ein Mann von Verstand im Monat haben kann. Und wie sollte es auch anders sein? Diese schmalen Bücher werden von den geistreichsten Leuten unserer Zeit verfasst *(27 Namen)*. Und man findet die Physiologien auf den Tischen aller Salons neben den Werken der einzigartigen Meister jener Form von Amüsement, die mit dem Zeichenstift zu Papier gebracht wird. Eine Physiologie ist für eine gestandene Dame der Gesellschaft, die sich amüsieren will, so unentbehrlich wie *Voyage où il vous plaira* von Tony Johannot und Alfred de Musset,[53] wie die hinreißenden *Szenen aus den privaten und öffentlichen Leben der Tiere* von Stahl und Grandville, und so weiter und so fort.

52 Sprichwörtlich für blinde Folgsamkeit.
53 *Die Reise ins Blaue*, ein Buchhandelserfolg des Jahres 1843.

Zweite Art:
Der Spötter

Der Spötter unterscheidet sich vom Mann fürs Grobe darin, dass er nur um des Spaßes willen spaßt und nur aus Versehen in Übereinstimmung mit der öffentlichen Meinung verleumdet. Der Spötter bittet notfalls um Pardon für die große Freiheit und greift auf eigene Rechnung an. Er eröffnet das Feuer auf die öffentlichen Dummheiten, er schüttelt die Alten, um zu sehen, ob sie sich noch auf ihren Bäumen halten; fallen sie, wendet er sich andern zu und rühmt sich, dieserart das Paradies entmottet zu haben[54]. Die Spötter haben den *Constitutionnel* ruiniert, indem sie seine Hydra der Anarchie töteten, dieses periodische politische Tier, die Wonne der Abonnenten, indem sie ihn vom Staat abkoppelten und ihm seinen dichterischen Furor zum Vorwurf machten. Sie haben die Tragödie *Arbogaste*[55] ins Verderben geführt, indem

54 Im Original: *écheniller le double vallon*, spielt auf ein Tal zwischen Parnass und Helikon an, Heimstatt der Musen und Dichter.

55 Tragödie in fünf Akten von Jean Pons Guillaume Viennet (1777–1868), frz. Militär, Politiker und Schriftsteller; sein *Arbogaste* erschien erst 1859 als gedrucktes Werk.

sie schon im Voraus putzige Szenen daraus schilderten. Sie haben ernsthafte Gedanken entwertet, sie haben anständige Leute lächerlich gemacht, sie haben Projekte verhindert, sie haben da, wo bei einer löchrig gewordenen Reputation allenfalls ein kleiner Finger hineingepasst hätte, ihre Hände bis zu den Ellenbogen hineingezwängt, sie haben das Gewicht einer leichten Strafe erhöht, sie sind mit ihren Karabinern den dicken Geschützen der großen Zeitungen zu Hilfe geeilt. Kaum hat er es heraus, wie er sein Unheil anrichten kann, pafft der Spötter auf dem Boulevard seine Zigarre, die Hände in den Manteltaschen, und sucht Dumme zum Abschuss, weil er *Tote sehen will.* Das Lächerliche ist eine Art Volksanleihe, die dem Spötter zehn Franc täglich einbringt. Er reißt Witze über die Reichen, die Löwen, die Wohltaten, die Verbrechen, die Affären, die Anleihen, über alles, was aufkommt, und über alles, was untergeht.

Der Herzog von Orléans ist gestorben, Gannal möchte ihn einbalsamieren, der Leibarzt des Fürsten beansprucht das Recht zu dieser Operation für sich; inmitten der allgemeinen Trauer sagt sich ein Spötter, der diesen Streit zweier Ansprüche bemerkt: «Was für einen hübschen Artikel das gibt!»

Und der Artikel, worin er sich über die Ärzte, Gannal und die Operation lustig macht, erscheint.

Es wird als Organ der Lehre Fouriers die *Phalange* gegründet, der Spötter sieht zehn Artikel, die im Sinn dieser Philosophie geschrieben sind, und er legt los:

Saint-Simon hatte vorgeschlagen, mit dem Vermögen eines Reichen zwanzig Arme zu schaffen; doch den *Vier Bewegungen* von Fourier, der schon zu Lebzeiten ein gewesener Korrektor war, liegt eine durchaus andere Vision zugrunde: Da werden Sie mit verschränkten Armen arbeiten, Sie werden keine Hühneraugen mehr haben, die Anwälte werden reich, ohne von ihren Mandanten einen Heller zu nehmen, die Tauben fliegen gebacken durch die Gassen, die Hühnchen verfügen sich selbst auf den Spieß.

Um Ihren fünfzigsten Geburtstag herum wird Ihnen ein kleiner Schwanz von zweiunddreißig Füßen wachsen, den Sie elegant und anmutig bewegen werden. Der Mond wird Kinder kriegen, die Leberpastete wächst auf den Feldern, die Wolken speien Champagner, das Tauwetter bringt Zuppa romana, die Lakaien werden Könige von Frankreich, die Zehn-Sou-Stücke werden vierzig Franc wert usw.

Monsieur Jasmin ist nach Paris gekommen, wohin ihn ein Zeitschriftenartikel gelockt hat, dessen Autor, um es sich zu ersparen, in Paris irgendwelches Talent zu entdecken, stattdessen welches aus der Provinz hervorhebt: Der Spötter stutzt seinen Witz auf die Maße eines dichtenden Friseurs zurecht und schreibt nur diese Zeilen:

Der berühmte Jasmin ist wieder in Paris. In einer glänzenden Soirée, die Monsieur Villemain bei einem seiner Freunde veranstaltete, las der berühmte Verseschmied seine reizende *Elegie vom Frisiereisen*:

«Wu blievs du af, do vill jehürte onbekannte Muse
Unterm blauen Himmel in edler Jesellschaff
Schüschtern, furschtsam, wie e ne Schwalw

Da fliesch' et wäsch, dat kleine Piepen»

Diese hinreißenden Verse, die kein Mensch verstanden hat, sorgten für ungeheure Begeisterung.

Wenn man einen literarischen Dilettanten *verspaßvogeln* will, beschäftige man sich zunächst ausschließlich mit ihm und gebe jeden Morgen ein paar lustige Sachen von ihm zum Besten wie diese:

Seit einiger Zeit verspürte Russland das Bedürfnis, einen unserer großen Männer zu kaufen, und hatte dabei vor allem den Vandeville-Schreiber Gaschènes de Molon[56] im Sinn, dessen Selbsteinschätzung das Talent aufwiegt, das ihm fehlt.

Als Galon de Moschènes gestern Abend nach Hause kam, fand er dort drei Gesandte des Zaren vor, die ihn schon eine Weile erwarteten. Diese Herren kamen, um ihm vonseiten des Autokraten dreiundzwanzig platinene Tabatieren, elf sehr ähnliche Porträts mit Diamanten und sechzehn Scheffel Papierrubel zu überreichen. Im Austausch für diese kleinen Angebinde erbat sich seine Majestät Nikolaus I. lediglich die Freundschaft von Monsieur Groschène de Molleton. Doch, taub für alle Bitten, wies Monsieur Galènes de Moschon die Geschenke empört zurück und sagte den Herren dazu: «Bestellen Sie Ihrem Kaiser, dass ich von Frankreichs Feinden nichts annehme!»

Derlei Beispiele dürften als Beweis gelten, dass unsere Zeit nicht ganz verkommen ist.

56 Hier und im Folgenden Verballhornung von Dieudonné-Jean-Baptiste-Paul Gaschon, bekannt als Paul de Molènes; s. Namenverzeichnis. In den Szenen des Boulevard-Theaters um Robert Macaire waren die grotesken Namensverdrehungen ein Stilmittel.

Dritte Art:
Der Zeilenangler

Je nach Höhe der Auflage zahlen die kleinen Zeitungen ihren Autoren fünf oder zehn Centime pro Zeile. *Le Charivari*, Matador der kleinen Zeitungen, ist die Einzige, die das Problem der täglichen Karikatur gelöst hat. Diese Sammlung wird mit Sicherheit eines Tages eine der wertvollsten unserer Zeit sein. Wenn man die besten Schreiber aufforderte, von heute auf morgen große Talente zu verhohnepiepeln, sei es Ingres, sei es Hugo, in der Art, wie das der *Charivari* aus dem Stand bewältigt, sie bräuchten einen Monat, um auf diese fortwährenden Späße zu kommen. Alle drei Tage findet man unter den Karikaturen von Daumier köstliche Vierzeiler, die einen zum Lachen bringen, wie sich unter den Karikaturen von Gavarni bewundernswerte Sittengemälde finden, vier Verse, die ebenso witzig, ebenso schneidend treffen wie die Zeichnung selbst. Gavarni ist in seiner Fruchtbarkeit ebenso unerklärlich wie die ganze Zeitung mit ihrer Wortakrobatik. So hat der *Charivari*, dessen Existenz allein schon eine wiederholte Straftat ist, dreitausend Abonnenten.

Der Zeilenangler ist der Autor, der von der Zeile lebt wie der Angler von der Schnur. Tag für

Tag bringt er die kostbarste Begabung auf, um eine Albernheit über ein oder zwei Spalten auszuwalzen; er zerlegt seine Sätze in Pointen, bis zur Erschöpfung lässt er die Blüten seines Witzes an diesem Unort der Fantasie sprießen, den man *die kleine Zeitung* nennt. Er bemerkt seine Verausgabung zu spät; oft ist er sogar auf seine eigenen Späße hereingefallen; er hat sich Lächerlichkeiten zu eigen werden lassen, die er selbst geschaffen hat, wie ein Arzt, der an der Pest stirbt. Bei diesem Geschäft verliert der stärkste Verstand das Gefühl für Größe, denn er setzt alles herab, indem er sich darüber lustig macht.

Die etwas fähigeren Zeilenangler haben Formen der Belustigung entwickelt, die sich auf alles anwenden lassen, wie die Autoren der Aufmacher die fortgesetzten Wiederholungen desselben Artikels erfunden haben. Das sind die Großen des Genres. Von allen Kleine-Zeitungs-Redakteuren ist einer durch alle Blätter gegangen und so zu Ansehen gelangt. Der berühmte Feuilletonist ist der Aufsteiger dieser kleinen literarischen Welt. Er hat Bücher schreiben wollen, doch war jedes seiner Bücher eine Sammlung von Zeitungsartikeln. Wenn er sonst nichts Besonderes gemacht hat, Schule hat er gemacht: Er ist der Stammvater der Zeilenangler und der Spötter, denn er hat die dahinsiechende kleine Zeitung mit einer unglaublichen Verausgabung an Witz und Witzen wieder zum Leben erweckt.

Heute ist die kleine Zeitung zehnmal geistreicher als in ihren Anfängen unter der Restauration und hundertmal anregender als der so gepriesene *Nain Jaune*.

Folgendermaßen berichtet man darin in zehn Zeilen von einer Theateraufführung:

In diesem Stück geht es um zwei Ehemänner: Der eine übt sich in der Handhabung des Stocks auf dem Rücken seiner besseren Hälfte, um sie tiefer zu rühren, wenn er sie für untreu hält; er glaubt, das beste Mittel, einer Frau das Leben beizubringen, sei, sie zu erschlagen; der andere begnügt sich zum Auftakt damit, ihr das Hirn wegzuballern; der Unterschied ist dermaßen gering, dass es nicht der Mühe wert war, ein Vaudevillestück daraus zu machen, und das Publikum sah das wie wir.

Man hat in den kleinen Blättern zwei Jahre lang die Lebensgeschichten berühmter Leute aller Klassen nach folgendem Muster geschildert:

Joseph Delorme[57]

Joseph Delorme kam in Eaux-Vives bei Genf als Kind einer toten Frau zur Welt. Sein Taufpate war Monsieur *Gali*, Pastor der reformierten Kirche, und die Taufpatin die hübsche Madame *Mathias,*[58] eine Katholikin. Aus dieser Gevatterschaft resultierte seine religiöse Entschlusslosigkeit, das Hin und Her seines Denkens und die Zusammenhanglosigkeit der Bilder in seinem Schreibstil.

Entsetzt vom embryonischen Zustand, in dem Leib und Geist dieses Kindes verharrten, steckte ihn sein Vater, Kassenwart der *Kuttenmönche*, in ein Glas und schickte ihn im zartesten Alter an die medizinische Fakultät von Paris zum Studium, die einen sagen, zum eigenen, andere, zu dem der anderen.

Weil die Professoren in dem Glas kein Leben sahen, ließen sie es auf einem Fensterbrett in der Sonne stehen, wo Joseph den lebhaftesten Geschmack für Landschaften, gelbe Strahlen und intimistische Lyrik entwickelte.

Mit fünfzehn Jahren beklagte er die mangelnde Fürsorge der Hebammen, die mit Grausen den Blick abwandten, obwohl seine Haare von einem

57 S. Namenverzeichnis unter *Sainte-Beuve*.
58 Frz. *galimathias*: «sinnloses Geschwätz», «Unsinn».

hübschen Rot waren, die Augen wässrig wie sein Denken und die Nase so galant gebogen wie die von Odry. Wegen dieser Verachtung von Seiten des schönen Geschlechts misslangen ihm einige Sonette und andere Dichtungen, deren Bestimmung es gewesen wäre, keinerlei Eindruck zu hinterlassen.

Mit siebzehn Jahren hatte er die geniale Eingebung, sich aus einem Kirschkern und einem Tropfen Schnaps eine Lupe zu basteln; so konnte er im menschlichen Herzen eine Menge kleiner Dummheiten beobachten, die ihn besonders beschäftigten.

Sechs Monate später verlangte es ihn nach einer gesellschaftlichen Position: Dazu wurde er auf einem Wägelchen zum Jardin du Luxembourg geschoben, wo ihn niederträchtige Studenten in der Rue Notre-Dame-des-Champs an der Tür eines Großmauls abstellten.

Während dieses *steeple-chase*[59] erfand er seinen Selbstmord, um zu sehen, ob er in typografischer Gestalt wiederauferstehen würde, und folgte seinem eigenen Trauerzug, der durch alle Blätter ging.

Dieser Aufenthalt im literarischen Zirkel rund um

59 Engl. «Hindernislauf».

sein falsches Grab verschaffte ihm die Bekanntschaft mit Ronsard und den ganzen *Alten* vor Boileau; und als er wieder herauskam, hatte er sich ein bestimmtes Geschmacksurteil hinsichtlich der Toten und all jener gebildet, die nicht leben sollten.

Er befasste sich also eingehend mit dem Inhalt der Brustkörbe der Phthisiker[60], dem der Krebsgeschwüre gebildeter Frauen und so weiter. So entdeckte er im Gemeinschaftsgrab des Waisenhauses der Literatur die Werke der Herren Bonardin aus Gex und der Madame Fischtaminel aus Lausanne usw. usw.

Er bewies unwiderlegbar, dass es im Jahr 1760 eine französische Sprache gab, und erhellte den Ursprung der Zäsur.

Er veröffentlichte die Geschichte der Marie Alacoque während seiner Zeit beim *National*. Zuweilen war er Saint-Simonist am Morgen und Aristokrat am Abend. Diese vollkommene Unabhängigkeit seiner Auffassungen bewirkte, dass er von den Eigentümern der *Revue des Deux Mondes* umworben wurde, wo Joseph, zurück aus der *anderen Welt*, bestens installiert wurde, stand er doch schon immer *jenseits des Grabes*. […]

60 An Lungentuberkulose Erkrankte.

Eines Tages fasste der Verband der Waisenhäuser den tödlichen Beschluss, die Kinderklappen zuzusperren: Es erschienen in der geistreichsten dieser kleinen Zeitungen drei so schneidende Artikel, dass der Verband seinen Beschluss revidierte. Hier ein paar Auszüge des ersten Artikels:

Die Findelkinder sind verloren!

Die Pariser Stadtverwaltung sammelt alljährlich viertausend elternlose Kinder ein.

Es gab einmal eine Zeit, als junge Frauen, kaum des Mutterglücks teilhaftig geworden, nichts Eiligeres zu tun hatten, als ihre Kinder im Schnee oder hinter einem Grenzstein abzulegen, und Sankt Vinzenz von Paul machte es sich zur süßesten Aufgabe, sie dort aufzulesen. Unzählige Kaminplatten erinnern daran. Man war in jener Zeit Sohn des heiligen Vinzenz von Paul, der sich bald als Oberhaupt einer blühenden Familie wiederfand. Diese Kinder, von ihrer Erkältung genesen, gediehen umso prächtiger, als man nicht wusste, wohin mit ihnen; sie wuchsen und vermehrten sich mit entwaffnender Hemmungslosigkeit. Man schuf also für sie eine Einrichtung, in der sie untergebracht und versorgt wurden wie Kinder in einer Familie. Um den gewissenhaften Müttern die Fürsorge abzunehmen, mit der sie ihre Kinder mitten im Schnee und an anderen unbekömmlichen Plätzen ablegten, hielt man zur Abgabe von Neugeborenen Tag und Nacht ein Büro geöffnet. Mithin gab es keinen Grund mehr, dem Schnee den Vorzug zu geben. Doch Missbrauch schlich sich ein, und mit Sankt Vinzenz von Paul wurde die Zahl der Kinder groß und ansehnlich. Man legte nicht nur Kinder an der Klappe ab, man schob auch kleine scheußliche Greise hinein. Trunkenbolde auf dem Heimweg versuchten, Saufkumpane hier unterzubringen, die nicht mehr weitergehen konnten. Die Verwaltung der Hospize beriet sich und setzte Folgendes fest:

«Die Klappe wird geschlossen.

Eine Ursache für die vielen ausgesetzten Kinder ist offenbar, dass den Müttern Anonymität zugesichert wird und dass es ihnen zu leicht gemacht wird. Die große Anzahl verursacht Unkosten, die die Verwaltung nicht mehr tragen kann.

Andererseits kann die geringste Einschränkung dieser Anonymität die Mütter wieder dazu bringen, ihre Kinder in den Schnee zu legen; die Verwaltung sichert den Müttern, die ihre Kinder weggeben wollen, die Wahrung ihrer Anonymität zu; allerdings müssen die Mädchen oder Frauen, damit nicht eine zu große Vereinfachung dazu führt, dass übermäßig viele Kinder eingeliefert werden, bei der Polizei eine Erklärung abgeben. Von dort werden sie zwei Polizisten zum Waisenhaus geleiten, und vier Vollzugsbeamte werden sie nach Hause zu ihren Eltern bringen.»

Es wird erwogen, diesem Aufmarsch eine unbeschäftigte Lotteriekapelle anzugliedern.

Die Maßnahmen haben die gewünschte Wirkung erzielt. Schon am Morgen nach der Bekanntgabe nahm die Zahl abgegebener Kinder ab. Man fand allerdings sehr viele Kinder unter den Dachtraufen; mittlerweile werden sie in Briefkästen gestopft, den Waisenhausleitern mit der Postkutsche im Korb geschickt und beim Nachtportier abgegeben.

Wir hoffen, dass diese gewissen Übertreibungen der Hospizverwaltung die Augen öffnen werden.

Dankt der König von Holland ab, wird seine Demission folgendermaßen vermeldet:

König Willem zieht sich mit unscheinbaren einhundertzwanzig Milliönchen von seinen Amtsgeschäften zurück. Der arme Herr! Er habe, so heißt es, seinen ehemaligen Untertanen seinen Segen erteilt.

Wenn das Wasser aus dem Brunnen von Grenelle schießt, wird es mit Witzeleien der Art begrüßt, die man allmorgendlich bei den Tagesmeldungen findet:

Wir weisen darauf hin, dass niemand zur Betrachtung des artesischen Brunnens von Grenelle ein *Rohr* haben muss. Es gibt dort schon eins.[61] […]

Dieser unablässige *Schluckauf* gegen Menschen und Dinge hält sich seit Jahrzehnten gleichermaßen schamlos und schwungvoll. Geschont werden weder Alter noch Geschlecht, nicht königliche Häupter und nicht die Frauen, kein noch so geniales Werk und kein noch so begabter Mann! Der Zeilenangler setzt die Regierung, die Verschwörungen, die schwerwiegendsten Vorgänge herab; er würde auf Granit ritzen und sich an Diamanten versuchen! Die menippeische Satire[62] sähe blass aus neben dem Buch, das ein geistreicher Mann aus dieser täglichen Produktion zapfen könnte, die wir jungen unbekannten Leuten verdanken. Diese Quelle ist so ergiebig an Witz, so sprudelnd, so lebhaft, so anhal-

61 Zur Vorliebe für Kalauer s. Alphonse Karr im Namenverzeichnis.

62 Urform der literarischen Satire, begründet von dem griech. Kyniker Menippos von Gadara (3. Jh v. Chr.).

tend angriffslustig, dass schließlich (1841)[63] sogar die Engländer zugeben mussten, nichts unseren kleinen Blättern Vergleichbares habe jemals in irgendeinem Land zu irgendeiner Zeit existiert. All das wird ersonnen und gedruckt, um diesen vom Vergnügen erlahmten Sultan zu erfreuen, der *Paris* heißt!

Ach! Frankreich ist kolossal bis in seine Kleinigkeiten, bis in seine Laster, bis in seine Mängel!

Die Fremden, die unsere Männer von Talent bewundern, wissen nicht, zu welchem Preis der Ruhm, die Mode, jede Art von Glanz in Paris zu haben sind, sogar die ärmliche Gefälligkeit, dass sich das Publikum für ein paar Augenblicke mit einem beschäftigt. Lesen Sie diese Zitate noch einmal, die, aufs Geratewohl herausgegriffen, doch Meisterwerke des Gewitzels sind … und – erzittern Sie!

Vierte Art:
Der Anonyme

Schüler von Grisier.

63 Gründungsjahr von *Punch*; s. Zeitschriftenverzeichnis.

Fünfte Art:
Der Guerillero

In den letzten drei Jahren ist eine neue Art von Publikationen aufgetaucht: die Monatszeitschrift, voll weißer Stellen, damit auch unschuldige Abschnitte dabei sind, voller Privatangelegenheiten, voll kleiner, im stillen Kämmerlein fabrizierter Anekdoten und nachgedruckter Gedankengänge. Mit der Sammelbüchse in der Hand hat sie vom Leser zwanzig Sou verlangt, und alsbald haben zehn oder zwölf Mucker das Banner des Kleinformats gehisst, in Nachahmung des Erfinders, dessen Erfindung darin bestand, Monat für Monat so witzig sein zu wollen, wie es die kleinen Blätter täglich sind. Der Autor des ersten dieser kleinen Bücher hat sich folgendes Motto ausgedacht:

Ich werde all meine Gedanken ungeniert aussprechen und werde gegen Menschen und Dinge unerbittlich sein. – Nicht eine Zeitung würde es wagen, derlei neuartige und verwegene Zeilen zu veröffentlichen.

Und so wird er etwas in ungefähr dieser Art publizieren:

Gestern habe ich in Begleitung von Léon Gatayes Paris verlassen, und Paris hat es nicht einmal bemerkt – obwohl ich einer von denen bin, die gegen die Absurdität des Anzugs protestieren, indem ich einen Samtfrack trage.

Rot versank die Sonne am schieferfarbenen Horizont – die Wellen brachen sich zu meinen Füßen am Gestade von Étretat und ließen die Kiesel klackend aneinanderstoßen. – Meine schönen goldenen Stechginster neigten ihre regenschweren Häupter. – Traurige Möwen schwebten reglos über den Wassern, in die sie mit ihren langen weißen Schwingen ab und an eine Linie zogen. – Die milden Düfte des Meeres verhauchten in der abendlichen Brise, und ich schenkte einem armen Fischer eine Zigarre zu drei Sou, als er heimkehrte zu seiner Hütte, in der ihn kein Strohdach schützt – ist es doch eine in den Fels geschlagene Grotte.

Mein Freund, der Baron von B…, hat soeben einen neuen Roman veröffentlicht. – Nachdem Freundschaft bei mir die Offenheit nicht ausschließt, muss ich sagen, dass dieses Werk hinreißend ist.

Wenn das Wetter ein paar Tage lang trüb ist und die Wolken große Tropfen zur Erde schicken, ist dies, Monsieur Arago nehme es nicht übel, ein klares Zeichen für Regen.

Man fühlt sich immer stark genug, sein Glück, so groß es auch sei, allein auszuhalten – doch meist ist man zu schwach, den kleinsten Kummer zu ertragen, ohne seine Freunde zu langweilen. – Die Freundschaft ist also eine Täuschung, deren offensichtlicher Nutzen darin liegt, nichts zu teilen als das Unglück der anderen (22. Ausgabe). [...]

Nein, keine Tageszeitung hätte es gewagt, diese so neuartigen wie gewagten Zeilen zu veröffentlichen.

Auch wenn es eine ihrem Wesen nach kurzlebige Epidemie sein sollte in einem Land, das seine Zeit damit zubringt, im Fünfjahresrhythmus seine Politik umzukrempeln, wie es die Formate seiner Bücher wechselt, so liegt doch hier die Zukunft des periodischen Pamphlets.

Nachdem wir die Arten haben Revue passieren lassen, war es unerlässlich, von einzelnen konkreten Ausformungen zu sprechen.

Schluss

So viel also zu den einzelnen Kräften der *Presse* – ein Wort, mit dem alles ausgedrückt wird, was regelmäßig zu Politik und Literatur erscheint, worin über die Werke jener geurteilt wird, die herrschen, und jener, die schreiben, beides Formen, die Menschen zu lenken. Wir haben das Räderwerk der Maschine gesehen. Was die Beobachtung ihrer Arbeitsabläufe angeht, so gibt es dies Schauspiel allein in London und Paris; außerhalb von Paris spürt man ihre Effekte, begreift aber nicht mehr ihre Mittel. Paris gleicht der Sonne, es leuchtet, es wärmt, aber aus der Distanz. Ab einer Entfernung von zweiunddreißig Kilometern ist der fähigste Diplomat auf Mutmaßungen über das Wesen dieses Lichts angewiesen. Vielleicht ist ja die Sonne, wie die Presse, ein großer geschlagener Schaum!

Die Londoner Presse hat nicht dieselbe Wirkung auf die Welt wie die von Paris: Sie ist in gewisser Weise typisch für England, das seine Selbstbezogenheit auf alles und jedes überträgt. Dieser Egoismus muss Patriotismus heißen, denn der Patriotismus ist nichts anderes als der Egoismus eines Landes. Daher muss man den ungeheuren Unterschied hervorheben, der zwischen den englischen und den französischen Journalisten besteht. Ein

Engländer ist zuerst Engländer, dann erst Journalist. Der Franzose ist vor allem Journalist, Franzose ist er erst als Zweites. So werden die englischen Zeitungen niemals den Fehler begehen, die Geheimnisse ihrer Regierung preiszugeben, wenn irgendein außenpolitischer Vorteil herausgeholt werden soll; die französische Zeitung dagegen wird, um Abonnenten zu gewinnen, über die politischen Hintergründe plaudern; seine Grundlage dazu ist dieser

Grundsatz

Für den Journalisten ist alles Wahrscheinliche wahr.

Und gewonnen hat, wer die Pläne der Regierung ans Licht bringt. Abd-el-Kader hat in aller Unschuld gesagt: «Meine besten Spione sind die französischen Journalisten.» Gestern hat eine Zeitung behauptet, dass England und die Vereinigten Staaten Eigentumsrechte an den Marquesas-Inseln besäßen, die älter seien als die Einnahme durch die Franzosen, und diese nennt sich *Le National.*

Napoleon hat zwischen der Aussicht zu stürzen und der Freiheit der Presse nicht gezögert.

Natürlich wäre es einfach gewesen, die Leute von der Presse und ihre Sitten zu porträtieren, sie

Ihnen in der Ausübung ihres angeblichen Gottesdienstes zu zeigen; aber *die Dinge* wirkten eigenartiger als die Leute. Heute hat sich diese chronische Erkrankung Frankreichs überallhin ausgebreitet. Sie hat die Rechtsprechung ihren Gesetzen unterworfen, dem Gesetzgeber, der die Öffentlichkeit vielleicht als schlimmere Pein betrachtet als alle strafrechtlichen Untersuchungen, hat sie einen Schrecken eingejagt. Sie hat den Hof unterworfen, das private Gewerbe, die Familie, das Gewinnstreben; kurz, sie hat aus ganz Frankreich eine Kleinstadt gemacht, in der man sich mehr ums *Ansehen* sorgt als um die Interessen des Landes.

Die Zahl der Diener dieser modernen Gottheit übersteigt kaum tausend. Der Geringste unter ihnen ist immer noch ein geistreicher Mann, trotz seiner Mittelmäßigkeit, die immer nur relativ ist. Damit es der Presse nicht an Einmaligkeiten mangelt, gab es da zwei Frauen und zwei Geistliche;[64] heute sind es nur noch eine Frau und ein Geistlicher: zwei Röcke!

Womöglich sind die Abonnenten noch unerklärlicher als die Zeitungen und die Journalisten. Die Abonnenten sehen zu, wie ihre Blätter ihren Hass

64 Vermutlich Laure Junot und Delphine Gay sowie Abbé de Geoffroy und Hugues de Lamennais.

verlagern, wie sie voller Wohlwollen gegenüber jenen Politikern sind, auf die sie sich alle Tage eingeschossen hatten, wie sie heute preisen, was sie gestern niedermachten, wie sie sich mit jenen Kollegen verbinden, die sie gestern oder letztes Jahr geprügelt haben, wie sie für absurde Thesen plädieren – die Abonnenten lesen und abonnieren die Zeitungen in einer unerschrockenen Selbstverleugnung weiter, die man von Mann zu Mann niemals begriffe.

Die Presse, wie die Frau, ist wunderbar und erhaben, wenn sie eine Lüge vorbringt. Sie lässt nicht locker, bis Sie ihr glauben, und sie verwendet die größten Talente auf diesen Kampf, in dem das Publikum, so dämlich wie ein Ehegatte, immer unterlegen ist.

Wenn es die Presse nicht gäbe, dürfte man sie nicht erfinden.

Tatsächlich herrscht über dem menschlichen Dasein eine übergeordnete Macht, der die Diskussion, der das Geschwätz des Menschen – gedruckt oder nicht – nichts anhaben kann.

Um sich zu halten, wird sich die derzeitige Regierung genau da mit Hilfe zweier Gesetze retten müssen, wo Karl X. mit zwei Erlassen gescheitert ist. Und diese beiden Gesetze werden wahrscheinlich mit großen Mehrheiten in beiden Kammern angenommen.

SYNOPTISCHE TAFEL
der Klasse der Schriftsteller
(Auszug aus der Naturgeschichte
des Zweihänders in Gesellschaft)

Erste Ordnung: Der Publizist

Gattung	Arten
Der Journalist	1. Der geschäftsführende Chefredakteur-Eigentümer-Direktor 2. Der Tenor 3. Der Schreiber von Hintergrundartikeln 4. Das Faktotum 5. Die Kämmerlinge
Der Politiker	1. Der Staatsmann 2. Der Parteigänger 3. Der überparteiliche Parteigänger 4. Der Broschürenpolitiker
Der Pamphletist	ohne Arten
Der Nihiloge	ohne Arten
Der Publizist mit eigenem Ressort	ohne Arten

Der Monothematiker	ohne Arten
Der Übersetzer	verschwundene Art
Der Autor mit Überzeugungen	1. Der Prophet 2. Der Ungläubige 3. Der Sektierer

Zweite Ordnung: Der Kritiker

Der Kritiker von altem Schrot und Korn	1. Der Akademische 2. Der Mondäne
Der junge blonde Kritiker	1. Der Leugner 2. Der Spaßvogel 3. Der Lobhudler
Der große Kritiker	1. Der Scharfrichter 2. Der Schönschreiber
Der Feuilletonist	mit Abarten
Die kleinen Journalisten	1. Der Mann fürs Grobe 2. Der Spötter 3. Der Zeilenangler 4. Der Anonyme 5. Der Guerillero

BRIEF AN DIE FRANZÖSISCHEN SCHRIFTSTELLER DES 19. JAHRHUNDERTS

(Lettre adressée aux écrivains français du XIXe siècle)

Balzacs Plädoyer für ein Urheberrecht

Messieurs,
es haben sich der Republik der Literatur große Fragen von allgemeinem und persönlichem Belang gestellt; jeder von Ihnen kennt sie, spricht davon in kleinem Kreis. Niemand wagt, sich öffentlich zu beschweren oder ein Heilmittel für unsere Leiden vorzuschlagen. Je länger wir es uns gefallen lassen, desto größer wird das Übel und desto mehr leiden unsere jeweiligen Interessen; wenn wir leiden, hilft es nicht, dass wir damit nicht allein sind. Das geistige Vermögen eines Landes ist das gesamte Land. Das Land sollte es wissen. Heutzutage ist der Autor, wenn er unabhängig sein will, gezwungen, sich um seine Angelegenheiten selbst zu kümmern. Seine Interessen berühren die des französischen Buchhandels, der sich im Niedergang befindet. Darum war es nie dringender, dass sich eine Stimme erhebt, dass ein Mann für unsere *città dolente*[1] spricht, wie es seinerzeit Beaumarchais für die Dramatiker getan hat, deren Rechte er fes-

1 Begriff aus dem *Inferno* von Dante Alighieris (1265–1321) *Divina Commedia*, gewissermaßen unsere «leidende Republik».

tigen ließ.[2] Wir haben, um das Wort zu ergreifen, keinen geringeren Anlass als den Notstand selbst, in dem wir uns befinden. So wird jeder von Ihnen die der Hast geschuldeten Mängel und den Stil des Manifests verzeihen, das in Eile von einem verfasst wurde, der nicht genug Zeit hat für all das, was er tun muss.

Zu keiner Zeit war der Künstler schlechter geschützt. Kein Jahrhundert hat intelligentere Massen gesehen, zu keiner Zeit war das Denken so mächtig; niemals war der Künstler selbst so un-

2 Die Comédie-Française genoss das Monopol eines königlichen Privilegs, alle in Versen gedichteten Stücke als Erste aufzuführen, enthielt dabei aber den Autoren Teile ihres Honorars aus den Einnahmen vor. Als der frz. Dramatiker Beaumarchais (s. Namenverzeichnis) am Erfolg seines *Barbier von Sevilla* (1775) beteiligt werden wollte, wurde das Stück kurzerhand abgesetzt. Am 3. Juli 1777 traf er sich mit einer Gruppe von etwa 30 Schriftstellern und begründete mit ihnen die *Société des auteurs dramatiques*, um die Rechte der Autoren zu sichern. Dabei wurde formuliert: «Das heiligste, unangreifbarste und persönlichste Eigentum ist das Werk, Frucht der Gedanken des Schriftstellers.» In der Folge kam es zum offenen Konflikt mit der Comédie-Française. Beaumarchais behinderte Theaterproben, die anderen Autoren verweigerten dem Theater neue Stücke. Nach der Revolution wurde ein entsprechendes Gesetz verabschiedet, das erste dieser Art überhaupt.

bedeutend. Die Französische Revolution, die sich erhob, um so viele missachtete Rechte anerkennen zu lassen, hat Sie unter die Herrschaft eines barbarischen Rechts gestoßen. Sie hat Ihre Werke zu Gemeineigentum erklärt, als hätte sie vorhergesehen, dass die Literatur und die Künste emigrieren würden. Sicherlich kommt ein großer Gedanke in diesem Gesetz zum Zug. Es war wohl schön zu sehen, wie die Gesellschaft dem Genie sagt: «Du wirst uns bereichern und bleibst selber arm.» So gingen die Dinge seit Langem; aber seit genauso Langem hatten sich die Könige oder die Völker Würdigungen und verspätete Ehrungen erlaubt, die die Revolution den besonderen Menschen nicht zugestand. Der Triumph war für das Genie das Schafott; die Revolution sprach ihn, wie Sie wissen, einem der größten Dichter Frankreichs zu, André Chénier, wie auch Lavoisier, wie auch Malesherbes. Die Presse, die da so frei war, blieb stumm. Schreckliche Lektion, die uns beweist, dass die Völker nicht nur Institutionen brauchen, sondern Zivilisiertheit! Gesittung war der große Ruf von Rousseau.

Also meine Herren, Sie Dichter, Sie Komponisten, Sie Dramatiker, Sie Erzähler, jeder, der vom Denken lebt, jeder, der zum Ruhm des Landes arbeitet, jeder, der das Jahrhundert in Stein meißeln wird. Auch diejenigen, die sich aus der Tiefe des

Elends aufwerfen, um im Sonnenglanz des Ruhms zu atmen, und jene, die schüchtern sind, zweifeln und vergehen, arme Kinder der Illusion! Und jene, die voll Tatkraft triumphieren; alle gelten als unfähig, in ihre eigenen Rechte einzutreten. DAS GESETZ, voller Achtung für die Pakete des Händlers, für die Taler, die bei gleich welcher materiellen Arbeit und oft mit Hilfe von Betrug erworben sind, DAS GESETZ schützt das Land, es schützt das Haus des Proletariers, der geschwitzt hat; es beschlagnahmt das Werk des Dichters, der gedacht hat. Wenn es auf Erden ein heiliges Eigentum gibt, wenn es irgendetwas gibt, das einem Menschen gehören könnte, ist es nicht das, was dieser Mensch zwischen Himmel und Erde geschaffen hat, das seine Wurzel ausschließlich in der Intelligenz hat und das in allen Herzen blüht? Die göttlichen und menschlichen Gesetze, die demütigen Gesetze der Vernunft, alle Gesetze sprechen für uns; man hat sie außer Kraft gesetzt, um uns auszuplündern. Wir bringen Schätze in ein Land, die es sonst nicht hätte, Schätze, die nicht abhängen von Grund und Boden oder von sozialen Transaktionen. Und zum Lohn für die unermesslichste aller Arbeiten beschlagnahmt das Land diese Erzeugnisse. Es blickt schamlos auf die Nachkommen Corneilles, alle arm unter dem Denkmal dieses Dramatikers, der

Reichtümer in jede Scheune gebracht hat, der Ernten einbringt, die kein Unwetter bedroht, der von Generation zu Generation die Schauspieler, die Verleger und Buchhändler, die Papierfabrikanten, die Buchbinder und die Kommentatoren üppig bereichert. Fahrt nur fort mit diesem Schauspiel für all eure Genies, ihr Städte voller Mitleid für jene, die nicht mehr leiden! Wiederholt es jeden Tag, ihr werdet deshalb um keinen Deut mehr an die denken, die leiden!

Diese Enterbung hat etwas Widerwärtiges, das noch niemand richtig dargestellt hat; beredte Federn werden sich dessen annehmen, wir können bloß darauf hinweisen. [...]

Das Gesetz, unter dessen Herrschaft wir unser Leben beschließen, raubt der Familie des Denkers, des Dichters, des Dramatikers, die jeweils im Elend verstarben, seine Abhandlung, seine Dichtung, sein Buch, seine Komödie, sein Theaterstück in dem Augenblick, da das Licht des Ruhms erst aufscheint. Das Gesetz raubt ihnen das mit der einen Hand, um es mit der anderen … wem zu geben? Da lachen die Barbaren! Sollen wir das öffentlich machen? Ja, dabei wird es nicht bleiben. Also, das Gesetz gibt es den *Verlegern*! Hat ein Mann von Begabung in der Todesstunde nicht diesen Gedanken: «Wenn ich sterbe, werden wenigstens meine

Kinder, meine Familie, die Meinen von meinem Ruhm glücklich leben!» Die Menschen haben den Reichtum zugunsten der Erstgeborenen der großen Familien, zugunsten der Jüngeren bei der Bank fortbestehen lassen; sie haben die Erblichkeit des im eigenen Schweiß erbrachten Ertrags festgelegt; sie haben die schlaflos verbrachten Nächte und den Verstand unvererbbar gemacht. Früher war bezüglich dieser Nachfolge in der Unsterblichkeit nichts festgelegt; doch die Könige hatten einen Palast in ihrem Palast, einen Schatz im Schatz in den Fürsten des Wortes, die sie in ihrem Purpur gehen ließen, mit denen sie sich gerne schmückten. Meine Herrschaften von gestern, wer hat Sie zu Königen gemacht? Die Intelligenz ist eine höhere Dame, als der Comte de Tours[3] groß war, denken Sie daran! Das Denken kommt von Gott, es kehrt dorthin zurück; es steht höher als die Könige; es macht sie und es schafft sie ab. Die Académie, die einzige Institution der Literatur,[4] ist unfähig, unsere Sache

3 S. Namenverzeichnis unter Hugues III.

4 Die Académie française, 1635 unter Ludwig XIV. gegründet, ist die älteste und prestigereichste Institution im kulturellen Leben Frankreichs. Ihre vierzig Mitglieder werden auf Lebenszeit berufen und gelten als «unsterblich». Ihre Aufgabe ist die «Vereinheitlichung und Pflege der französischen Sprache».

zu vertreten; sie kann nur reden, sie darf nur über Worte bestimmen. Das bringt uns dazu, Sie darauf hinzuweisen, dass wir uns niemals auf die Parlamente noch auf die Académie verlassen dürfen. Das Gesetz ist nicht bloß gottlos, es ist herzlos. Die Krankheit unserer Zeit ist das Fehlen von Mitgefühl in der Politik. Viele Steuergesetze, viele Strafgesetze, keine Grundsatzgedanken; und dazu kein Verstand, um den Unterschied zwischen Grundsatzgedanken und Gesetzen zu erfassen. Zählen Sie darauf nicht; keine Stimme wird dieses Konzert der Mittelmäßigkeiten beherrschen, die von der Macht gehätschelt und handverlesen werden von den Bezirken, die Wert darauf legen, im Parlament vertreten zu sein.

Reden wir also vom Kapital, reden wir doch mal vom Geld! Materialisieren wir, beziffern wir das Denken in einem Jahrhundert, das sich etwas darauf einbildet, das Jahrhundert der positiven Ideen zu sein! Der Schriftsteller kommt zu nichts ohne ungeheure Studien, die ein Kapital in Zeit oder Geld darstellen; die Zeit ist Geld wert, sie erzeugt es. Sein Wissen ist also eine *Sache*, bevor es eine *Formulierung* ist, sein Theaterstück ist ein *aufwendiges Experiment*, bevor es zu einer öffentlichen *Emotion* wird. Seine Schöpfungen sind ein Schatz, der größte von allen; er produziert ohne Unterlass, er bringt Freuden ein und bewegt Kapital; er lässt die Fabriken laufen. Das wird verkannt. Unser Land, das mit kleinlicher Genauigkeit über Maschinen, über Ernten, über Seiden und Baumwolle wacht, hat keine Ohren, hat keine Augen, hat keine Hand, sobald es um die Schätze des Verstandes geht. Meine Herrschaften, unsere Enterbung ist infam; aber glauben Sie nicht, dass die Beschlagnahme unserer Erbmasse die größte Wunde des Denkens wäre. Es gibt eine noch viel hässlichere, vor der weder Europa errötet noch Frankreich, das geistig größer ist als Europa. Hören Sie! Wenn ein Kaufmann einen Ballen Baumwolle von Le Havre nach Sankt Petersburg schickt und irgendein Bettler, der auf ein Schiff geklettert ist, danach greift, wird dieser Bettler gehängt. Um diesem Paket, diesem Zucker, diesem Papier, diesem Wein in allen Ländern freie Fahrt zu gewähren, hat Europa ein gemeinsames Recht geschaffen. Seine Schiffe, seine Kanonen, seine Marine, alle seine Kräfte stehen diesem Ballen zu Diensten. Wenn ein Handelsschiff gekapert wird, herrscht allgemeiner Alarm; man geht auf den Piraten los; bald ist er gefasst und wird gehängt. Und wenn ein Buch erscheint? Oh! Das Buch wird behandelt wie der Pirat. Man geht auf das Buch los; es wird mit Eifer gesucht, es wird in seinen Windeln, im Andruck ergriffen; es ist schneller im

Raubdruck, als es regulär gedruckt ist; der Pirat hat sein Genie, um dem Leiden zu entkommen, das Genie, dessen Buch gedruckt wird, dient seinen Henkern, es zu entdecken. Dieserart ist das allgemeine Recht für das schwierige Gut der Intelligenz in Europa außer Kraft gesetzt, wie in Frankreich das Recht des Autors außer Kraft gesetzt ist.

Das Land erregt sich für seine Schmiede, es zittert für seine Winzer, es weint, wie eine Mutter um ihre Kinder, um seine gesponnene Baumwolle; und um seine Schmiede und seine Industriellen zu umsorgen, hat das Land den Zoll, eine Bestätigung des *Status quo*, der mechanischen Routine. So ist das Land in seiner Fürsorge intelligent für das, was materiell ist; es ist mitleidlos für das, was intelligent ist: Dies Land ist Frankreich. Ja, meine Herren, nehmen Sie es zur Kenntnis, ein Drittel Frankreichs versorgt sich mit Raubdrucken, die im Ausland hergestellt wurden. Der übelste, der niederträchtigste Dieb im Ausland ist unser Nachbar, unser angeblicher Freund, das Volk, für das wir vor gar nicht langer Zeit unser Blut und unsere Schätze hingegeben haben, dem wir unsere Männer von Mut und Talent überlassen haben, und das zum Dank ein *Haben* hat auf dem Feld unserer Selbstmorde, denn diese Diebstähle, fern von uns begangen, werden hier zu Morden. Wenn der kleine französische Verlagsbuchhändler eins unserer Bücher mit viel Mühe an tausend armselige Bibliotheken verkauft, die unsere Literatur töten, verkauft der Belgier davon zweitausend mit Rabatt an die reiche Aristokratie Europas. Und manche jungen eleganten Leute, Freunde der Literatur, zeigen bei der Heimkehr von ihrer Reise im Triumph die gesammelten Werke von Victor Hugo, gekauft für sechs Franc. Die Zeitschrift, die diesen Brief hier erhält, hat mehr Abonnenten für ihren Raubdruck als für die Originalausgabe.

Unser Land hat Zollgrenzen! Wozu dienen Zollgrenzen? Was für ein Scherz ist der Zoll! Wenn es eines gibt, dessen Einfuhr leicht zu unterbinden ist, sind das denn nicht die Pakete des Buchhandels? Ach ja! Gehen Sie an jede unserer Grenzen und fragen Sie selbst nach Ihren Werken, Sie entdecken sie klassifiziert als gemeinfrei, als wären Sie schon tot.

Wer von uns wird sich beschweren? Wir bedauern uns selbst! Um unsere Stimme zu erheben, müssen wir uns da nicht das Recht anmaßen, im Namen aller zu sprechen? Hierin, meine Herren, erkennt die Regierung, deren Inneres über ein System eiserner, Fiskus genannter Kassen verfügt, nicht einmal ihre eigenen Interessen. Sie verlangt von unseren literarischen Zeitschriften Stempelgebühren[5]. Die *Revue des Deux Mondes* und die vorliegende *Revue*, die unsere traurige Klage aufnimmt, müssen dem Fiskus ungefähr achthundert Franc monatlich geben, bevor sie eine Zeile drucken dürfen. Achthundert Franc!… ein Drittel des Preises, den man Ihnen für Ihre Seiten zubilligt! Der Fiskus fordert die Gebühren, und die Regierung schützt das Zeitungswesen nicht, das dem Fiskus Gebühren zahlen muss. Ist das nicht töricht nach der Art des Wilden, der den Baum fällt, um an die Frucht zu kommen, oder des Kaspers, der seinem Pferd nicht zu fressen gibt?[6]

So sieht für uns die unrechtmäßige Beschlagnahme unseres Erbes aus, die unsere Familien trifft, so ist die Zukunft. Außerkraftsetzung des allgemein gültigen Rechts bezüglich der literarischen Piraterie, so ist die Gegenwart. Kein Schutz im eigenen Land, das bewirkt die Regierung, die dazu eingesetzt ist, ich sage nicht: das Glück, aber die Rechte zu wahren.

Wenn sich ein großer Dichter mit seinen Auf-

5 Abgaben auf das verwendete Papier; s. Nachwort im Abschnitt *Zeitungen und Zeitschriften*.

6 Eine Szene aus dem Theaterstück *Arlequin chevalier du soleil* von Anne Mauduit de Fatouville (Nolant de Fatouville), gestorben 1715, Dramatiker der Comédie italienne, der frz. Commedia dell'arte.

tritten wie durch ein erkleckliches Vermögen empfiehlt, das ihm seine Werke, wenn er Nutzen daraus gezogen hat, eingebracht haben, vergessen wir nicht, unserem Jahrhundert zu sagen, dass viele Dichter, die so groß sind wie unsere größten, zu Fuß gehen, während mancher Spekulant in der Karosse fährt, dass der Raubdruck Alfred de Musset genauso schädigt wie Victor Hugo, Victor Hugo wie de Vigny, de Vigny wie J. Janin, J. Janin wie Nodier, Nodier wie G. Sand.

Es gibt noch ein drittes Übel, und das greift die Literatur in ihrem Herzen an, es ist ein Krebsgeschwür, das uns auffrisst, eine innere Erkrankung der Literatur und nicht eine Wunde, die ihr das Gesetz, die Regierung oder die Zeit zufügen.

Kaum hat einer von Ihnen, nachdem er fünfzehn Jahre lang an der Sprache gefeilt hat, fünfzehn Jahre lang gebangt, gezittert, gelitten und geduldet hat, nach einiger Mühe und manch verbrauchtem Geld, nachdem er öfter Tränen vergossen und die Welt und den Menschen kennengelernt hat, Dinge in Erfahrung gebracht hat und durch alle Arten Unglück gegangen ist; kaum hat ein Mann, der über seinen Sätzen gebrütet hat, der die Korrekturen, wie es Buffon tat, bezahlt hat; kaum hat der Schriftsteller ein Buch veröffentlicht, Figuren geschaffen, Handlungen erfunden, ein Drama entworfen, da werden dies Drama, diese Handlungen, diese Figuren, dieses Buch gegriffen und zu einem Stück im Theater gemacht. Ein angesehener Mann, außerstande bei Ihnen die Feuerzange in die Hand zu nehmen, um das Feuer zu schüren, der nimmt sich ohne Skrupel Ihr teuerstes Gut; sein Gewissen ist nicht stärker belastet, als wenn er Ihnen Ihre Frau genommen hätte; doch der Liebhaber nimmt eine Frau, die einverstanden ist, während dieser Theatergalan Ihre Idee vergewaltigt; genau so ist dieser Ehebruch unentschuldbar; er ist schrecklich, und umso schädlicher, als es noch nie vorgekommen ist, dass ein Stück zum Buch geworden wäre.

Wir veröffentlichen ein Buch, damit es gelesen wird, nicht um zu sehen, wie es zum Theaterstück *lithoretuschiert* oder fürs Vaudeville[7] zerlegt wird. Es gibt da eine Frage zu erörtern. Der *räuberische Griff* nach einer Idee, einem Buch, einem Thema ohne das Einverständnis des Urhebers hätte im 18. Jahrhundert, das zu unserer Beschämung das Gefühl für literarischen Anstand bis zur erlesensten Höflichkeit trieb, allgemeine Empörung hervorgerufen. Dem Theaterautor ist nicht unbekannt, dass ein Buch, nachdem es Sie große Mühe gekostet hat, nachdem es das geduldige Feilen am Stil er-

7 Frühform des Musicals, Boulevardtheater.

fordert hat (und der Stil ist der ganze Mann, das sind seine Eindrücke und sein Wesen), mit fünfzehnhundert Franc nie und nimmer abgegolten ist; während das Stück nach diesem Buch dreimal den Preis des Buchs einbringt, wenn es durchfällt, und so viel wert ist wie das Grundsteueraufkommen eines ganzen Dorfs, wenn es Erfolg hat. In einem Wort, La Fontaine zeigte uns unseren Sachverhalt mit *Der Affe und der Kater.*[8] Ich stelle schnell die Frage nach dem Geld, um sie schneller los zu sein. Das Geld ist wenig für bestimmte großzügige Geister. Der Beweis unserer Großmut liegt in unserem Schweigen. Wenn wir es brechen, meine Herren, erklären Sie das nicht mit einem persönlichen Interesse, sondern mit der Absicht, die Fragen vollständig zu bearbeiten, die sich aus der literarischen Krise ergeben, zu deren hauptsächlichen Ursachen wir jetzt kommen.

Wir veröffentlichen also unsere Gedanken, damit sie bekannt werden. Wie naiv dieser Satz auch sein mag, er bedeutet, dass wir unsere Literatur nicht veröffentlichen, damit sie abgeschnitten, gezogen, enthüllt, zerstückelt, auf den Schnürboden einer Bühne gelegt und den Stammgästen eines

8 Der eine lässt sich vom anderen die Kastanien aus dem Feuer holen.

Theaters als Leckerei wie den Snobs vom Rocher de Cancale[9] serviert wird. Die Zahl derer, die ein Vaudeville anschauen, ist höher als die Zahl derer, die ein Buch lesen.

Um die Werke der schönen Literatur zu ehren (und unser Jahrhundert bringt jetzt schon davon so viele hervor wie das literarischste der vergangenen Jahrhunderte, die Kritik verzeihe), braucht es eine ordentliche Bildung, einen gepflegten Verstand, Ruhe, freie Zeit und ein gewisses geistiges Interesse, während man dem Theaterstück in den Dämmerstunden der Verdauung bloß Augen und Ohren zu leihen braucht. [...]

Wir wollen nicht zu Ende kommen, ohne darauf hinzuweisen, dass dies kein Aufruf zum Aufstand ist, noch ein Appell an die Leidenschaften, sondern ein Ruf aus dem Elend, der Schrei eines Volks ohne Recht, der Opfer einer Rechtsverweigerung. Möge dieser Ruf ein Echo haben, Mitgefühl wecken, die Ungerechtigkeiten ausgleichen, die Gefühle eines sterbenden Patriotismus wiedererwecken!

9 Rocher du Cancale war ein berühmtes Austernlokal jener Zeit (Balzac schreibt «de Cancale»).

RUSSISCHE BRIEFE

(Lettres russes)

Balzac über die Politik seiner Zeit

Paris, im Februar

Ich bin bezaubert, Fürst,[1] von der Aufgabe, mit der Sie mich betraut haben. Im Vergleich mit den bisherigen Aufgaben, die Sie mir zugeteilt haben, gibt es nichts Amüsanteres, als Frankreich zu beobachten.

Seit neun oder zehn Monaten gehe ich in die berühmtesten Salons, bei Hof, bei den Doktrinären[2], bei Madame Dosne, bei den Künstlern, ich habe auf dem Boulevard berühmte Schriftsteller getroffen, überall hörte ich extrem Geistreiches, denn die Franzosen sind hervorragend in der Kritik und machen sich über alles lustig, sogar über sich und ihre Regierung. [...]

Seit der Errichtung, ich sage nicht: *Wahl*, des neuen Throns im August 1830 ist das Kabinett achtzehnmal umgebildet worden. Frankreich hat seit 1830 viermal sein Wahlsystem durchgespielt, und viermal hat Frankreich ohne erkennbare Verände-

1 Gerichtet an einen wohl fiktiven russ. Adeligen, der – so die Annahme – keine Ahnung von den frz. Zuständen hat und deshalb umfassend «aufgeklärt» wird.

2 Aufgeklärte Royalisten; s. Nachwort im Abschnitt *Politische Situation*.

rung dieselben vierhundert politischen Potenzen gewählt, unter denen sich nicht ein Staatsmann befand. Seinerseits wurde der Hofstaat, um nicht zurückzustehen, aus den mittelmäßigsten und unbekanntesten Leuten konstituiert, was dem trostlosen Kalkül von Leuten entspricht, die größer scheinen wollen, als sie sind. [...]

Regieren heißt, die Kapazitäten heraussuchen können. Die Wahl sucht nur nach Mittelmaß. [...]

Es gab einen 19. Rückfall.

Der Triumph der neuen Regierung, die er hervorgebracht hat, enthält eine Geschichte, die ich Ihnen hier erzählen werde. Danach werden Sie ganz beruhigt sein, denn dann kennen Sie die Gründe für die erstaunliche Impotenz Frankreichs und verstehen, dass der neunzehnte Rückfall schon schwanger geht mit einem zwanzigsten, der vielleicht zum Todeskampf gerät.

März

In diesen neunzehn aufeinanderfolgenden Kombinationen taucht ein einziger Name elfmal auf. Also haben der König, die beiden Kammern, die Regierung elf von neunzehn Malen zugestanden, dass dieser eine Mann vonnöten sei. Dieser Mann ist Monsieur Adolphe Thiers, Sohn eines Schmieds in Aix-en-Provence, ein Bürger, der eine Bürgerin geheiratet hat, Mademoiselle Dosne. Nach Paris sind Sie nie gekommen, so haben Sie das Bild dieses Mannes, der so berühmt geworden ist, sehen können, aber eben nur sein freundliches Gesicht, das Lächeln seines Mundes, den geistvollen Ausdruck seiner hellen Augen, Sie wissen also sonst nichts über ihn.

Monsieur Thiers, diese Pflanze des Parlamentswesens, geboren auf diesem politischen Misthaufen, aufgewachsen zwischen den Trümmern jener achtzehn gefallenen Regierungen, gestählt im Sturm der Unwetter, gewohnt, sich zu beugen, ohne zu brechen, ist ein Mann von sehr kleiner Statur; er ist keine fünf Fuß groß, er sieht aus wie ein Kind. Doch müssen Sie als regelmäßiger Empfänger des *Charivari* eine Bilderfolge der schrecklichen Kinder bemerkt haben, deren Geschwätz die Geheimnisse des Hofes bloßlegt, also: Für den, der das Äußere und die Einlassungen von Monsieur Thiers und vor allem das neue Königshaus kennt, für den ist er ein *politisches Enfant terrible.* […]

Monsieur Thiers ist unter der Restauration mit einer Geschichte der Revolution hervorgetreten,[3]

3 *Histoire de la Révolution française.* Lecointe et Durey, Paris 1823–1827.

die Sie ja gelesen haben und in der Sie, wie eine ganze Menge kluger Köpfe, weniger ein Werk der Geschichtsschreibung als ein Pamphlet gesehen haben: Denn jede Geschichte, in der ein Autor nicht das Thema unter sämtlichen Blickwinkeln betrachtet, dient bloß der Bestätigung eines Faktums. Das Faktum in dieser Geschichte ist die Revolution, gesehen aus der Perspektive des Volkes. Monsieur Thiers war so streng mit König Karl X., dass ihn diese Geschichte geradewegs in die liberale Opposition katapultiert hat. Er hielt sich Monsieur de Talleyrand warm, der in ihm ein paar seiner eigenen Fähigkeiten erkannte; der ihn lehrte, die Menschen und Ereignisse im rechten Licht zu sehen. Monsieur Thiers, ein Mann von schneller Auffassungsgabe, lernte Finanzen bei Monsieur Laffitte. Er war einer der Redakteure des *Constitutionnel* und verließ diesen, um zum *National* zu gehen, den das Haus Orléans finanzierte und wo er einen rüden Kampf gegen die Regierung von Karl X. führte. Hier überraschte ihn die Revolution von 1830. Er stand bereits im Schutz einer Frau, die eine ungeheure Rolle in seinem Leben spielt und die in dem Moment, da ich Ihnen schreibe, fast die Königin von Frankreich ist, Madame Dosne, seine Hausherrin. Diese Hausherrin ist mit Sicherheit das Herzstück von Monsieur Thiers' Politik, eine Art Pater Joseph[4] im Röckchen, der dem Premierminister wieder Kraft einflößt, wenn er weich wird; sie ist der *dux facti*[5] gewesen, die Seele der Verschwörung, von der ich Ihnen erzählen will. [...] Wie bei einem Kind steckt in Monsieur Thiers eine erstaunliche Naivität, wenn er von Ereignissen überrascht wird, die er hätte vorhersehen können, aber nicht vorhergesehen hat. Denn so intelligent sein Mädchen für alles auch sein mag (er hat in Madame Dosne ein Mädchen für alles), so beseelt diese Frau noch nicht die ganze, für ihre politischen Aufgaben notwendige Männlichkeit. [...]

Sie ist die Frau eines Börsenmaklers, inzwischen Steuereinnehmers, und ihre Macht ist unermesslich. Manches Mal hat sie ihn eine Entscheidung revidieren lassen. Heute, wenn er nach dem Diner einschläft oder einen Botschafter empfängt, bleibt sie drei Schritt neben ihm, bewacht ihn und antwortet für ihn. [...]

Es ist darin etwas, das man nicht versteht – oder nur zu gut versteht. [...] Es ist keine Dynastie, die Frankreich beherrscht, noch eine Kammer, noch ein System; vielmehr ist es eine schreckliche Macht, die MEINUNG! Wer macht die Meinung? Die Zei-

4 S. unter Père Joseph im Namenverzeichnis.
5 Lat. «der wirkliche (eigentliche) Anführer».

tungen. Wer macht die Zeitungen? Schreiber, nicht mal fünfzig an der Zahl und überwiegend mittelmäßig. Denn die Mittelmäßigkeit, die am Hof und in der Kammer regiert, die Mittelmäßigkeit der zweiundfünfzig Staatsmänner, die Mittelmäßigkeit des diplomatischen Corps, alle diese Mittelmäßigkeiten werden noch übertroffen von der Mittelmäßigkeit der Schreiber und der Eigentümer, die die Dampfmaschine des französischen Journalismus laufen lassen, allesamt Unbekannte ohne Charisma, aufgebraucht von ihrer eigenen Maschinerie, die schon aus dem geringsten Anlass schreiben, die schreiben, um anzugreifen; einige greifen aus Gewohnheit an, ganz ohne Berechnung. Die legitimistischen Blätter und der *National* sind die Einzigen, die einer Linie folgen, von der sie nicht lassen können; und womöglich bedauert so mancher Redakteur des *National*, eines Blattes, das von den Anhängern des Sozialisten Babeuf, von den Kommunisten und den Egalitären abgelehnt wird, sich als unbestechlich festgelegt zu haben.

Sie werden jetzt denken, Fürst, dass der Hof, die Regierung, die Polizei entweder ihre eigenen Blätter oder ihre eigenen Autoren haben. Dass die Regierung, und koste es zehn oder zwanzig Millionen, sie pflegt und für sich in petto hält. Hier sein Geld planvoll zu investieren, heißt, sich Maßnahmen und

Gegenmaßnahmen ersparen, heißt, keine Widerredner und keine Gegenstimmen zu haben; hier Geld zu geben, heißt, auf einem Boden säen, der Stiftungen hervorbringt, auf dem mit Liebe vergebene Apanagen sprießen. Sie befinden sich im größten Irrtum. Alle Fähigkeit verflüchtigt sich, sobald es etwas kostet. Verstehen Sie, was ich mit der Sparsamkeit der Zivilliste[6] meine? Was für ein riesiger Fehler! Wissen Sie, womit sich das Kabinett der Tuilerien am wenigsten befasst? Mit der Presse und dem, was gedacht wird. Man bekundet dort tiefste Verachtung für das, was zum Ausdruck gebracht und gedruckt wird. Was den Unterschied zu Napoleon ausmacht, welche Bedeutung er den Gedanken beimaß, als er sich zum Kaiser küren ließ? Er belegte die Presse für sich mit Beschlag. Heute ist eine derartige Beschlagnahme unmöglich. Karl X. hatte es mit einem Aufkauf versucht, das Unterfangen ist gescheitert. Alles ist schwieriger geworden. Die Presseprozesse machen die Angeklagten erst groß. [...]

Die dem Hof gewogenen Zeitungen sind die *Débats* und *L'Univers*. *L'Univers* ist ein Blatt, das heimlich von zwei Frauen gestützt wird, zwei Engeln von Tugend, Milde, Wohltätigkeit, hat man

6 Der Betrag, der dem Hof alljährlich zur Verfügung steht.

mir gesagt. Dort lässt man die gefährlichsten Autoren blindlings verunglimpfen, die berühmten Leute des Landes werden mit Beleidigungen überzogen. Es ist eine unlesbare Zeitung, unbekannt, langweilig, ohne die geringste Attraktion, unfähig, einen Bürger anzusprechen; es werden knapp sechzigtausend Franc hineingesteckt, und das ist gestohlenes Geld.

Die *Débats* sind der königlichen Herrschaft immer noch verbunden. Das begründet sich mit den Prinzipien dieses Blatts, das die Grundlagen seiner Couleur diplomatisch aushandelt. Das Blatt gehört zwei alten *condottieri*[7], die zu bekannten Bedingungen ihre Logik, ihre Federn, ihr Stempelpapier zur Verfügung stellen, solange jene Grundlagen beachtet werden; werden sie missachtet, führen die *condottieri* Krieg. Der älteren Linie[8] ist das so schlecht bekommen, dass sich die jüngere Linie niemals den geringsten Verstoß erlauben wird. Dabei ist das *Journal des Débats* kaum zum Kriegführen aufgelegt. Diese beiden alten Männer, von denen der eine Vermögen, Ordensbänder, Pairswürde und allen Klimbim hat, den ein mittelmäßiger Streber sich

7 Söldnerführer im Italien des Mittelalters und der Renaissance.

8 Gemeint: der Bourbonen; s. Nachwort.

nur wünschen kann, von denen der andere, der Seriöse, der echte politische Mensch, jetzt erkaltet ist (unter seinen Schlägen sah er – Unseliger König! Unglückliches Frankreich! – eine ganze Weltordnung zusammenbrechen, die auf dem Gewissen zu haben ihm leidtut), diese beiden Greise sind ausgezehrt, müde, gelangweilt. Der starke Mann, der sich königlichen Besuchen verweigert hatte, der von Dichtung lebt, in der Sonne, auf dem Land, unterstützt die Regierung als Regierung; er hat keine Leidenschaft mehr für die Politik. Das *Journal des Débats* erhält hundertvierundvierzigtausend Franc im Jahr, und die ist es wert, nicht wegen der Dienste, die es erweist, sondern wegen des Unheils, das es nicht anrichtet. Es ist weder Feind noch Freund, noch Verbündeter. Dieses Blatt ist so etwas wie eine Schwiegermutter.

Können Sie verstehen, dass in einem Land, wo zehn Zeitungen im Verein das Gesetz machen, wo dreißig Schreiber von der hinterletzten Unbedeutung mit den Strichen ihrer Federn ein System vernichten, ein mit fünfhunderttausend Franc verschuldeter Mann über einen Hof triumphiert, der doch über einen Reichtum von fünfundzwanzig Millionen in Renten verfügt und der bestimmt Rücklagen hat? Nun denn! Es ist genau so, wie ich es Ihnen sage.

Monsieur Thiers hat unter seiner Herrschaft: das *Journal de Paris* unter Leitung von Monsieur Mévil, geschrieben von Monsieur de Cardonne; *Le Constitutionnel* unter Leitung von Véron, geschrieben von Boilay; *Le Courrier Français* unter Leitung von Monsieur de Lapelouze, geschrieben von Monsieur Léon Faucher; *Le Nouvelliste*, finanziert und geschrieben von Monsieur Grimaldi; *Le Messager*, zu jener Zeit im Besitz von Waleski; *Le Siècle*, geschrieben von Monsieur Chambolle unter dem Schutz von Odilon Barrot; *Le Temps*, gekauft von Monsieur Conilh und geschrieben von den Herren Montrol und Merruau, insgesamt sieben Zeitungen, zu denen noch *Le Commerce* und *Le Capitol* kommen, die bei dem Kampf, den sie auf eigene Rechnung gegen den Hof führten, gezwungen waren, den Angriffsbewegungen zu folgen, die Monsieur Thiers vorgab. *Le National*, der zugleich gegen Monsieur Thiers und gegen den Hof war, hatte keine Bedeutung in dem Kampf; genauso wie die legitimistischen Blätter, *La Quotidienne*, *La Gazette*, *La France* und *L'Écho Français*, die gegen alles sind, was sich in Frankreich tut.

Jeden Morgen kamen die Herren de Cardonne, Grimaldi, Boilay, Véron, Waleski, Léon Faucher, Chambolle in die Rue Saint-Georges ins Palais von Monsieur Thiers, Anweisungen in Empfang zu nehmen und die Ausrichtung der zu verfassenden Artikel festzulegen. Monsieur Thiers standen zwei Vertraute zur Seite, die Herren Martin (genannt *der kleine Martin*, um ihn von zwei oder drei anderen Martin zu unterscheiden) und Sainty, dessen Aufgabe besonders schwer ist, denn er übersetzt alles, was Monsieur Thiers schreibt, ins Französische. Dort, unter dem Vorsitz von Madame Dosne, werden die Pulver gemischt, die das Publikum zu schlucken kriegt. Monsieur de Cardonne, ein junger Autor, aufgeweckt, ungestüm, immer unter den Ersten im Angriff, damals ergeben, kam auf das Wort *Koalition*. Pierre Lhermite stieß als Erster diesen Schrei parlamentarischer Revolte aus und verstärkte das Wort durch eine weitere Erfindung, deren Tragweite Madame Dosne besser erkannte als Monsieur Thiers. Monsieur de Cardonne erinnerte sich an den Verdruss, den das Wort von der *Priester-Partei* der Restauration bereitet hatte, das sich Monsieur de Montlosier zum Gebrauch im *Constitutionnel* ausgedacht hatte, und kam auf das Wort *Hofpartei*. Monsieur Thiers sah den Effekt dieses Worts, das den Massen die Frage so vor Augen führte, wie er es wollte. Warum eine Koalition? Um zu kämpfen. Aber wogegen? Gegen die Hofpartei. Der Hof hat Interessen, die denen des Wahlvolks zuwiderlaufen. Die Artillerie vulgärer Späße der kleinen Blätter, der Kugelregen der Pamphlete von Cormenin ging daraufhin über den Hof hernieder. Wenn die Presse so agiert, erkennen Sie, wie Monsieur Thiers es in die Kammer schaffte. [...]

Monsieur Thiers fand – doch bedenken Sie, Fürst, dass dies eine Geschichte des vergangenen Winters ist – er fand für seine Person und seine Interessen absolute Folgsamkeit im Ehrgeiz der Untergebenen. Dieser Mann, der sein Wort so oft bricht, wie er es gibt, der Politiker, der Odilon Barrot die Federn stutzen kann, dieser ungefälligen Journalistennatur, traf auf Monsieur Grimaldi, um hundertfünfzigtausend Franc im *Nouvelliste* zu begraben; das *Journal de Paris* kostete, der *Courrier* kostet, der *Messager* hat Monsieur Waleski ungeheure Summen gekostet. Die Cerfbeer gaben dem Haus Paulin das Geld, das Monsieur Thiers benötigte, indem sie seine Geschichte Napoleons kauften. [...] Madame Dosne versprach allen Schreibern eine Stelle, einen Abgeordnetensitz, eine Präfektur für Chambolle, einen Sitz im Staatsrat für Léon Faucher, eine Direktion für Taschereau, Botschafterposten, schließlich befand man sich hier im Eldorado der Macht. Derlei Verheißungen wirkten auf die Leute von Esprit wie Murmeln oder Bälle auf die Kinder in der Schule. [...]

Doch seien Sie versichert, Fürst: Die Hofpartei

verdient ihr Schicksal. Sie hat ihre Niederlage mit einer Blüte von Unbeholfenheit gekrönt. Wenn Kinder jemandem einen Streich gespielt haben, nehmen ihnen die Mütter den Nachtisch weg oder das Spielzeug oder den Kuchen. Der Hof strafte die Bürger von Paris. Es wurde beschlossen, dass es keine Bälle und keine Konzerte geben sollte, dass sich die Bürgerschaft nicht daran freuen sollte, und die Hochzeit[9] wurde geheim gehalten. Das nennt man seine Toten beerdigen. [...]

Die Opposition sucht unterdessen fähige Leute, Männer, die etwas voranbringen und Ehrgeiz haben und setzt sie an die Stellen, wo sie am meisten Schaden anrichten; sie hätschelt sie, entlohnt sie mit Festen, Lobreden, Geld und sagt ihnen: «Richte Schaden an und bleibe hier, du wirst mir nützen und ich dir.» Sie verbellt die Verräter und kann sie meist ausschalten. Zusätzlich zu dem Kapital, das dafür schon verbraucht ist, gibt sie im Jahr 630 000 Franc aus. Der *Messager* kostet 50 000 Franc; der *Commerce* 90 000 Franc; *Le Temps* 50 000 Franc; *Le National* 20 000 Franc; *Le Courrier* 20 000 Franc, *Le*

9 Zwischen Ferdinand Philippe d'Orléans (1810–1842), dem ältesten Sohn von König Louis-Philippe, und Herzogin Helene zu Mecklenburg-Schwerin (1814–1858), der Nichte des preuß. Königs Friedrich Wilhelm III., im Jahr 1837 auf Château de Fontainebleau.

Journal de Paris 50 000 Franc; *Le Capitole* 100 000 Franc; *Le Journal Général* kostete 60 000 Franc; *La France* kostet 90 000 Franc; *La Quotidienne* 30 000 Franc. Für die Gründung von *Le Siècle* haben sich fünfhunderttausend Franc gefunden. Dazu die wieder verschwundenen Blätter: *Le Pays*, *Le Bon Sens*, *La Tribune*, *Le Globe*, *La Charte de 1830*, *La Révolution de 1830*, *La Chronique de Paris*, *Le Figaro*, *L'Impartial*, *L'Europe Monarchique*, *Le Courrier de l'Europe*, *Le Rénovateur*, *Le Garde National*, *Le Courrier de Paris*, *Le Monde*, *La Paix*, *La Renommée de 1835*, *Les Cancans*, *Le Brid'Oison* – sie haben Millionen gekostet. Die Opposition gibt für die Presse jährlich fünfmal mehr aus als die Regierung. Und die Regierung hat niemals Kapital in etwas gesteckt, was sie als Spekulation ansieht, die außerdem nur auf ihr Ende setzt. […]

«HEILIGER SCHNITZER»

Balzac über Sainte-Beuve

Brief an Madame la Comtesse E. über Monsieur Sainte-Beuve, aus Anlass von *Port Royal*[1]

10. August 1840

Mitten in einer Zeit, da sich der Mann von Verstand impulsiv und lebhaft gibt, da jeder Autor, um bei seinen Zeitgenossen Wirkung zu erzielen, sein Thema und seinen Stil dramatisch zuspitzt, da man also versucht, das kraftvolle Handeln nachzuahmen, mit dem Napoleon sein Jahrhundert geprägt hat, da hatte Monsieur Sainte-Beuve den versteinernden Einfall, das Genre des Langweiligen wiederzubeleben. Niemand hat ihm bis jetzt gezeigt, was daran so schlimm ist. Vielleicht lässt sich das mit der Unlust der Franzosen erklären, sich zu langweilen, denn – bekennen wir uns ruhig zu unseren Fehlern! – dieser Schriftsteller mit unglücklichen Neigungen hat bei uns nur wenige Leser. Er verfolgt beharrlich die literarische Manier, der wir Seiten verdanken, auf denen sich die Langeweile in einer Vielzahl von Abwandlungen entfaltet, für

1 *Histoire du Port Royal*, erschienen in fünf Bänden (1840–1848), schildert die Geschichte von Port Royal des Champs, eines Frauenklosters des Zisterzienserordens südwestlich von Versailles, seit dessen Gründung im Jahr 1204.

die man ihm höchste Anerkennung zollen muss. Es ist eine gigantische Leistung, die Langeweile so zu variieren. Ist es denn nicht das, was die Erschaffung der Welt erklärt? Auf Dauer musste die Unendlichkeit doch langweilig sein. Die Mollusken, die weder Blut noch Herz, noch Vitalfunktionen haben, bei denen sich das Denken, sofern vorhanden, in einer weißlichen und faden Hülle verbirgt, auch die Mollusken zeigen sich in Varianten. In seiner *Geschichte von Port Royal* sagt Sainte-Beuve, dass es beim Verstand Familien gibt wie in der Zoologie; den seinigen kann man sicherlich nur mit einem Exemplar jener Tierart vergleichen.

Beim Lesen von Sainte-Beuve überkommt Sie die Langeweile, wie Sie es manchmal bei einem feinen Regen erleben, der Sie am Ende bis auf die Knochen durchnässt. Die in Sätze gefassten winzigen Gedanken gehen unermüdlich einer nach dem anderen nieder und versenken die Intelligenz, die sich diesem schwitzigen Französisch aussetzt, in Trauer. Manchmal springt die Langeweile ins Auge und lässt Sie mit magnetischer Macht einschlummern, wie etwa bei diesem armen Buch, das er *Die Geschichte von Port Royal* nennt. Ich schwöre Ihnen, es ist Bürgerpflicht, ihm zu sagen, dass er es bei seinem ersten Band bewenden lassen soll, sowohl um seines Ansehens als auch um der Bücherregale willen. In einer einzigen Hinsicht verdient dieser Autor gelobt zu werden: Er macht sich ziemlich rar, er geht kaum aus, er ist häuslich, arbeitsam und er verbreitet Langeweile nur mit seiner Feder. In Frankreich hütet er sich sehr wohl zu schwafeln, wie er das in Lausanne getan hat, wo die Schweizer, selbst extrem langweilig, imstande waren, seine Lektionen als Kompliment aufzufassen.

Tatsächlich, als ich das Buch aufschnitt, ohne zu ahnen, dass Langeweile im Wortsinn mit dem Messer geschnitten[2] wird, wollte ich Ihnen davon mit einem gewissen literarischen Respekt Bericht erstatten. Ich hatte meine Gründe. Ich wollte würdelose Angriffe würdig erwidern, ich wollte mit feinem Geplauder auf grobe Verleumdung antworten, mit Offenheit auf Hinterhältigkeit. Schließlich dachte ich an die regelmäßigen Artikel von Monsieur Sainte-Beuve, an den Autor von *Volupté*, dieses Buch, in dem zwischen so vielen fruchtlosen Brachflächen wunderschöne Blüten stehen, erhabene Dinge im Wirrwarr von Lianen, in denen der Verstand sich verheddert und hängen bleibt, nachdem er gegen unentwirrbares Geflecht an-

2 Die Falze der Druckbögen blieben beim Buchbinder traditionellerweise noch unbeschnitten; erst der Leser schnitt das Buch auf.

gekämpft hat. Doch ein Umstand erlaubt mir, all denen Genugtuung zu verschaffen, die Monsieur Sainte-Beuve in ihrem Heim gelangweilt hat: Die Regierung hat Monsieur Sainte-Beuve soeben auf einen Posten als Konservator an der Bibliothèque Mazarine[3] berufen. Ich sage Monsieur de Rémusat Dank, und ich fühle mich ermuntert, diesem merkwürdigen Minister so einiges nachzusehen; hier hat er sich als das erwiesen, was er ist, geistreich und doch immer schelmisch wie ein Kind. Zuerst muss man ihn beglückwünschen, einen Mann auf einen literarischen Posten gesetzt zu haben, der sich mehr oder weniger mit Literatur befasst. Derart mit einer Stelle versorgt, die ihm ermöglicht, die Horazische *aurea mediocritas*[4] zu wahren, schreibt Monsieur Sainte-Beuve – mit der Logik des Wohlseins der Ratte im Käse – nichts mehr?... Oh! dass doch die Spaßvögel ein für alle Mal die Fakten und Taten dieses Ministers ernst nähmen! *Charivari*, sei still! *Figaro*, nicht eine Zeile! Kleine Blätter, Schweigen! Im Namen der französischen Leser, lasst uns diesem Minister Kränze flechten. Und schließlich, Pariser, wenn ihr über den Pont des Arts gekommen seid, haltet euch nach rechts:

3 Älteste öffentliche Bibliothek von Paris.
4 Lat. «goldene Mitte».

Die Bibliothèque Mazarine befindet sich links! Es könnte euch ein Gähnanfall überkommen, wenn ihr hier entlanggeht.

Bei Scaliger und bei Fréron, dieser Bibliothekar muss mit den Waffen des Scherzes besiegt werden, denn es wäre unmöglich, ihn mit den seinen zu schlagen, sich auf einem Terrain zu halten, auf dem man bis ans Knie in schlammiger Langeweile versinkt. Also habe ich es tapfer auf mich genommen, Sie zu unterhalten so weit möglich, denn dieses alte neue Werk ähnelt stark der literarischen Natur, der es entspringt, es ist ziemlich undankbar. Aus gutem Grund, sage ich tapfer. Man hat schon in meinem letzten Brief Hass und Ungerechtigkeit erkennen wollen. Hass, ja. O ja! ich hege einen leidenschaftlichen Hass gegen schlechte Bücher, gegen Autoren, die kein Französisch schreiben, gegen Werke, die, da nicht gut, langweilig sind. Was die Ungerechtigkeit angeht, so kann es keine geben bei einem Kritiker, dessen Worte sich auf Fakten stützen; der, weit davon entfernt, sich herauszuhalten, seine Äußerungen belegt; der die vom Autor gesponnene Handlung nicht verfälscht, sondern sie treu nacherzählt und Schritt für Schritt durchgeht, der die Sätze analysiert und sich wie ein loyaler Prüfer verhält, bereit, dem Guten zu applaudieren und sich lustig zu machen, wie es sein Recht ist, über das, was öde, schlecht, läppisch ist und *fürs Klo taugt*. Diesmal wird es Geschrei geben, und zwar aus folgendem Grund: Der Franzose achtet die langweiligen Werke insofern, als er vor dem Autor Respekt hat; dieser gilt als seriöse Person. Schreiben Sie ein Meisterwerk wie *Gil Blas* oder *Wakefield*,[5] und Sie bleiben ein Kauz, ein Niemand; produzieren Sie dagegen etwas wie *Von der neuen Organisation der Gesellschaft unter dem Gesichtspunkt ihrer Beziehungen zum Katholizismus*, dann nimmt man vor Ihnen entsetzt Reißaus und liest Sie nicht, und Sie werden Professor, Staatsrat, Mitglied der Akademie, Pair von Frankreich. [...] Sainte-Beuve ist insgesamt am besten zu erklären mit einer geistigen Schwäche, die sich gegen alle Argumente und Fakten behauptet.

Am Ende seines Buches hat Monsieur Sainte-Beuve gemeint, das literarische Europa auf die Gefälligkeit dreier seiner Freunde hinweisen zu müssen, die ihm bei der Korrektur der Andrucke und beim Schaffen dieser großen Geschichte geholfen haben: die Herren Labitte, Chabaille und Louandre. Ich habe mich erkundigt und kann Ihnen versichern, dass diese drei Herrschaften dies schreck-

5 *Gil Blas* von Alain-René Lesage; *Wakefield* (1835) ist eine Meistererzählung des amerik. Schriftstellers Nathaniel Hawthorne (1804–1864).

liche Werk voll unterstützt haben. Das Werk ist nicht lebensfähig geboren, doch Vater und Geburtshelfer sind wohlauf. [...]

Monsieur Sainte-Beuve, den die Herzogin d'Abrantès wegen seines anhaltenden Unsinns Sainte-Bévue[6] nannte, was ich weitersage, weil auf seine Literatur zutrifft, was in diesem Anagramm enthalten ist, hat sich noch weitere Sprachbarbarismen zuschulden kommen lassen.

Bei meiner Lektüre geholfen haben mir Harmlosigkeiten, die zum Lachen reizen, auf die aber die Leute, die überzeugt sind, niemals achten.

Ließe man bei Monsieur Sainte-Beuve diese zudringlichen und unpassenden Annäherungen weg, könnte man ihm abgewöhnen, die Worte von ihrem Sinn abzulösen, dann gäbe es ihn in der Literatur gar nicht; er hätte nichts zu sagen noch etwas tun. Die Gedichte von Monsieur Sainte-Beuve sind mir immer so vorgekommen, als wären sie aus einer Fremdsprache übersetzt worden von jemandem, der diese Sprache nur unvollkommen kennt. Er hat einen Blumenstrauß binden wollen und erscheint mit einem Bund Stroh.

6 Frz. «heiliger Schnitzer».

«SANCTE BALZAC, ORA PRO NOBIS!»

Jules Janins Entgegnung
auf Honoré de Balzacs
Typenlehre der Pariser Presse

Auf wen ist Monsieur de Balzac denn so böse? So geladen war er noch nie, und so rot, und so zornig; niemals war sein Blick erzürnter. Worauf will er hinaus? Woher kommt er? Und, Erbarmen und Mitleid, was hat man ihm denn getan? Sie werden noch erleben, dass er inkognito ein Meisterwerk verfasst hat, von dem im *Journal des Débats* noch nicht die Rede gewesen ist; irgendein intimer Roman, den der *Constitutionnel* nicht mochte; irgendeine *Physiologie des gelben Handschuhs*, über die sich der *National* lustig gemacht haben wird; ein *Seraphitus*[1], den die *Revue des Deux Mondes* ihm ungelesen zurückgeschickt hat; irgendein *Bericht von zwei Jungvermählten*, der Sues *Mathilde*[2] ausstechen sollte und bei dem die *Revue de Paris* die Geschmacklosigkeit begangen haben wird, ihn seinen Lesern vorzuenthalten. Wie dem auch sei, Monsieur de Balzac ist wohl ziemlich krank; er lacht nicht mehr, er schäumt; er neckt seinen Leser nicht

1 Anspielung auf Balzacs Roman *Séraphîta,* erschienen 1834, in dem am Beispiel der Hauptfigur Séraphitus-Séraphîta das Thema der Androgynität abgehandelt wird.

2 1841 erschienener Erfolgsroman von Eugène Sue.

mehr, er beißt ihn bis auf die Knochen; er streichelt nicht mehr die Wesen seiner Schöpfung, er kratzt ihnen die Haut mit einem mehr oder minder schwarzen Fingernagel ab, der seit Langem nicht geschnitten wurde. Beim Anblick dieses armen lieben Wesens, das sich auf seinem Schmerzenslager windet, fragen sich die größten Geburtskapazitäten, welches Monster es denn in die Welt setzen will? Vielleicht einen zweiten *Vautrin* oder noch einen *Quinola*? Gott bewahre uns vor einer derartigen Missgeburt! Derweil macht sich der Berg ans Kreißen und wird erleben, dass die Pariser Presse nicht fernbleibt.

Von allen Krankheiten, die sich in diesem Jahrhundert in die Knochen der Literaten und der Künstler frisst, ist die traurigste und unheilbarste der Stolz. Der Hochmut tritt ihnen aus allen Poren; sie leben davon und vor allem sterben sie daran. Das *Ich* dieser Leute dehnt sich so weit aus, wie sich die Haut eines Sterblichen nur ausdehnen kann. *Ich, sage ich, und das reicht!* Hier gehe ich, macht *mir* Platz. Ich rede, hört *mir* zu! Ich schlafe, seht *mich* schlafen! *Ich.* Und niemand sonst. Ich gestern, ich heute, ich morgen, ich immer, und nach mir – wieder ich. Ich bin der, der ist. Und wenn sich der Pfau spreizt und sein Rad schlägt und Sie zufällig einen Augenblick lang nicht hinschauen, dann Schande über Sie! Es hilft nichts! Da sind Sie bereits… *typologisiert*!

Und dabei, so unansehnlich das Ich dieser Herren auch sei, und wie immer ihre Auswüchse von Maßlosigkeit und Hochmut auch seien, zu denen sie diese niedrige Leidenschaft treibt, ich muss doch einräumen, dass es ziemlich schwierig ist, über so viel gutherzige und unverhohlene und resolute Eitelkeit nicht zu lachen. Diese Art Schöngeister lieben sich selbst mit so offenem, so naivem, so bewundernswürdig dummem und überheblichem Herzen, sie gehen so selbstgefällig vor ihrem Schatten in die Knie, sie sagen mit so viel Ernst: *Sancte Balzac, ora pro nobis!* – «Heiliger Balzac, bete für uns!», während es zu viel der Ehre wäre, sie ernst zu nehmen.

Aber noch einmal, worüber beschwert der sich denn, und woher rührt diese haltlose Undankbarkeit gegenüber der Kritik, seiner nährenden Amme? In seiner Jugend hat er unter falschem Namen exzentrische Romane geschrieben, mit denen sich niemand abgeben wollte.[3] […]

3 Balzac veröffentlichte seine Werke zwischen 1820 und 1827 unter den Pseudonymen Lord R'hoone, Viellerglé und Horace de Saint-Aubin. Später wurde ihm seine Selbstnobilitierung *de* Balzac ebenfalls als gefälschter Name ausgelegt.

Die zeitgenössische Kritik machte diesen Neuankömmling zu ihrem Liebling; sie erzählte jedem, der es hören wollte, die *Szenen des Pariser Lebens* und die *Szenen des Privatlebens*; sie gab die endgültige Erfindung der *Frau von dreißig Jahren* bekannt. – «Du bist unser Christoph Columbus und unser Amerigo Vespucci![4]», rufen die Frauen des Jahrgangs 1804 im Chor. «Du bist unser Retter und unser Liebling! Für dich, und nur für dich, haben wir nicht unsere ersten, sondern, wie du sehr gut erläuterst, unsere ernstesten Liebesschwüre aufgespart. Ruhm sei dir, Honoré! Ruhm sei dir, Horace! Ruhm und Glück. Dein Genie hat uns aus dem Grab geholt, wir werden dankbar sein; wir werden es deinem Genie vergelten, wenn es mit uns das fünfzigste Jahr erreicht hat.» [...]

Bestimmt war dieser Moment im Leben von Monsieur de Balzac und in der Geschichte der dreißigjährigen Frauen wunderschön. Er berauschte sich entspannt an diesem unverhofften Ruhm; sie überließen sich blindwütig den unerwarteten Freuden dieser nachträglichen Jugend im Rückblick. Sie überraschten die Welt mit der Anmut ihrer verrückten Leidenschaften, mit der unsäglichen Schwermut ihrer Herzen, mit den göttlichen Qualen, die

4 Ital. Weltentdecker.

ihre Seele kaum umfassen konnte. Von einem Ende Europas zum anderen schrien sie, diese unverstandenen Frauen: «Balzac! Balzac! Balzac!» [...]

Aber was tun? Die Revolution vom Juli hat ihm den Ruhm gekappt, der alles andere zu überlagern drohte. Frankreich, das schon ganz darauf eingestellt war, bis ans Ende aller Tage die Geschichte der Mademoiselle von Beauséant oder die der Madame de Nucingen, dazu die des unsterblichen Desplein erzählt zu bekommen,[5] war so taktlos, wegen der neuen Zukunft, die ihm eine Revolution bereitet hat, in Unruhe zu geraten. O Unglück! Die Romane von Monsieur de Balzac wurden zugunsten der Politik vernachlässigt; zugleich sahen die Frauen des Monsieur de Balzac, diese blassen und zerbrechlichen großen Damen, die plötzlich von ihrem Thron oder Betstuhl gefallen und allen Ansehens beraubt waren, von einem Tag auf den anderen schrecklich alt aus. Nichts als weiße Haare auf diesen noch immer so schwarzen Häuptern! Nur mehr schartiges Grinsen, wo so zärtlich gelächelt worden war! – «Ja, was!», sagten sie Monsieur de Balzac, «es ist doch erst drei Jahre

5 Balzac-Figuren aus seinen Romanen *Le Père Goriot* (1835) und *La Maison Nucingen* (1838); Desplein zählt zu den wiederkehrenden Gestalten der *Comédie humaine.*

her, dass wir kaum dreißig waren, und jetzt sind wir schon über vierzig! O Heiland! O Bruder! O unser Balzac de Balzac, kommen Sie uns zu Hilfe, retten Sie uns, wir gehen unter!» – Worauf Monsieur de Balzac mit einem Donnerschlag und einem Meisterstreich geantwortet hat. Er vervollkommnete die Erforschung seines poetischen Archipels, er erfand die Frau von vierzig Jahren! [...]

Also noch einmal, wenn sich Monsieur de Balzac in seiner Mundart beschwert, dass er und seine Frauen, dass ihr Leben nicht mehr war als das einer verblühenden Rose, dann soll er nicht der Pariser Presse die Schuld geben; er soll sich an die halten, die zuletzt dieselbe Karriere eingeschlagen haben, er soll sich an die Launen des Lesers halten, er halte sich vor allem an sich selbst, dass er so über jedes Maß die Gunst des Publikums missbraucht hat. Ja was! Monsieur de Balzac erinnert sich nicht an diese ungeheure Menge von Erzählungen, lang oder kurz, die er in dieselbe Form gegossen hat, eng, geizig, kleinkariert, ohne Abschluss? Monsieur de Balzac erinnert sich also nicht an so und so viele kleine Bücher, veröffentlicht unter seinem Namen und mit so wenig Schamgefühl, dass man, um ein halbes neues Buch zu lesen, alte Geschichten zum zweiten und dritten Mal kaufen musste, die man schon auswendig kannte? [...]

Vielleicht machen wir auch zu viel Aufhebens um diese wenigen wert- und wirkungslosen Seiten; vielleicht wäre es besser, diesen grämlichen und missvergnügten Mann, dem alle Gerechtigkeit widerfahren ist, in Ruhe zu lassen. Das wäre tatsächlich eine gute Antwort, ihn mit seinen Meisterwerken von damals allein zu lassen wie ein altes Flittchen, das keine andere Freude mehr hat, als die Bilder seiner verflossenen Liebhaber zu betrachten und die zärtlichen Briefchen wieder zu lesen, denen nur mehr ein abgestandener Duft von Amber und Schimmel anhaftet. Ich weiß insgesamt sehr wohl, dass diese unerklärlichen Ausbrüche nicht mehr Bedeutung haben als Beleidigungen in einem Käseblatt, das kein Mann von Anstand lesen kann und bei denen man erröten müsste, wollte man darauf antworten; doch irgendwann hat man es satt, bei jeder Gelegenheit, in Romanen, in Vorworten, in den Anmerkungen eines Buchs, in den Physiologien, in den Typenlehren, in den Widmungen desselben Autors mit so viel Verachtung und Anmaßung von einem anständigen Beruf reden zu hören, der so schwierig und gefährlich ist wie sonst kaum einer, den alle bedeutenden Männer ausgeübt haben; einem Beruf des Wortes, der die Leute so sehr aus der Nähe beobachtet, die Geschäfte und die Interessen jener ekelhaften

Bourgeoisie, um es wie Monsieur de Balzac auszudrücken. Es empört einen schließlich, dieser ständigen Herabsetzung einer Kunst beizuwohnen, die von den größten Politikern dieses und des vergangenen Jahrhunderts in Ehren gehalten worden ist: mit der sich Mirabeau die Ehre gab, auf die Chateaubriand stolz war. Es tut weh, zuzusehen, wie die wachsten, die höchsten, die seriösesten Intelligenzen in den Dreck gezogen und mit Beschuldigungen von Diebstahl, Plagiat, Feigheit, Bestechlichkeit, Verlogenheit, Verleumdung überzogen werden; das ist der Grund, warum wir ein weiteres Mal unsere Abscheu überwunden haben und diese Typenlehre lesen und dem Typologen antworten. Ja was! Dieser Mann, dem wir immer wieder so viel Verstand zugebilligt haben, lebt von der Zeitung und sogar von einer Masse Zeitungen; er hat noch nie ohne die Zeitung gelebt; er war der geschäftsführende Chefredakteur-Eigentümer-Direktor, das Tenor-Faktotum-Kämmerling-Aufmacherschreiber-Leitartikler-Faktotum, der Entenverkäufer-Kämmerling-Parteigänger-überparteiischer-Parteigänger und Überparteigänger, Broschürenpamphlet-Übersetzer, blonder Kritiker-Scharfgerichts-Lobhudler, mondäner-Witzbold-Akademiker, Schönschreib-Mann fürs Grobe, Spötter, Zeilenangler und dann auch noch, was viel schwerer wiegt, Finanzier einer Zeitung, deren alleiniger, einziger und ständiger Schriftschausteller er selbst gewesen ist; diese so gut verwaltete, so wunderbar redigierte, so gekonnt geführte, so wundervoll geschriebene und von einem so großen Namen gezeichnete Zeitschrift hat nicht einmal sechs Monate bestanden; und jetzt kommt dieser Journalist daher, der unfähigste, ungeschickteste, der die Journalisten am meisten anschwärzt, und überzieht diejenigen, deren Kollege zu sein er nicht das Zeug hat, mit seinen Beschimpfungen; er soll ihnen ungestraft sagen dürfen: «Ihr seid allesamt Diebe, Lügner, Schwachköpfe, Pedanten, Schlitzohren, aufgeblasene Grafen Gernegroß; ihr seid hässlich, ihr seid alt, ihr seid unfrisiert, ihr habt falsche Haarteile, ihr seid Zigeuner, ihr seid *ekelhafte* Bourgeois»; er soll sie wegen ihrer früheren Arbeiten angreifen dürfen, wegen ihrer kommenden Werke, wegen ihrer derzeitigen Stellung; und das Pamphlet dieses Mannes soll ungeprüft, unwidersprochen, ohne Antwort bleiben? Das wäre zu einfach und allzu bequem; bei solch einer Haltung triebe man es doch etwas weit mit den Privilegien dieses *Schriftschausteller-Nichtsologen-Zeilenangler-Guerilleros* und *Leugners.*

J.J.

DER JOURNALIST
AUS DER NÄHE BETRACHTET

(Le journaliste vu de près)

Ein Kapitel aus Balzacs
Die Muse vom Land

Wieder zurück in Paris, verlor sich in wenigen Wochen Lousteaus Erinnerung an die schönen Tage, die er im Schloss von Anzy verbracht hatte. Hier der Grund, warum Lousteau von seinem Schreiben lebte: In diesem Jahrhundert und erst recht seit dem Triumph einer Bourgeoisie, die sich schön hütet, Franz I. oder Ludwig XIV. nachzueifern, ist vom eigenen Schreiben zu leben eine Arbeit, die Galeerensklaven verweigern würden. Sie würden lieber sterben. Vom eigenen Schreiben leben, ist das nicht künstlerisches Schöpfen? Heute, morgen, immerzu schöpfen… oder scheinen, als schöpfte man; nun, der Schein ist genauso aufwendig wie die Wirklichkeit! Neben seinem Feuilleton in einer Tageszeitung, das ihm wie der Stein des Sisyphos jeden Montag auf die Feder plumpste, arbeitete Étienne bei drei oder vier literarischen Zeitschriften mit. Aber seien Sie versichert – er legte keinerlei künstlerisches Ethos in seine Schöpfungen. Der Mann aus dem Sancerre gehörte durch seine Leichtigkeit, wenn Sie wollen: durch seine Unbefangenheit zu jener Sorte Schreiber, die man als *Macher* oder als *Handwerker* bezeichnet. Beim Schreiben heißt *Professionalität* im Paris unserer Tage, dass man jedweden Anspruch sonstwo gelassen hat. Wenn er nichts anderes mehr sein kann oder will, wird ein Autor zum *Macher*. Er führt dann ein ganz angenehmes Leben. Anfänger, Blaustrümpfe, junge Schauspielerinnen und solche, deren Laufbahn sich dem Ende neigt, Schriftsteller und Buchhändler umschmeicheln und hätscheln diese «Federn für alles». Lousteau hatte, nachdem er zum Lebemann geworden war, als Ausgabe nur mehr seine Miete, seine Kleider trug er zur Werbung. Der Verkauf der Bücher, die er rezensierte oder nicht rezensierte, finanzierte seinen Handschuhmacher; dementsprechend sagte er zu den Schriftstellern, die ihre Werke auf eigene Kosten drucken ließen: «Ich habe Ihr Buch noch in den Händen.» Er machte Kasse mit den aus Selbstverliebtheit überreichten Naturalien wie Zeichnungen und Bildern. Alle seine Tage waren reserviert für Diners, die Abende fürs Theater, die Vormittage für Freunde, Besuche, Bummeln. Sein Feuilleton, seine Artikel und die zwei Romane, die er jährlich für vierzehntägig erscheinende Zeitschriften schrieb, waren der Tribut, der für dieses glückliche Leben zu entrichten war. Und Étienne hatte zehn Jahre lang gekämpft, um in diese Position zu gelangen. Als er schließlich in der gesamten Welt der Literatur bekannt war und geschätzt wurde für das Gute wie für das Böse, das er mit tadelloser Harmlosigkeit beging, ließ er sich treiben, ohne sich groß Sorgen um die Zukunft zu machen. Er regierte inmitten eines Klüngels von Neulingen, er hatte Freundschaften: das heißt Gewohnheiten, die seit fünfzehn Jahren hielten, Leute, mit denen er dinieren ging, und er gab sich für Späße her. Er verdiente sieben- bis achthundert Franc im Monat, eine Summe, die seiner Verschwendungssucht, wie sie typisch für Arme ist, nicht genügte. Also ging es Lousteau so schlecht wie zu seinen Anfangszeiten in Paris, als er sich gesagt hatte: «Wenn ich fünfhundert Franc im Monat hätte, dann wäre ich ganz schön reich!» Das ist die Grundlage des Phänomens. Lousteau lebte in der Rue des Martyrs, in einer kleinen Erdgeschosswohnung mit Garten, herrlich eingerichtet. Beim Einzug hatte er mit einem Tapezierer eine Abmachung getroffen, die lange Zeit an seinem Wohlbefinden nagte. Die Wohnung kostete zwölfhundert Franc Miete. Nun waren die Monate Januar, April, Juli und Oktober, wie er es nannte, «notleidende Monate». Die Miete und die Rechnungen des Portiers fraßen alles auf. Lousteau nahm darum aber nicht weniger Kutschen und verbrauchte keine hundert Franc weniger für Restaurants; er rauchte für dreißig Franc Zigarren und konnte seinen Zufallsgeliebten kein Diner, kein Kleid verweigern. Er nahm also Vorschüsse auf den stets ungesicherten Ertrag der folgenden Monate, sodass er mit seinen monatlichen sieben- bis achthundert Franc genauso wie 1822, als er knapp zweihundert verdiente, niemals hundert Franc auf der hohen Kante hatte. Manchmal, wenn er des Trubels im literarischen Leben müde und des Vergnügens überdrüssig war wie eine ausgehaltene Geliebte, verließ Lousteau die laufenden Geschäfte; manchmal nahm er sich eine Auszeit und sagte guten Freunden, Nathan, Bixiou hinten in seinem Gärtchen, vor einem ewig grünen Rasen von der Größe eines Esstischs beim Schmauch einer Zigarre: «Wo das noch hinführen wird? Die weißen Haare sind eine ernste Mahnung!»

QUELLENNACHWEIS

Honoré de Balzac, Monographie de la presse parisienne (Typenlehre der Pariser Presse), in: H. d. B. u. a., La Grand' Ville. Nouveau tableau de Paris, 2. Band, Paris 1843, S. 129–208.

Honoré de Balzac, Lettre adressée aux écrivains français du XIXe siècle (Brief an die französischen Schriftsteller des 19. Jahrhunderts), in: Revue de Paris, 1. November 1834, S. 62–82.

Honoré de Balzac, Lettres russes (Russische Briefe), in: Revue parisienne, 25. Juli 1840, S. 99–140.

Honoré de Balzac, À Madame la Comtesse E. sur M. de Sainte-Beuve, à propos de Port-Royal (An Madame la Comtesse E. Über Monsieur Sainte-Beuve, anlässlich von Port-Royal), in: Revue parisienne, 25. August 1840, S. 193–228.

Jules Janin, Monographie de la Presse Parisienne, par M. de Balzac, (Honoré de Balzacs Typenlehre der Pariser Presse), in: Feuilleton du Journal des Débats, 20. Februar 1843, S. 1–3.

Honoré de Balzac, Une double chaîne. Le journaliste vu de près (Eine doppelte Bindung. Der Journalist aus der Nähe betrachtet), Kapitel XXXVI, in: La Muse du Département (Die Muse vom Land), ed. Bernard Guyon, Garnier Frères Paris 1970, S. 273–275.

NACHWORT

Bei Honoré de Balzac hat man es in einem Punkt einfach: Man muss nicht erklären, warum er einer der großartigsten Erzähler der Weltliteratur ist. Geboren am 20. Mai 1799 in Tours an der Loire, also in der Hauptstadt der Touraine südwestlich von Paris, gestorben am 18. August 1850 in Paris, war er schon zu Lebzeiten eine überragende Erscheinung der europäischen Literatur, hatte zahllose Bewunderer und dementsprechend Neider und Nachahmer. Kritik empfand er allerdings als feindlich und war aufgrund seiner Lebensumstände empfindlicher als mancher Zeitgenosse. Eine systematische und systematisch verunglimpfende Streitschrift gegen «die Journalisten», gegen «die Presse», mit einer Anordnung einzelner journalistischer Charaktertypen wie im Biologiebuch, nach dem Vorbild von Carl von Linné mit seinen Rangstufen von Klasse, Ordnung, Gattung, Art und Varietät, voll ausgesuchter und offenbar über die Jahre gesammelter und aufbewahrter Einfälle und Wortspiele, aber ohne konkrete Namensnennung der Kritiker oder Journalisten, an die er dabei gedacht hat – Honoré de Balzac muss einiges an Zeit und Kraft für diese Schrift aufgewandt haben. Wenn er die Energie dafür aus der Wut geschöpft hat, die ihn gegen manchen Kollegen und Kritiker erfüllt haben mag, dann hat er doch den kühlen Kopf behalten, seine Journalistenfiguren so zu entwerfen, dass sie nicht auf mögliche Vorbilder reduziert werden können. Dieser Nebeneffekt von damals ist der Haupteffekt von heute: Die Journalisten- und Kritikerexemplare dieser als zoologische Abhandlung aufgezäumten Schrift sind zeitlos. Wer als Journalist arbeitet, erkennt so manches wieder, wer Zeitung liest, genauso.

In der Erzählung *Das Mädchen mit den Goldaugen,* 1834, sind es die Pariser ganz allgemein, an deren Wesen Balzac Anstoß nimmt. Der Pariser aller Lebensalter benehme sich wie ein Kind. «Er bekrittelt alles, findet sich mit allem ab, verlacht alles und vergisst es, will alles, muss alles versuchen, greift alles mit Leidenschaft auf und macht sich nichts daraus, es wieder fahren zu lassen, ob es nun Könige, eroberte Gebiete, Ruhm oder seine je nach dem erzenen oder tönernen Götzen sind. Er legt sie ab wie Strümpfe oder Hüte, sie sind wandelbar wie das Glück. [...] In Paris gipfeln alle Passionen in der Eitelkeit. Der wahre Vertreter dieser Klasse würde also entweder der ehrgeizige Bürger sein, der nach einem Leben der Angst und unaufhörlichen Transaktionen in den Staatsrat gelangt, wie eine Ameise ihren Weg durch eine Ritze findet, oder irgendein Zeitungsredakteur, der alle Schliche der Intrige kennt und den der König zum Pair de France erhebt, und wäre es, um sich am Adel zu rächen, oder irgendein Notar, der Maire eines Arrondissements geworden ist, alles von ihren Geschäften zu Boden gedrückte Leute, die schon halb tot durchs Ziel gegangen sind.»[1] In der *Monographie de la presse parisienne*, wie unser Text im Original heißt, erschienen im Jahr 1843, und der hier erstmalig auf Deutsch vorliegt, hat Balzac also eine Reihe von Beobachtungen kristallisieren lassen, die er teilweise längst gemacht und auch artikuliert hatte, wie zum Beispiel die Sentenz von den Zeitungen, die den Lesern «jeden Morgen einen mit Lächerlichkeit gespickten Mann liefern, der durch einen originellen Ausspruch bloßgestellt wird», was er schon 1830 in *La Mode* geschrieben hatte, oder vom Literaturbetrieb: Paris habe wie das alte Rom «sein Kolosseum; seine Gladiatoren sind aber die Schriftsteller; seine Hyänen, seine Tiger sind die Journalisten»[2].

Die hier verhandelten Journalistentypen sind

1 Honoré de Balzac, *Das Mädchen mit den Goldaugen*. Dt. von Eva Rechel-Mertens, Zürich 2002, S. 6ff.

2 Zitate aus: Honoré de Balzac, *Paris*. Dt. von Gerda Gensberger, Bremen 1995, S. 117f.

auf ihre Art charmant und unterhaltsam: Wichtigtuer, eitle Schweiger und Provokateure, die mit Sticheleien auf sich aufmerksam machen, Kritiker, die sich mangels eigenen Urteilsvermögens der Meinung bedeutenderer Kollegen anschließen oder bloß noch *charts* aufstellen, und Rezensenten, die mehr über sich schreiben als über ihr vorgebliches Thema, Reporter, die in ihrer Gier nach Reichweite und Quote auch Unschuldige beschädigen, und Bedenkenträger, deren Zaudern in Untätigkeit endet. Johannes Willms schildert in seiner Biografie Balzacs, wie sich der Romancier faszinieren ließ von der «eigenartigen Welt des Pariser Journalismus, in der es von halbseidenen Talenten, verkannten Genies, Hochstaplern, Betrügern und Leuten, die ihre Feder für ein warmes Mittagessen so gut wie jeder gängigen Weltanschauung liehen, wimmelte».

Balzac hat schon Mitte der 1820er-Jahre angefangen, in kleinen Blättern mit Auflagen zwischen 800 und 1200 Exemplaren zu publizieren. 1830 schreibt er unter dem Namen Alfred Coudreux in *La Caricature*, und er genießt den ungeahnten Skandalerfolg seines Essays von der *Physiologie du mariage (Physiologie der Ehe). La Peau de chagrin (Das Chagrinleder)* machte ihn 1831 endlich berühmt. Sein Versuch des Jahres 1835, mit der *Chronique de Paris* ein eigenes Blatt mit edlen Federn wie Victor Hugo, Georges Sand und Théophile Gautier aufzulegen, schlug fehl und endete in massiver Verschuldung. Dank seiner Freundschaft zu Émile de Girardin, Besitzer mehrerer Blätter, konnte Balzac in *La Mode* und in der 1836 gegründeten *Presse* schreiben, in der Girardin eine neue Politik betrieb, nämlich Werbung zu schalten und durch Preissenkung die Abonnentenzahl auf 200 000 zu steigern. 1840 hat Balzac es noch einmal mit einem eigenen Blatt versucht: *La Revue parisienne*, die nach drei Ausgaben nicht mehr erschien, die aber eine Reihe von Texten enthält, die hier in Auszügen wiedergegeben werden.

Balzac empfand Kritik als Angriff, und seit er Erfolg hatte, gab es auch solche, die mittels Kritik an ihm, jetzt ein Großer, selbst groß herauskommen wollten. Im Vorwort zum zweiten Teil der *Verlorenen Illusionen* (*Ein großer Mann aus der Provinz in Paris*, 1839) schreibt Balzac ganz allgemein über sein literarisches Unternehmen *La Comédie humaine (Die menschliche Komödie)*, worin er die gesamte Gesellschaft seiner Zeit darstellen wollte. Darin die Bemerkung: Die «Journalisten konnten wie all die anderen Berufe dem Urteil der *Comédie* nicht entgehen. [...] Sie flößen der Literatur eine so große Furcht ein, dass weder das Theater, noch die Satire, noch der Roman, noch das Komische Gedicht sich getraut haben, sie vors Tribunal zu zitieren, wo das Lachhafte durch das Lachen bereinigt wird.»

Auch der Griff in die Systematik der Biologie ist bei Balzac nicht neu: «Unter zoologischem Gesichtspunkt gehört der Provinzler der Spezies der sekundären Zweihänder an. Er redet sehr laut, seine Gesichtsfarbe ist karminrot, seine Haut rau, seine Gestalt plump, der Rücken leicht gewölbt. [...] Für ihn ist Gehen das Wichtigste im Leben. Weilt er in Paris, hat er, ehe noch irgendwer in seinem Hotel aufgestanden ist, schon einen Erkundungsgang über die Quais und die Boulevards unternommen; an jeder Ecke kauft er ein Hörnchen oder ein Stück Sahnetorte; doch dies schadet seinem Magen keineswegs, dessen Verdauung erstaunlicherweise durch jeden Pfosten, an den er stößt, beschleunigt wird.»[3] Dass dieser Satz in der Zeitschrift *La Caricature* stand, hat in unserem Zusammenhang seine Bedeutung. Die Auffassung, man könne die Menschen und ihre Gesellschaft nach Art der Biologen systematisieren und klassifizieren, hat er beibehalten und in der Vorrede zur *Comédie humaine* von

3 *Der Provinzler*, aus *La Caricature*, 12. Mai 1831. Dt. von Gerda Gensberger, in: Honoré de Balzac, *Paris*, s. oben, S. 101.

1842 weiterentwickelt. Es geht ihm um die Vergleichbarkeit der Lebewesen – Pflanzen, Tiere, Menschen, die nach demselben Vorbild geschaffen seien. «Es gibt nur *ein* Tier. Für alle organischen Wesen hat sich der Schöpfer immer nur *eines* Modells bedient. Das Tier ist ein Prinzip, das seine äußere Gestalt, oder genauer: seine Spezifikationen in der Umwelt, in dem Milieu annimmt, in dem es sich zu entwickeln hat. [...] Längst vor allen Debatten zu diesem Thema war ich von diesem System gebannt. Ich erkannte, dass unter diesem Aspekt die Gesellschaft der Natur glich. Formt nicht auch die Gesellschaft aus dem Menschen je nach der Umwelt, nach den Milieus, in denen er sich handelnd entfaltet, ebenso viele verschiedenartige Menschen, wie es in der Zoologie Spezies gibt? [...] Der Zufall ist der größte Romancier der Welt: Um Erträge zu haben, muss man ihn nur studieren. Die französische Gesellschaft sollte der Geschichtsschreiber sein; ich nur der Sekretär. Indem ich das Inventar der Laster und Tugenden aufstellte, indem ich die wichtigsten Fakten der Leidenschaften sammelte, Charaktere malte, unter den Hauptereignissen des gesellschaftlichen Lebens eine Auswahl traf, indem ich die Züge mehrerer homogener Charaktere zu Typen zusammenfasste, konnte ich vielleicht dahin kommen, die von so vielen Historikern übergangene Geschichte zu schreiben – die Geschichte der Sitten.»[4]

Balzac habe sich, meint Johannes Willms, als Historiker verstanden, der eine Gesellschaft darstellt und die Fakten und Akteure benennt, die das Bild bestimmen, als Philosoph, der den Sinn der Existenz herauszuarbeiten suche, und schließlich als Naturforscher, der die Welt der Lebewesen aus ihrer Umgebung versteht und sie anhand einer Übersichtstafel systematisiert. Eine solche Tafel hat Balzac seiner *Typenlehre* angefügt. So verschafft er sich außer der Abstraktion einen ironischen Auftritt als Naturwissenschaftler.

Ein anderes Vergnügen der *Typenlehre* mag in der Karikatur als solcher liegen. Das bringt uns unmittelbar in die Zeit, zu der Balzacs *Monographie* entstanden ist. Es war die der großen Karikaturisten Honoré Daumier und Grandville, die für den Zeitungsmacher und Urkarikaturisten Charles Philipon tätig waren. In den 1830er-Jahren hatte sich Philipon von der politischen der sozialen Satire zugewandt, in der zum Beispiel charakteristische Typen der französischen Gesellschaft aufs Korn genommen wurden. Einer dieser Typen war der

4 Honoré de Balzac, *Die menschliche Komödie.* Supplement-Band. Dt. von Claudia Schmölders, Zürich 1998.

«Handelsagent Robert Macaire», der dank Daumier und seiner Bilderserien so populär gewesen ist, dass Heinrich Heine vom «Robert-Macairianisme» gesprochen hat. Mit seiner Lese journalistischer Typen ist Balzac also nicht nur inhaltlich den karikierenden Typisierungen ganz nah, er hat darin sogar ein Vorbild sehen können, etwa in den Karikaturen Grandvilles, der 1829 mit einer Reihe von grafischen Tier-Mensch-Vergleichen bekannt geworden war. Man kann sie isoliert amüsant finden, versteht sie aber sehr viel besser, wenn man weiß, worauf die Karikatur sich bezieht, erst recht, wenn man ihre Vorbilder und deren Wirkungen in der Welt ein wenig erkennen kann. Dazu dienen Nachwort und Anhang des vorliegenden Bandes.

Politische Situation

Es ist schon über fünfzig Jahre her, dass das Ancien Régime mit der Französischen Revolution zu Ende gegangen ist, doch hat Frankreich nach Jahrhunderten relativ stabiler Monarchie nun, im Jahr 1843, als die *Monographie de la presse parisienne* erscheint, eine ganze Reihe von Regimewechseln durchlebt, sodass es vielleicht sinnvoll ist, die einzelnen Stationen ins Gedächtnis zu rufen.

Nach der Revolution von 1789 und der Erstürmung der Tuilerien wurde am 21. September 1792 von den Abgeordneten der *Convention Nationale* (Nationalkonvent) bei ihrer erstmaligen Zusammenkunft die Abschaffung der Monarchie beschlossen und damit die Französische Republik gegründet, die bis 1804 existierte und die heute als Erste Republik bezeichnet wird. Die *Convention Nationale* einschließlich der von ihr proklamierten Terrorherrschaft bestand bis Oktober 1795. Ab dem 26. Oktober 1795 etablierte sich das Direktorium *(Directoire)* zunächst als Fünfer-Rat, dann als Dreier-Rat, war aber den innenpolitischen, ökonomischen und militärischen Schwierigkeiten nicht gewachsen. Bei seiner Rückkehr von der sogenannten Ägyptischen Expedition (am 22.8.1799) beteiligte sich Napoleon Bonaparte am 18. Brumaire des Jahres VIII (9. November 1799) an einem Staatsstreich, in dessen Verlauf er als Erster Konsul die Macht für sich allein erlangte. Napoleon veranlasste eine Reihe bedeutender Reformen wie den Code civil, der bis heute weitgehend seine Gültigkeit hat, und er unterdrückte wirksam die Anhänger der Bourbonenkönige. Schließlich ließ sich Napoleon, schon seit 1802 Konsul auf Lebenszeit, durch Plebiszit zum Kaiser küren, womit das *Empire Français* begründet wurde

(Premier Empire). Erst nach seinen fehlgeschlagenen Militärunternehmungen musste Napoleon am 14. April 1814 abdanken und ein zweites Mal, nach den Hundert Tagen seiner Rückkehr und der Schlacht bei Waterloo, am 22. Juni 1815.

Es folgte die Restauration, also die Epoche der Wiederherstellung der Bourbonen-Monarchie, die von innenpolitischen Divergenzen der Monarchisten und der bürgerlichen Liberalen geprägt war. Ludwig XVIII., Bruder des während der Revolution hingerichteten Ludwig XVI., strebte einen Ausgleich zwischen den Anhängern des Ancien Régime und denen der Revolution und der Zeit Napoleons an. Doch es dominierten andere, konservative und ultraroyalistische Kräfte das Geschehen. In den ersten Jahren kam es außerdem noch zum sogenannten «weißen Terror», überwiegend Vergeltungsaktionen zurückgekehrter Emigranten.

Die Staatsform war auf der Grundlage der *Charte constitutionnelle* vom 4. Juni 1814 eine konstitutionelle Monarchie mit einer Abgeordnetenkammer, *Chambre des Députés*, und einem Oberhaus, der *Chambre des Pairs* beziehungsweise Senat. Beide Kammern bildeten die Nationalversammlung, die Wähler unterlagen dem Zensuswahlrecht, bei dem die Wahlberechtigung an das Steueraufkommen, den Grundbesitz oder das Vermögen gebunden ist. Dadurch waren in Frankreich nur etwa 100 000 Personen wahlberechtigt.

Nach 1789 hatte sich die Dynastie der Bourbonen gespalten. Die Vertreter und Anhänger der königlichen Hauptlinie standen der Revolution ablehnend gegenüber und vertraten einen Ultraroyalismus im Sinne eines monarchischen Legitimismus. Die Bourbonen aus der Linie Orléans akzeptierten mit Herzog Louis-Philippe II. (Philippe Égalité) die Staatsform der konstitutionellen Monarchie («Orléanisten»). Aus den Wahlen im Oktober 1815 gingen die Ultraroyalisten, die Partei der extremen Reaktion, als Gewinner hervor. Aber ihr Versuch, den Einfluss des Königs zugunsten der Aristokratie zu schmälern, führte zu einer Parlamentsauflösung. Bei der Neuwahl im September 1816 erlangten die gemäßigten Royalisten die Mehrheit.

In der Nachfolge Ludwigs XVIII. übernahm sein Bruder Karl X. im Jahr 1824 die Regierung. Er war zuvor Führer der Ultraroyalisten gewesen und hatte gegen den versöhnlichen Kurs von Ludwig XVIII. die Wiederherstellung der absoluten Monarchie auf Kosten bürgerlicher Rechte angestrebt, verkündete aber zur allgemeinen Überraschung am 29. September 1824 das Ende der Zensur und damit Pressefreiheit. Erst 1829 stimmte Karl unwillig einer Politik des Kompromisses zu, erließ aber am 25. Juli 1830 die «Juli-Ordonnanzen», die der unmittelbare Auslöser der Julirevolution wurden. Mit den Ordonnanzen sollte unter anderem die Abgeordnetenkammer aufgelöst und die Pressefreiheit wieder eingeschränkt werden. Die drei Revolutionstage 27., 28. und 29. Juli 1830 sind als die *Trois Glorieuses* in die Geschichte eingegangen. Dies war zugleich das Ende der französischen Restaurationszeit (30. Juli).

Am 7. August erklärte die Kammer Karl X. für abgesetzt und Louis-Philippe, den Sohn von Philippe Égalité, zum «König der Franzosen» (statt «König von Frankreich») von Gottes Gnaden und nach dem Willen des Volkes: das «Bürgerkönigtum». Die Abgeordneten haben die konstitutionelle Monarchie bewahrt, aber die dynastische Linie gewechselt. Der Begriff des Bürgerkönigs (*Roi Citoyen)* stammt aus diesen historischen Umständen wie zum Beispiel auch der Begriff des «juste milieu» (Mittelmaß) als Regierungsmaßstab: Louis-Philippe hatte erklärt, die Mitte einhalten zu wollen zwischen den revolutionären Exzessen und dem Missbrauch der königlichen Macht unter dem Ancien Régime. Ausgelegt wurde es ihm als Mittelmäßigkeit.

Von ihrer politischen Struktur her kann die Julimonarchie als eine Art Mischform aus einer konstitutionellen und einer parlamentarischen Monarchie bezeichnet werden. Die Gesetzgebende Kammer und die Pairskammer aus der Restaurationszeit wurden in ihren Machtbefugnissen deutlich erweitert, dennoch behielt der König einen erheblichen Einfluss auf Regierung und auswärtige Politik.

In die Zeit von Louis-Philippe fällt mit der Industrialisierung ein enormer Aufschwung der französischen Wirtschaft, das Erstarken des Bürgertums und daneben das Entstehen eines Proletariats. In diesem Zusammenhang ist die Parole des *«enrichissez-vous!»* («bereichert euch!») zu sehen, die wie das Ansehen von Mittelmäßigkeit als Charakteristikum der Julimonarchie in Erinnerung geblieben ist. Ebenfalls geblieben ist das Bild der Birne, das als Karikatur für Louis-Philippe Verwendung fand. Louis-Philippe nahm immer mehr Abstand von seinem ursprünglich liberalen Regierungsstil. 1848 kam es wiederum zu einer bürgerlichen Revolution, in deren Folge er entmachtet wurde.

Honoré de Balzac galt als Anhänger von Karl X., er fühlte sich in vieler Hinsicht abgestoßen vom neureichen Bürgertum und der Julimonarchie. Mit seiner Zeitschrift *Revue parisienne*, die 1840 in drei

Ausgaben (Juli, August, September) erschien, hat sich Balzac ein Forum für seine Ansichten geschaffen, anhand derer wir heute ihn und so manches in seiner *Typenlehre der Pariser Presse* besser verstehen.

In dem wahrscheinlich fiktiven Informations-«Brief» vom 25. Juli 1840, gerichtet an einen nicht näher bezeichneten russischen Fürsten, schildert Balzac die Zustände in Frankreich, wie er sie sieht. In seiner Ablehnung der Julimonarchie, diesem System, in dem «das Geld» die größte Macht ausübte, traf sich Balzac mit Karl Marx. Dessen vernichtende Kritik des Regimes von Louis-Philippe wird unter anderem dem Einfluss des Romanciers Balzac zugeschrieben:

«Die Julimonarchie war nichts als eine Aktienkompanie zur Exploitation des französischen Nationalreichtums, deren Dividenden sich verteilten unter Minister, Kammern, 240 000 Wähler und ihren Anhang. Louis-Philippe war der Direktor dieser Kompanie – Robert Macaire auf dem Throne. Handel, Industrie, Ackerbau, Schiffahrt, die Interessen der industriellen Bourgeois mußten beständig unter diesem System gefährdet und beeinträchtigt werden. Wohlfeile Regierung, *gouvernement à bon marché*, hatte sie in den Julitagen auf ihre Fahne geschrieben. Indem die Finanzaristokratie die Gesetze gab, die Staatsverwaltung leitete, über sämtliche organisierte öffentliche Gewalten verfügte, die öffentliche Meinung durch die Tatsachen und durch die Presse beherrschte, wiederholte sich in allen Sphären, vom Hofe bis zum *Café Borgne*[5] dieselbe Prostitution, derselbe schamlose Betrug, dieselbe Sucht, sich zu bereichern, nicht durch die Produktion, sondern durch die Eskamotage schon vorhandenen fremden Reichtums, brach namentlich an den Spitzen der bürgerlichen Gesellschaft die schrankenlose, mit den bürgerlichen Gesetzen selbst jeden Augenblick kollidierende Geltendmachung der ungesunden und liederlichen Gelüste aus, worin der aus dem Spiele entspringende Reichtum naturgemäß seine Befriedigung sucht, wo der Genuß *crapuleux* wird, wo Geld, Schmutz und Blut zusammenfließen. Die Finanzaristokratie, in ihrer Erwerbsweise wie in ihren Genüssen, ist nichts als die *Wiedergeburt des Lumpenproletariats auf den Höhen der bürgerlichen Gesellschaft.*»[6]

Dass beide, Balzac und Marx, vom System der Julimonarchie abgestoßen waren, hat sie natürlich nicht gehindert, vollkommen gegensätzliche

5 Bezeichnung für verrufene Kaffeehäuser und Kneipen in Paris.

6 *Die Juniniederlage 1848. Vom Februar bis Juni 1848*, in Karl Marx, Friedrich Engels, *Werke*, Bd. 7: *Die Klassenkämpfe in Frankreich 1848–1850*, Berlin 1960, S. 12–34.

Schlüsse zu ziehen. Balzac war Anhänger der älteren Linie der Bourbonen, Marx wohl kaum.

Das literarische Leben der 1830er-Jahre: Autoren, Verleger, Buchhandel, Theater

Der wirtschaftliche Aufschwung, eine «Epoche des provokanten Triumphs der Geschäftemacher» (so Antoine Adam in seiner Einführung der *Verlorenen Illusionen*)[7], begünstigte auch auf dem Feld der Literatur das Wesen und Unwesen von Glücks- und Raubrittern. In Buchhandel, Theater, Journalismus und Literatur herrschte das Geld. Balzac bezeichnete die Kommissionsbuchhändler als unnütz und parasitisch, der Einfluss und die Machenschaften der Kritik gingen oft über ihr Sujet hinaus, die Schiebereien der Theaterbillets und die Manöver der Theater-Claques, bezahlter Beifallklatscher, gehören ebenfalls ins Bild. Dass dies Bild realistisch ist, haben die Literaturhistoriker schon längst nachgewiesen, wie Antoine Adam in seinem Kommentar zur Garnier-Ausgabe der *Verlorenen Illusionen* ausführt. Der Buchhandel war eine florierende

7 Honoré de Balzac, *Illusions perdues*, hrsg. von Antoine Adam, Paris 1961, «Introduction».

Branche, was sich am Beispiel der Reisevertreter *(commis-voyageur)* der Verlage zeigt: Um 1813 habe es in Frankreich zwei oder drei gegeben, 1825 seien es allein für die Region Toulouse siebzehn gewesen.[8] Während die Buchhändler zur Restaurationszeit Büsten der beliebtesten Autoren auf ihre Regale stellten, hamsterten jetzt abenteuerlustige Verlagsbuchhändler Manuskripte, ohne die entsprechenden Mittel zu haben, und die großartigsten Manuskriptesammler erlebten am Ende bloß ihren Bankrott.[9]

In diese Zeit gehört auch das Phänomen, dass junge Leute sich als Journalisten versuchten, nicht nur wie heute, wo mancher den Weg vom Deutsch-Einserschüler an die Journalistenschule und dann in eine Redaktion beschreitet. Es hatte noch ganz andere Gründe, wenn Balzac über Émile Chevalet, der ihm von einer Freundin ans Herz gelegt worden war, schrieb: «Dieser junge Mann gehört ganz in unsere Zeit. Wenn man nichts machen kann, macht man sich zum Mann der Feder, zum Mann von Talent.» Ähnlich Édouard Soulié 1830 in *L'Europe littéraire*, ein Blatt, für das auch

8 Edmond Werdet, *De la librairie française*, Paris 1859, S. 108.

9 Jean Hébrard, *De la librairie française*, Paris 1847, S. 34.

Heinrich Heine schrieb: «Die große Abwertung der Vermögen im Jahr 1830 hat alle Talente, die aus Handel und Vermögen hinausgefallen sind, in die Literatur getrieben, das einzige ungeschützte Gewerbe. Wer nicht mehr Schneider, Buchhändler, Schuster oder Geflügelzüchter bleiben konnte, hat sich zum Autor gemausert; und wer nicht Minister, nicht Regierungspräsident oder Landrat und auch nicht Kommissar oder Dorfpolizist werden konnte, hat denselben Weg genommen.» Diesen Befund legt Balzac 1839 seinem Étienne Lousteau in *Verlorene Illusionen* in den Mund: «Immer spült dieselbe Woge jedes Jahr aus der Provinz die gleiche, wenn nicht zunehmende Menge ehrgeiziger Milchbärte hierher, die sich erhobenen Hauptes und stolzen Herzens anschicken, die Moden zu beeinflussen, doch alle stürzen in den Graben des Unglücks, in den Dreck der Zeitung, in den Sumpf des Buchhandels. Sie, diese Bettler, ergattern biografische Artikel, Fülltexte, vermischte Pariser Meldungen oder Buchaufträge bei kalkulierenden Händlern bedruckten Papiers, denen eine in vierzehn Tagen abgesetzte Dummheit lieber ist als ein Meisterwerk, das seine Zeit braucht, bis es verkauft ist. Raupen, die erdrückt sind, bevor sie Schmetterling werden, leben von Scham und Gemeinheit, bereit, ein heranwachsendes Talent auf Geheiß eines Paschas vom *Constitutionnel*, von der *Quotidienne*, von den *Débats*, auf ein Zeichen der Buchhändler, auf die Bitte eines eifersüchtigen Kollegen, oft zum Preis eines Abendessens, zu preisen oder zu beißen. Die, die die Hindernisse überwinden, vergessen das Elend des Anfangs. Also gut», sagt Lousteau zu Lucien de Rubempré, «noch ein Christ, der sich in der Arena den Bestien zum Fraße vorwirft.»

Der Autor Léon Gozlan, nicht in allem ein Freund Balzacs, hierin aber eins mit ihm, zitiert eine Äußerung Balzacs über die Journalisten, die doch bloß verkappte Emporkömmlinge seien: «Wer die Meldungen aus Paris schreibt, will ins Feuilleton; wer das Feuilleton schreibt, will die großen politischen Artikel schreiben; und der den großen politischen Artikel schreibt, will Steuerverwalter, Abgeordneter, Staatsrat, Präfekt und all das werden.»[10]

Balzacs Darstellung der Kritiker und Journalisten ist auch als Antwort auf die Kritik an seinem Roman *Le Médecin de campagne (Der Landarzt)*, erschienen 1833, aufgefasst worden. Dennoch sei, so Balzac, der zweite Teil seiner *Verlorenen Illusionen* kein Buch der Rache, und wenn die Leser es über-

10 Léon Gozlan, *Balzac intime: Balzac en pantoufles, Balzac chez lui*, Paris 1886. Reprint o. J., S. 176.

trieben fänden, so sei es bloß geprägt von verzweifeltem Realismus. Vielmehr seien die komischen und grotesken Gestalten von den Figuren des Straßentheaters über Lesage und Molière bis Beaumarchais «auf das Format unseres Jahrhunderts gebracht, wo der Souverän überall ist, nur nicht auf dem Thron, wo jeder auf eigene Rechnung agiert und sich auf einem Punkt des Kreises zum Zentrum oder zum König eines dunklen Winkels machen will. Was für ein schönes Gemälde ergäbe das dieser mittelmäßigen Leute, fett vom Verrat, genährt aus fremder Hirnmasse und undankbar gegenüber ihren Opfern, die für die Leiden, die sie anderen zufügen, nur widerliche Späße übrig haben, vor jedem Angriff hinter ihren Festungen aus Dreck geschützt und jederzeit bereit sind, dem Köter, dessen Eckzähne mächtig genug sind und dessen Gebell hinreichend laut ist, ein Stück Knochen hinzuwerfen». Er habe viele Einzelheiten und manche Gestalten auslassen müssen. «Würde dies Buch (gemeint ist *Ein großer Mann aus der Provinz in Paris*) auch nur einen jungen Dichter, eine schöne Seele, die in der Tiefe der Provinz inmitten einer geliebten Familie lebt, daran hindern, herzukommen und die Anzahl der Verdammten in der Pariser Hölle zu vermehren, die sich mit ihren Tintenfässern schlagen, sich ihre totgeborenen Bücher an die Köpfe werfen und sich darum reißen, einer dem anderen nach Herzenslust die zartesten Blüten verdorren zu lassen, dann wäre dies Buch eine gute Tat gewesen.»

Die Honorare der Autoren bemaßen sich nach Seiten und Druckbögen. Die Notwendigkeit, «Bogen zu füllen», führte zu Abschweifungen, Exkursen, Rückblicken und Ausdehnungen der Themen, eben den «Riemen», von denen in der *Typenlehre* die Rede ist und auf die wir bis heute stoßen, wo ein Autor Zeilen schindet. Das könnte eine Erklärung dafür sein, warum Balzac selbst immer mal ältere eigene Texte wiederverwertet und gerne ausführlich und unter Berücksichtigung aller Umstände erzählt, was wiederum ihm von anderen angekreidet wurde.

Im Vorwort zu *Le Lys dans la vallée* (1836, *Die Lilie im Tal*) berichtet Balzac von seiner Beziehung zur *Revue de Paris.* Die Zeitschrift war 1829 von Louis-Désiré Véron gegründet worden. Balzac, mit ihm befreundet, überließ der *Revue de Paris* von 1830 an verschiedentlich Texte. Vérons Nachfolger wurde im Mai 1831 Charles Rabou, der ebenfalls mehrere Texte von Balzac publizierte, dann aber die Leitung im Herbst 1831 an den studierten Mediziner Amédée Pichot (bis 1834) weitergab, «der es lustig fand», schreibt Balzac, «mir außerordentlich bittere

Pillen gegen mein zu großes Selbstvertrauen zu verabreichen. Nachdem es zu wenige Kranke im Ort gab, hat er sich daran gemacht, das Jucken der Eitelkeit bei den Leuten zu kurieren, an die er herankam. […] Dabei muss man doch, wenn man die Feder in die Hand nimmt, sich vorstellen, dass man etwas Gutes schreibt; wenn man meint, man hätte nur grässliche Gedanken auszubreiten, nur müde Abenteuer zu erzählen, dann ist es besser, Arzt zu werden und den Leuten den Tod zu bringen, statt sie zu langweilen; denn die Toten beschweren sich nicht, wogegen gelangweilte Lebende ziemlich gesprächig sind und einem den Ruf verderben. Um Rückfällen vorzubeugen, muss man den Kranken von den Ursachen der Krankheit fernhalten, und Monsieur Pichot, der Wert darauf legte, die Schreiber von ihren Eitelkeitsanfällen zu kurieren, hielt es für das Beste, ihnen die Publikationsmöglichkeiten zu nehmen. So arbeitete Monsieur Pichot zum Schaden der Autoren der *Revue de Paris* unter drei Pseudonymen: M. Pickersghill, Sheridan Junior und H.-C. de Saint-Michel, glaube ich, ganz zu schweigen von M. Amédée, M. Pichot und M. A. und M. P. und M. A. P., alles Autoren, die nie wieder auftauchten, nachdem Monsieur Pichot die *Revue* verlassen hatte. Monsieur wäre wenig geschmeichelt, wenn ich die Zahl der mit diesen Namen unter seiner Direktion eingeschobenen Seiten veröffentlichen würde; ich erspare es ihm. Das *Album*, die Beilage, schrieb er selbst. Während ich nur lobende Briefe des Direktors Pichot erhielt, bissen mich Pickersghill, Sheridan und vor allem dieser schreckliche H. de Saint-Michel, und das *Album* ließ mich die Rute spüren. Es gibt Leute, die mich für jemanden halten, der die Dinge durchschaut; nun ja, ich habe an Sheridan geglaubt, trotz seiner Unbeholfenheit; ich habe an Pickersghill geglaubt, ich habe an Saint-Michel geglaubt und ich habe an P… geglaubt bis zu dem Tag, an dem ich zur Korrektur eines Andrucks in die Druckerei ging und entdeckte, dass Monsieur Pichot der Cardillac[11] dieser Bande von Kritikern war, die es auf meine ärmliche literarische Goldschmiede abgesehen hatten. Nun war es aber leider so, dass es meinen Freunden, die es mit meinem Ansehen ernst meinen (die Schmeichler!), die vor allem wollen, dass ein Mann nicht im eigenen Haus verspottet wird, weil er dann nämlich *seine Würde verliert* – es fiel also meinen Freunden und auch ein wenig meinen Verlegern auf, dass die *Revue de Paris* wohl meine Texte im Vorabdruck druckte und bezahlte, sich aber

11 Räuberhauptmann in E. T. A. Hoffmanns Novelle *Das Fräulein von Scuderi* (1819).

entsetzlich feindselig gegenüber meinen Werken zeigte, wenn sie als Buch erschienen.»

Mit Pichots Nachfolger, François Buloz, gab es dann wieder gute Verbindungen, bis Buloz Ende 1835 die noch unkorrigierten Druckfahnen von *Le Lys dans la vallée*, die Balzac ihm für die Veröffentlichung in der *Revue de Paris* überlassen hatte, ohne Balzacs Zustimmung an die *Revue étrangère* in Sankt Petersburg weiterleitete, wo sie von Oktober bis Dezember 1835 erschienen, also in Russland eher als in Frankreich. Balzac brach seine Mitarbeit an der *Revue de Paris* ab, woraufhin Buloz ihm wegen Nichteinhaltung des Vertrags den Prozess machte, den Balzac allerdings im Sommer 1836 gewann und dessen Historie er im Vorwort von *Le Lys dans la vallée* seitenlang ausbreitet.

Dass in der *Révue étrangère* in Petersburg ein nicht genehmigter und unkorrigierter Vorabdruck erschien, war für Balzac Teil eines viel größeren Übels, nämlich des Unwesens der Raubdruckerei. Die meisten Raubkopien wurden in Belgien produziert, und Balzac nahm sich dieses Problems vehement an. Die belgischen Nachdrucker produzierten für ihren eigenen Markt, sie bedienten aber auch die europäische Nachfrage, sodass die in Frankreich produzierenden Verleger mit ihren Büchern international ins Hintertreffen gerieten.

Dass Belgien zu Balzacs Zeit das Zentrum des Raubdrucks gewesen sei, bestätigt Heinrich Heine in *Lutetia* (*Erster Teil, V*, Paris, den 30. April 1840), nämlich dass «die größten Schriftsteller Frankreichs, ruiniert durch den belgischen Nachdruck und den bankerotten Zustand des Buchhandels, in trostloser Armut dahindarben».

Balzac schreibt im Vorwort zu *Die Lilie im Tal*, erst kürzlich habe die Polizei einschreiten müssen, als neben der offiziellen drei Raubausgaben des *Medecin de campagne* im Buchhandel umgingen, während keine freundliche Kritik dafür geworben habe, und nachdem er bereits den Prozess um *Le Lys dans la vallée* durchgestanden habe, kenne er «alles, was die Autoren gegen einen der ihren zuwege bringen». Die Haltbarkeit der Koalitionen unter Schriftstellern habe zur Voraussetzung, «dass die beteiligten Talente unbekannt sind: Einmal berühmt, verstehen sich die Koalitionäre nicht mehr; waren sie für die Dauer des Kampfes noch diszipliniert, schlagen sich die Pegasusse nun an der Raufe des Ruhmes. In der Stadt, wo 114 Notare, 109 Rechtsberater, 1200 Anwälte, 1000 Schauspieler, alle einer dem anderen Feind, in einem Verband zusammengeschlossen sind und einander unterstützen, sind die Künstler auf sich allein gestellt. Wird einer von ihnen verleumdet, machen sich alle andern, die Schaufel in der Hand, ans Werk und graben seine Grube in der Hoffnung, dass er untergeht, wogegen der gesamte Verband der Anwälte und Rechtsberater sich erhebt, wenn man einen der ihren anrührt. Bei der Priesterschaft ist es dasselbe; doch bei einem Prediger von Gedanken rufen alle: ‹Pfui!› [...] So stehe ich allein in dem derzeitigen Kampf, in dem ich die Interessen des *Ausgebeuteten* gegenüber dem *Ausbeuter*, des Schriftstellers gegen den Händler vertrete. Keiner von denen, die das sollten [...], rührt sich. Nein, da gibt es kein Verständnis! Ich soll der Presse Gerechtigkeit widerfahren lassen, doch es herrscht dort eine ehrenwerte Geschlossenheit gegen mich.»

Balzac stand nicht allein mit seinem Wunsch, dass das Urheberrecht besser geschützt werden müsse. Goethe hat mit seinem Verleger Cotta vergleichbare Verhandlungen geführt. Schon 1834 hatte Balzac in der *Revue de Paris* einen offenen Brief an seine Kollegen publiziert, und was er da schreibt, ist heute in fast allen Punkten immer noch, oder wieder, aktuell. So ist es nicht mehr überraschend, wenn gleich eingangs der *Typenlehre* darauf hingewiesen wird, dass es sich bei diesem Werk um geistiges Eigentum handle. Balzacs engagierter Ton in Sachen Urheberrecht stand jedoch im Widerspruch zur Haltung der Kollegen. So folgte nach der Auseinandersetzung um den unautorisierten Vorabdruck am 26. Mai 1836 an demselben Ort eine widersprechende «Erklärung» einiger Autoren wie Alexandre Dumas, Léon Gozlan und Eugène Sue.

«Ich gehe weiter – es ist ganz und gar das Recht der *Revue*. Nachdem der Raubdruck, diese Existenzbedrohung der modernen Literatur, den Leuten zugebilligt wird, was wäre da gerechter, als sich selber raubzudrucken? So hält es die *Revue*, wenn sie kann. Jules Janin»

«Ich betrachte die Freiheit, unsere Texte den ausländischen Zeitschriften zukommen zu lassen, nicht nur als Recht, das von uns der *Revue de Paris* eingeräumt worden ist, die den Autoren so viele Dienste erwiesen hat; vielmehr meine ich, dass dies das stärkste Mittel ist, die belgische Raubdruckerei anzugreifen, die den Interessen der französischen Autoren so sehr schadet. Nur mit offenkundiger Unaufrichtigkeit** kann man zu diesem Thema anderer Meinung sein.

A. Loève-Veimars»

** [Anmerkung Balzacs:] «Wenn der Hass so weit geht, kann man sich nur beglückwünschen, solche Feinde zu haben. Wo ist die Unaufrichtigkeit? Bei dem, der verkauft, was er nicht verkaufen darf, und dem, der es verkauft, um dem Eigentümer ungeheuren Schaden zuzufügen, oder bei dem Eigentümer, der sich über einen zweifachen Verrat beschwert, den Bruch des Rechts und den Missbrauch des Gegenstands? [...] Ich kann nicht anders als über diese Erklärung lachen und über die, die sie bestellt haben. Was die angeht, die sie unterzeichnet haben – die tun mir leid.»

Auch der Schriftsteller und Feuilletonist Charles-Augustin Sainte-Beuve tat Balzacs Klage über die Missachtung des Urheberrechts ab. In seinem Aufsatz über *La littérature industrielle (Die Literaturfabrikation)*, worin er die schnell hingeworfenen Erfolgsromane als industrielle Werkstücke, mit unseren Worten: als Fließbandware angreift, schrieb er 1839, an die Raubdruckerei im Ausland denke er als Allerletztes, denn darauf habe man ja keinen Einfluss. Es gebe viel Schlimmeres, aber Balzac werde vielleicht sein Ziel erreichen, wenn auch mit den falschen Mitteln. Balzac sei eben ein «Mann von Vorstellungskraft und Fantasie, der diese mit zu großer Leichtigkeit in Themen trägt, bei denen man davon kaum etwas vermutet, und er arbeitet sich, ohne es zu ahnen, zu märchenhaften Schlussfolgerungen durch, an denen jeder mit bloßem Auge die Illusion erkennt. Sein Brief über das geistige Eigentum, von dem bereits die Rede war, resultiert aus dieser Art von Übertreibung. Um mal die Dinge richtigzustellen: Er will nichts weniger als der Regierung vorschlagen, die Werke der zehn oder zwölf großen Autoren Frankreichs zu kaufen, angefangen mit seinen eigenen, die er auf *zwei Millionen* schätzt, wenn ich richtig verstanden habe. Können Sie sich vorstellen, dass die Regierung den Autor der *Physiologie der Ehe* abfindet, um diese besser verbreiten zu können, und die *Tolldreisten Geschichten* verkauft wie gestempeltes Papier? Tolldreiste Konsequenzen, sehr geeignet, den Dämon des literarischen Eigentums wieder heimzuschicken, mit dem sich Monsieur de Balzac nach alledem vielleicht bloß einen Spaß erlaubt hat.» Und weiter schreibt Sainte-Beuve von der gewerbsmäßigen Literatur, die ihm zu realistisch sei und die er mit einem stetigen Rinnsal vergleicht, das zwar fließt, dabei aber sein Bett nicht allzu sehr vertieft.[12]

Balzac war an der Gründung des Schriftstellerverbandes *Société des gens de lettres* im Jahr 1838 nicht beteiligt gewesen, trat aber bald bei und wurde im August 1839 deren Präsident, wo er sich wei-

12 Charles-Augustin Sainte-Beuve, *La littérature industrielle*, in *Revue des Deux Mondes*, T. 19, 1839.

ter gegen das Raubdruckerunwesen wandte. 1840 entwarf er einen umfassenden *Code littéraire*, den Gozlan auf zehn Seiten seines Buchs über Balzac wiedergibt, um dann zu schließen: «Hier endet dieser berühmte *Code littéraire*, ein wahres Vorbild seiner Art, dem man in vielen Teilen folgen muss, wenn man ernsthaft über eine Grundlage zur Organisation des literarischen Eigentums nachdenken will. Es ist bedauerlich, dass man durch dieses feste Gewebe von Regeln und Maßnahmen hindurch, das nichts auslässt, Balzacs wütenden Hass auf sein schwarzes Schaf, die Presse, spürt. Man könnte die Namen der Verleger nennen, die er erwürgen oder knebeln will, wie auch die ganz genauso offensichtlichen Namen der Journalisten, die er in jedem einzelnen der vielen Artikel dieses schwarzen Kodex nicht erdolchen kann. Dies sind gewissermaßen Balzacs Memoiren in Gesetzesform. Man spürt die ganze Verzweiflung, die ihn erfasste, dass er die Artikel, von denen er jeden Satz und jeden ehrenrührigen Buchstaben zur Weißglut erhitzte, nicht sogleich auf die Schultern seiner Feinde aufbrennen konnte.»[13]

Immerhin basiert auf Balzacs Forderungen jenes Urheberrechtsgesetz, das von Napoleon III. 1854 in

13 Léon Gozlan, *Balzac intime*, s. oben, S. 223.

Kraft gesetzt wurde. Und der von Balzac ausgearbeitete *Code littéraire*, der vor allem die Rechte der Autoren gegenüber den Verlegern verbindlich regeln sollte, wurde Grundlage für ein entsprechendes Gesetz von 1862.

Zeitungen und Zeitschriften

Mit den politischen Umschwüngen in der Zeit von 1815 bis 1848 hat auch die französische Presse eine wechselvolle Geschichte erlebt. Unter Napoleon mehr oder minder zum Schweigen verdonnert, kam sie mit der Restauration überhaupt erst wieder zu Atem. Als es wieder eine Presse gab, waren die großen Autoren zugleich auch journalistisch tätig, angefangen mit Chateaubriand, der von 1818 bis 1820 die Zeitschrift *Le Conservateur* herausgab.

Vor allem aber hatte sich etwas in der Technik der Zeitungsherstellung getan. Mit dem neuen Jahrhundert kam die von Friedrich Koenig entwickelte Schnellpresse auf, zum anderen verbreitete sich mit Senefelders Steindruckverfahren, das in Frankreich seit 1803 *Lithographie* genannt wurde, ein wirtschaftliches Massendruckverfahren, das Vervielfältigungen in für damalige Verhältnisse hohen Auflagen erlaubte. Die Lithografie wurde daher nicht nur schnell zur autonomen Kunstform, die es Malern und Zeichnern ermöglichte, den ursprünglichen Charakter ihrer Zeichnungen trotz hoher mechanischer Beanspruchung zu erhalten. Sie war auch für die Presse in den Zeiten vor der Fotografie ein schnelles Medium, um aktuelles Zeitgeschehen bildhaft wiederzugeben, und lief ab den 1830er-Jahren Kupferstich, Radierung und Holzschnitt den Rang ab. In Verbindung mit der technischen Möglichkeit hoher Auflagen vollzog sich ein Strukturwandel von der Gebildeten- zur Massenpresse.

Einer der Ersten, der dieses Medium aufgriff, war Honoré Daumier, der mit seinen in kritischen Zeitschriften veröffentlichten Karikaturen die politischen Zustände von etwa 1830 bis in die 1870er-Jahre thematisierte. Während Abbildungen großer Ereignisse und allegorische oder satirische Darstellungen bis zur Revolution vor allem Flugblättern vorbehalten waren, wurden Karikaturen zu Beginn des 19. Jahrhunderts zu einem festen Bestandteil der Zeitungen, zuweilen schon auf der Titelseite. Zu den frühen satirischen Wochenzeitschriften zählte *La Silhouette* mit politischen Karikaturen als fester Rubrik. Sie hielt sich zwar nur bis 1831, war aber ein Vorbild für die späteren Satireblätter.

Als Louis-Philippe wieder Pressefreiheit duldete, kam es zu einem sprunghaften Anstieg von

Zeitungs- und Zeitschriftengründungen, zum Beispiel 1830 Charles Philipon mit dem Satireblatt *La Caricature*, an dem Grandville und Daumier als Zeichner beteiligt waren, und Balzac als Autor. Zwei Jahre später gründete Philipon die Karikaturenzeitschrift *Le Charivari*, die sich bis 1862 hielt, obwohl sie öfter verboten und ihr Gründer mehrfach wegen seiner Karikaturen belangt wurde.

Ein hervorragendes Zeugnis der Situation der französischen Zeitschriften dieser Epoche liefern die *Blätter für literarische Unterhaltung*, die in Leipzig erschienen. So publizierten sie im Frühjahr 1836 eine Serie von Home-Stories *Die Pariser Schriftsteller und ihre Quartiere*, darin zum Beispiel über «Herrn Löwe Weimars» (Loève-Veimars), den der deutsche Kollege als den «größten aller Pariser Schriftsteller» bezeichnet: «Er wohnt in der lärmenden Rue de Provence und besitzt nur ein einziges, aber höchst elegant geschmücktes Zimmer. Dieses ist ohne alles Charakteristische, ohne alle Wahrzeichen, an denen man den großen Geist seines Bewohners spüren könnte. Es sieht darin aus wie in dem Boudoir einer Dame, die sich mit gar nichts beschäftigt. Nicht einmal, was für den Schriftsteller das ist, was dem Fisch das Wasser, nicht einmal Papier und Feder und ein Schreibzeug findet sich auf dem zierlichen Tischchen. Wozu bedarf auch

Herr Löwe Weimars eines Schreibzeugs. Er ist sich selbst genug; er ist ein so großes Genie, dass er seine Gedanken mit unsichtbaren Flammenzügen in die Luft schreibt. Diese Chiffren kennt der Setzer des Herrn Löwe Weimars von weitem und setzt sie aus dem Stegreif in die ihnen angewiesenen Columnen des *Temps*. Glücklicher Autor, der nicht einmal ein Schreibzeug braucht, der kein Merkmal aufweist, woran man ihm seinen Beruf nachweisen könnte, der kein Aushängeschild für sein Gewerbe bedarf und sich dreist in seiner eignen Behausung für einen Menschen ausgeben kann, der gar nichts ist. Und dies ist in der Tat der beste Stand für Geister von solcher Tiefe wie Herr Löwe Weimars.» Im Herbst des Jahres 1837 erschien in mehreren Folgen ein Artikel über *Die neuere französische Journalistik*.[14] Der Artikel bestätigt wie schon die Home-Stories die Existenz der Balzac'schen Journalistentypen beziehungsweise ihrer realen Vorbilder im literarischen und journalistischen Leben jener Zeit: der Lobhudler, der Staatsmann, der Parteigänger, der junge blonde Kritiker. Balzacs Ausführungen über die Presse, die Politiker

14 In: *Blätter für literarische Unterhaltung*, Jahrgang 1837, zweiter Band: Juli bis December (Leipzig, F. A. Brockhaus); s. Zeitschriftenverzeichnis.

und die vielen kleinen Interaktionen, Beziehungen und Verflechtungen zwischen Politikern und Journalisten scheinen ein realistisches Abbild zu sein und lassen sich vor dem historischen Hintergrund besser verstehen, auch wenn die jeweiligen Vorgänge im Detail gar nicht einmal erkennbar werden müssen. Es ist die Stimmung, in der sich aufmüpfiger Witz und politische Ambition ihre Wege unter dem Druck der ökonomischen und der Meinungskonkurrenz suchen.

Die *Blätter* berichten: «In der guten alten Zeit des französischen Königtums konnte von einem Zeitungswesen, wie man es heutzutage hat, aus leicht begreiflichen Gründen keine Rede sein. [...] Die Französische Revolution änderte diesen Zustand der Dinge. Die Konstituierende Versammlung emanzipierte den menschlichen Gedanken und dekretierte in ihrer Sitzung vom 20. Januar 1790 unbedingte Pressefreiheit. [...] In der Folge entstand aber noch keine geordnete Presselandschaft, vielmehr brachten die konkurrierenden Meinungsführer einander mit Hilfe des Fallbeils zum Schweigen, und weiter galt auch unter Napoleon der Spruch: ‹Wo der Säbel herrscht, muss das freie Wort verstummen.› Mit der Restauration hörte dieser Jammer auf; die Presse gewann bald einen Teil ihres verlorenen Einflusses wieder und eroberte neues

Terrain. Unter der Regierung Martignac konstituierte sie sich zu einer förmlichen Macht im Staate.»

In der Zeit von 1815 bis 1830 bezogen 43 000 von 63 000 Zeitungsabonnenten liberale Blätter, was der Opposition also einigen Einfluss verschaffte. Thiers schrieb im *Constitutionnel*, dem «Journal der öffentlichen Stimmung», das 20 000 Abonnenten hatte, und Guizot im *Temps*. Die Literaturkritik war auf ihrem Gebiet fast allmächtig: Ein lobender Artikel in den *Debats* konnte den Verkauf von 1500 Exemplaren eines Romans bewirken. Da ist es nicht weiter verwunderlich, dass Balzac journalistischen Ehrgeiz entwickelte. Zum Abschluss der dritten Ausgabe seiner *Revue parisienne* vom 25. September 1840 schreibt er, der Anlass für ihre Gründung sei die offene Feindseligkeit der Presse gegen ihn gewesen, der Mangel an Kritikern im Feuilleton, das sich nur mit dem Theater befasse.

Der zunehmend autoritäre und reaktionäre Regierungsstil war ein fruchtbarer Boden für Satire und Karikatur, zum Beispiel Restriktionen in Form einer Stempelsteuer, das heißt einer Abgabe pro Auflagenexemplar, deren Zahlung mit einem Stempel Blatt für Blatt manuell attestiert wurde. Bei Verstößen drohte Gefängnis von einem Monat bis fünf Jahre und Bußgelder zwischen 500 und 6000 Franc. So hielt man Angehörige der mittleren und unteren Schichten vom Verlegen fern. Die Abonnements wurden durch die Stempelsteuer teurer, und damit wurde auch der Zugang zu Informationen über den Preis zum Privileg.

Auch die repressivsten Regierungen schafften es nicht, oppositionelle Organe zu unterbinden. Sie seien sich zum Teil sogar bewusst gewesen, dass eine Vervielfachung der Zeitungstitel auch eine Zerstreuung der Opposition bewirken konnte, schreibt Sylvia Valentin in ihrer Studie des französischen Pressewesens im 19. Jahrhundert.[15]

Zur unumschränkten Freiheit der französischen Tagespresse, die nach der Julirevolution von 1830 zunächst herrschte, bemerken die *Literarischen Blätter*: «Der Journalismus schien zu hohen Dingen berufen. Leider vergaß er sich in seinem Siegesrausch; die Illuminationen und Feste, welche man ihm zu Ehren veranstaltete, machten ihn blind. Er beging denselben Fehler wie 1789 und diente mit seinen Organen ausschließlich den egoistischen Parteibestrebungen. Die Polemik der Pariser Blätter in den ersten Jahren nach der Julirevolution erinnerte nicht selten an den heftigen Ton Marats.»

15 Sylvia Valentin, *Journalismus in Frankreich im 19. Jahrhundert. Die Veränderungen der Pressewelt im kritischen Diskurs* (Diplomarbeit Universität Wien, 2000).

Als Balzac seine *Typenlehre* verfasste, war es also noch etwas einigermaßen Neues, dass die Journalisten schreiben und die Zeitungen publizieren konnten, was ihnen passte. Auch das ist gemeint, wenn Balzac von den «entsetzlich komischen Gebräuchen der Presse» schreibt «die als Einzige original aus unserem Jahrhundert stammen». Er setzte sich mit einem Phänomen auseinander, das offenbar neu und 1843 auf keinen Fall schon etwas Altgewohntes war.

Das Jahr 1836 markiert einen weiteren wichtigen Schritt in der französischen Pressegeschichte. Émile de Girardin lanciert die Tageszeitung *La Presse* und Armand Dutacq *Le Siècle*. Obwohl hinsichtlich der Auflagenzahlen *Le Siècle* lange Zeit die Erfolgreichere ist, steht vor allem *La Presse* aufgrund der herausragenden Persönlichkeit Girardins als Symbol für den Beginn einer neuen Form von Zeitung. Es ist der im Vergleich zu Konkurrenzblättern um die Hälfte reduzierte Preis, der Girardin zum Wegbereiter der industriell hergestellten Presse macht und somit den Übergang von der für eine kleine Elite reservierten Meinungspresse zur Informationspresse, zur Massenpresse markiert. Während der Preis eines Jahresabonnements, der Hauptvertriebsform von Tageszeitungen, mit 80 Franc mehr als das durchschnittliche Monatsgehalt eines Pariser Arbeiters oder ein Zehntel des Jahresgehalts eines Volksschullehrers auf dem Land beträgt, liegen die Jahresabonnements von *La Presse* und *Le Siècle* bei 40 Franc.

Von der Zeitung *La Presse* berichten Brockhaus' *Literarische Blätter*, dass die Beiträge des Feuilletons von den «größten Notabilitäten der französischen Literatur» geliefert würden, darunter Alexandre Dumas, Scribe und Balzac. «Die *Presse* hat gegen 15 000 Abonnenten; ob sie beim Preis von 40 Franc wird bestehen können, ist eine noch unentschiedene Frage.» Jedenfalls habe dieser Preis den «Anstoß dazu gegeben, dass ein Teil der Achtzigfrancpresse ihr Abonnement auf 60 Franc heruntergesetzt hat, welches, unserm Dafürhalten nach, in Paris der einzig haltbare Mittelpreis ist.» Dazu schrieb Sainte-Beuve: «Die Lage der Zeitungen hat sich mit der Erfindung der sogenannten Vierzig-Franc-Presse spürbar verschlechtert. Die Zeitungen sind durch diese Preissenkung und ihr vergrößertes Format immer mehr auf Anzeigen angewiesen: Die Presse hat den letzten Rest von Scham, falls je vorhanden, eingebüßt.»

Émile de Girardin nannte es 1834 die «Literatur des Lösegelds und des Persönlichen, der Wortspiele und der unterschwelligen Bedrohungen»: «Die Journalisten fangen in der Regel bei einem kleinen

Theaterblatt an, das eine Auflage von 100 hat, das aber auf die Lösegelder spekuliert, die es gnadenlos aus irgendwelchen Schauspielern oder Schauspielerinnen presst, die zahlen, damit es nicht in den Zeitungen des nächsten Tages heißt, sie seien linkisch, hässlich oder grässlich.» Aber auch Émile de Girardin selbst war daran nicht unbeteiligt. Karl Marx schreibt 1847 in *The Northern Star*:

«Herr Émile de Girardin, Deputierter und Herausgeber der Tageszeitung *La Presse*, der in beiden Eigenschaften die neue Partei der *Progressiven Konservativen* unterstützt und seit geraumer Zeit einer der heftigsten Gegner der Regierung ist (die er bis vor kurzem noch unterstützt hatte), ist ein Mann von großer Begabung und großer Aktivität, aber ohne Grundsätze. Seit Beginn seiner politischen Karriere wandte er ohne Zögern alle Mittel an, um sich zu einer bedeutenden Persönlichkeit des öffentlichen Lebens zu machen. Er war es, der Armand Carrel, den berühmten Herausgeber des *National*, zum Duell zwang und erschoß, wodurch er sich von einem gefährlichen Konkurrenten befreite. Die Unterstützung eines solchen Mannes, Besitzer einer einflußreichen Zeitung und Mitglied der Deputiertenkammer, war natürlich für die Regierung von großer Bedeutung; aber Herr de Girardin verkaufte seine Unterstützung (denn er *ver-*

kaufte sie immer) zu einem sehr hohen Preis. [...] Finanz- und andere Diskussionen in der Kammer brachten so viel Skandal ans Tageslicht, daß die Herren Guizot und Duchâtel gezwungen waren, mehrere ihrer Kollegen über Bord zu werfen, um sich selbst zu retten. Die freien Sitze wurden jedoch mit so unbedeutenden Männern besetzt, daß keine Partei zufrieden und das Ministerium eher geschwächt als gestärkt war. Dann kam die Affäre Cubières, die selbst bei der Mehrheit einige Zweifel aufkommen ließ hinsichtlich der Möglichkeit, Herrn Guizot im Amt zu belassen. Jetzt endlich, als er das Kabinett völlig zerrüttet und geschwächt sah, hielt Herr de Girardin den Augenblick für gekommen, an dem er seine Pandorabüchse des Skandals hervorholen und den Sturz einer wankenden Regierung durch Enthüllungen erreichen könne, die geeignet waren, sogar den Glauben der Kammer zu erschüttern. Er begann damit, daß er die Regierung beschuldigte, eine Pairswürde für 80 000 Franc verkauft, aber das Versprechen nicht gehalten zu haben, nachdem sie bereits das Geld eingesteckt hatte.»[16]

16 *The Northern Star*, Nr. 506 vom 3. Juli 1847, in: Karl Marx, Friedrich Engels, *Werke*, Bd. 4, Berlin 1972, S. 183–190.

Eine inhaltliche Neuerung war der Einzug des Feuilletonromans und der Kulturkritik im dafür reservierten unteren Teil der Zeitungseite der Tagespresse. «Doch die Idee, den Lesern dort tagtäglich ein Stückchen einer fiktiven Geschichte zu liefern, war weniger von der Liebe zur Literatur als von wirtschaftlichen Überlegungen geprägt. So wurde vorzugsweise gegen Ende des Jahres, also gegen Auslaufen der Abonnements, ein neuer großer Roman angekündigt oder der laufende einfach unterbrochen. Das Konzept ging auch auf. Die vielerorts kolportierte Zahl von 5000 Lesern, die Alexandre Dumas' *Capitaine Paul* 1838 dem *Siècle* gebracht haben soll, wird zwar als Schwindel klassifiziert. Doch *Le Juif errant* von Eugène Sue, einem der Meister der Feuilletonromane, ließ die Abonnentenzahl von *Le Constitutionnel* 1844 um 12 000 bis 16 000, je nach Quelle, hochschnellen», schreibt Sylvia Valentin. «Das ökonomische Prinzip der Realisierung von *La Presse* basiert jedoch vor allem auf dem Ausbau der Werbung.»

Sainte-Beuve fand die Werbung in den Zeitungen deplatziert: «Für alle, die es nicht wissen, sagen wir, dass die *réclame* die kleine, ans Ende, *ins Innere* der Zeitung eingefügte Note ist, normalerweise vom Verleger bezahlt, die an demselben Tag oder am Tag nach der [redaktionellen] Meldung von der Veröffentlichung eingesetzt wird und in zwei Worten ein kurzes schmeichelhaftes Urteil wiedergibt, das das Urteil des Artikels einfärbt oder beeinflusst. [...] Wie soll man etwas verurteilen, was zwei Fingerbreit weiter gelobt wird? Die großen Lettern der Anzeige werden die Oberhand gewinnen. Um das Honorar der Anzeige in die Kasse zu bekommen, wurde man freundlich gegenüber den entsprechenden Büchern; die Kritik hat hier ihre Glaubwürdigkeit verloren.»

Balzac in der und über die Presse

Balzac hat von 1826 bis 1832 selbst in Zeitungen oder Zeitschriften veröffentlicht. Er arbeitete für die Redaktionen von *Figaro* und *La Silhouette*, von *La Mode* und *Le Voleur*, außerdem für die Feuilletons der politischen Zeitschriften und der *Caricature*. Als er zum Beruf des Schriftstellers gewechselt hatte, gab er noch Artikel an den legitimistischen *Renovateur* und an *La Quotidienne*, an die Sammelbände von *L'Émeraude* und von *Saphir*. Erst 1833 hat er damit Schluss gemacht. Er beschreibt also in der *Typenlehre* nicht nur das Verhalten der anderen, sondern auch das eigene, und womöglich hat ihn die Selbsterkenntnis und das Bewusstsein seiner eigenen Tricks dazu befähigt, das Handeln der Kritiker und Journalisten umso besser zu verstehen und darzustellen. Jedenfalls weist er dabei seine Leser auf manche Aspekte des literarischen Lebens hin, wenn er zum Beispiel Étienne Lousteau in *Verlorene Illusionen* sagen lässt: «Außerhalb der Literaturwelt gibt es nicht einen Menschen, der die schreckliche Odyssee kennt, an deren Ende man das erreicht, was man je nach Begabung als die Welle, die Mode, das Ansehen, den Ruf, die Bekanntheit, die Lesergunst bezeichnen muss, diese verschiedenartigen Maßstäbe, die den Ruhm ausmachen, ihn aber niemals ersetzen.»

In seiner *Revue parisienne* schreibt Balzac mit Datum 15. Juli 1840 in den *Briefen über die Literatur, das Theater und die Künste* über Kritik und Zeitungen: «Der wirkliche Nutzen der aktuellen Kritik liegt darin, die Prinzipien der modernen Kunst aufzuzeigen. Die Literatur hat in den letzten fünfundzwanzig Jahren eine Wandlung erlebt, die die Regeln des Poetischen verändert hat. Dramatische Handlung, gesellschaftliches Kolorit und die Wissenschaft sind in alle Genres eingedrungen. [...] Umso mehr meine ich, dass, wenn jemals eine geduldige, umfassende und gebildete Kritik vonnöten gewesen ist, diese in einer Zeit existieren muss, in der die Vielfalt der Werke und das Feuer des Ehrgeizes eine allgemeine Unübersichtlichkeit bewirken und in der Literatur dieselbe Unordnung verursachen wie in der Malerei, in der es keine Meister und keine Schulen mehr gibt, wo der Mangel an Disziplin die heilige Sache der Kunst beschädigt und alles behindert, sogar das Bewusstsein des Schönen, das doch die Grundlage aller Produktion ist.»

Auch in Erzähltexten hat Balzac Literaturkritik geübt, wenn er zum Beispiel einen Kritiker in einem Salon Literaturliebhabern begegnen lässt. Die folgende Szene, in der Étienne Lousteau mit Horace Bianchon über die Literatur unter Napoleon diskutiert, hat Balzac übrigens mehrfach verwendet, schon 1833 und noch einmal im Roman *La Muse du département*: «Ich bitte tausendmal um Pardon, aber schauen Sie, die Literatur des Kaiserreichs kam ohne Umstände gleich zur Sache, sie hielt die Mitte zwischen den Inhaltsangaben der Kapitel von *Télémaque*[17] und dem Plädoyer eines Staatsanwalts; es gab in ihr Gedanken, aber die hat sie nicht zum Ausdruck gebracht, die Arrogante! – sie stellte Beobachtungen an, ließ aber niemanden daran teilhaben, die Geizige!, nur Joseph Fouché verriet, was

17 Erbaulicher Erziehungsroman von François de Fénelon (1651–1715), erschienen 1699.

er gesehen hatte. Die Literatur des Kaiserreichs *gab sich*, um dem Spruch eines intelligenten Mannes zu folgen, *mit einem Figurenkonzept und den Konturen aller Figuren nach dem Vorbild der Antike zufrieden*; sie tanzte nicht durch die Satzperioden, sie hatte einfach keine; sie hatte keine Worte, um Glanz zu erzeugen; sie teilte Ihnen mit: ‹Lubin liebte Toinette, Toinette liebte ihn nicht; Lubin tötete Toinette, und die Gendarmen fassten Lubin, der ins Gefängnis, vor das Schwurgericht und unter die Guillotine kam!› – Starker Entwurf, klarer Verlauf. Was für ein schönes Drama! – Ja nun, heute, die Barbaren, die lassen die Worte schillern; sie denken sich Situationen aus, und anstelle des klaren Verlaufs enthüllen sie Ihnen das menschliche Herz; sie lassen Sie Anteil nehmen, sei es an Toinette, sei es an Lubin. Mir, mir macht die Zunahme der Wünsche und Grillen der Leserschaft Angst. Früher», fährt Bianchon fort, «wurde vom Roman nichts verlangt, als dass er spannend sein sollte; was den Stil angeht – niemand legte Wert darauf, auch nicht der Autor; was die Ideen angeht, null; was das Lokalkolorit betrifft, nichts. Unmerklich verlangte es die Leser nach Stil, Spannung, Anteilnahme, nach Gefühlen, nach Realismus: er verlangte die *fünf Sinne* der Literatur: Fantasie, Stil, Haltung, Wissen, Mitgefühl. Dann sind zwei Scharlatane des Wegs gekommen, die die fünf literarischen Sinne zusammenbrachten, und diejenigen, die nur intelligent waren oder nur viel wussten oder nur Stil oder nur Gefühl hatten – diese Hinkefüße, Hirnlosen, Einarmigen und Einäugigen der Literatur haben ein Geschrei angestimmt, dass alles verloren sei, dass man einen Kreuzzug unternehmen müsse gegen die, die das Geschäft verdarben, dass man die ächten müsse.»

In *Verlorene Illusionen* ergänzt Lousteau: «Einmal bekannt als Redakteur, bekommst du Logenplätze, Eintrittskarten, du machst den Erfolg der Stücke, du dinierst erlesen bei den Direktoren und verbringst sehr nette Abende mit den Aktricen.» Und so werde es gemacht: «Kaufen Sie sich gute Kritiken in den Zeitungen, dann haben Sie schon zwanzig Vorstellungen im Vaudeville drin und vierhundert Franc Autorenhonorar, wenn es nicht Janin in seinem Feuilleton zu sehr runtermacht.»

Was das Runtermachen angeht, so behält der, der ein Buch, ein Stück «runtermacht», zunächst einmal recht, schreibt Balzac in *Die Lilie im Tal*: «Was in der gehobenen Sphäre der öffentlichen Angelegenheiten geschieht, passiert genauso in der literarischen Sphäre. Einer Zeitung etwas widerlegen zu wollen gleicht dem Verhalten des Hundes, der der Postkutsche hinterherbellt. [...] Im literarischen Leben gibt es zwei Stützen, die jeder,

der etwas hervorbringt, benötigt, und die zugleich seine natürlichen Wegweiser sind: der Verleger, die Zeitung; diese beiden Stützen sind für mich nichts als zu überwindende Hindernisse gewesen. Was den Ersten angeht, so hat ein Verleger mal Pleite gemacht, mal sollte ein Tag fünfzig Stunden haben, mal hat er sich über die geringe Arbeitsleistung und die Ungenauigkeiten eines Mannes beschwert, der sechzehn Bücher in drei Jahren veröffentlicht. Seine Klagen waren ganz besonders heftig, wenn er mit den Abrechnungen in Vorleistung gegangen war, wie das aber im Handel üblich ist. Und ich trete da ausschließlich als Händler auf; ich habe es ihm also mit Zinsen und Auslagen zurückgezahlt.»

Zwei besondere Widersacher: Charles-Augustin Sainte-Beuve und Jules Janin

Offenbar gehörte es zur Unterhaltung des Lesepublikums, dass Kritiker und Schriftsteller einander mit vernichtenden Kritiken, Satiren, Parodien und bis ins Persönliche gehenden Polemiken überzogen. Wenn sich die Gelegenheit bot, etwas Lustiges zu schreiben, wurde das gemacht. Wir kennen in der zivilisierten Literaturkritik unserer konsensorientierten Gesellschaft kaum noch Polemiken.

Wenn sich ein Autor über seinen Kritiker beschwert, gilt er als Mimose, wenn ein Kritiker anderen Journalisten verübelt, dass sie seine Verrisse zum Thema machen, gilt uns das schon als Debatte. Wenn «die Presse» Frankreichs mit der unreglementierten Pressefreiheit der 1830er-Jahre in politischer Hinsicht nicht umzugehen verstand, wie es in Heinrich Brockhaus' *Literarischen Blättern* berichtet wird, dann war das im literarischen Betrieb wohl ebenso.

Auf den Kritiker und Schriftsteller Charles-Augustin Sainte-Beuve hat Balzac jedes dieser Mittel angewandt: Kritik und ins Persönliche gehender Angriff, Parodie und sogar die Verwendung eines Romansujets, um zu zeigen, wie er es besser machen konnte. Sainte-Beuve schrieb 1834 in der *Revue des Deux Mondes* über Balzac als dem «fruchtbarsten, beliebtesten der derzeitigen Romanciers, Romancier des Augenblicks *par excellence*», der erst seit vier Jahren überhaupt bekannt sei. Balzacs Gefühlsfähigkeit und seine Kunstfertigkeit als Dichter, als Künstler, als Schriftsteller seien geschmälert worden, führt Sainte-Beuve aus. Die Damen von Paris gäben sich eben etwas schwieriger als die der Provinz und ließen ihm intime Szenen nicht so leicht durchgehen. Trotzdem handle es sich bei Balzac um ein großes Talent. «*La Recherche de l'absolu*, die letzte Veröffentlichung von Monsieur de Balzac, gehört nicht zu seinen besten Romanen; aber dank ihrer fabelhaften und unmotivierten Umstände hat er sehr viel Bewegung, Spannung, und es ist einer, an dem die Manier des Autors so offen zutage liegt, dass man daran seine Neigungen und seine Mängel gut untersuchen kann.» Sainte-Beuve zählt einzelne Details auf, anhand derer er die Handlung und die zugrundeliegende Geschichte eines Alchimisten zerpflückt. Es bleibt eine Note von Neid, den Sainte-Beuve ironisch umsetzt: «Eine schöne Lektion für uns alle, uns Dichter, Romanciers und Männer! Glücklich ist, wer in seinem arbeitsreichen Leben und auf der Grundlage seiner diversen Werke ein wenig reines Gold zu gewinnen versteht! Der sei zufrieden mit dem Schicksal und danke den Göttern!»

Sainte-Beuve, der meist gut informiert war, erzählte später eine Anekdote, um zu zeigen, welchen Effekt sein Artikel auf Balzac, Autor von *La Recherche de l'absolu*, gehabt habe. «Jules Sandeau hat mir mehr als einmal berichtet, dass er bei Balzac gewesen sei, als dieser den Artikel in der *Revue des Deux Mondes* erhielt. Der große Romanautor, der mit einem lobenden und ganz wohlwollenden Artikel rechnete, fing selber an, ihn laut vorzulesen, [...] wurde bald ganz rot, er warf die *Revue* beiseite und schrie in seinem Zorn: ‹Das wird er mir bezahlen; dem ziehe ich meine Feder über den Leib›, und fügte noch hinzu: ‹Ich schreibe *Volupté* neu.›»

Balzac hatte Sainte-Beuves Roman *Volupté* gelesen und seiner Freundin Madame de Castries empfohlen. Allerdings findet er, es fehle dem Werk doch «jene Freiheit, jene Unvorsicht, die in Frankreich Zeichen der Leidenschaft sind. Es ist ein puritanisches Buch». Später merkte er noch an, es fänden sich darin «trotz allem auch schöne Seiten, Blumen in einer Wüste», was fast schon nach der *Lilie im Tal* klingt, die das Ergebnis des angekündigten Remakes des Romans *Volupté* geworden ist, den Balzac dieserart «neu und besser» machen wollte.

Als der Roman *Le Lys dans la vallée (Die Lilie im Tal)* im Jahr 1835 erschien, wurde er von der Kritik verrissen. So hat man den zweiten Teil der *Verlorenen Illusionen* auch deswegen als eine Art Vergeltung gegen die Kritiker verstehen können.

Sainte-Beuve ließ nicht locker. 1839 erschien sein Artikel von der «Fließbandliteratur», und im März 1840 schrieb er in der *Revue des Deux Mondes* über die Literatur, die nach der Restauration entstanden sei: «Monsieur de Balzac wurde seither geboren, trotz der fünfzig Romane, die er zuvor veröffentlicht hatte; wir möchten nicht anfügen, dass er bereits die Zeit gehabt hat, zu sterben, trotz der fünfzig weiteren Romane, die er sich noch zu veröffentlichen anschickt. Er wirkt allermeist so, als wäre er damit beschäftigt, zu enden, wie er anfing, mit hundert Bänden, die niemand liest. Man wird von seinem Ruhm nur die Mitte bemerkt haben wie den Rücken manch fetten Fischs im Meer. Dabei hat er einen lieblichen Glanz ausgestrahlt, ein Glitzern, eine sirenenhafte Verlockung:

Subdola cum ridet placidi pellacia ponti.[18]

Das konnte nur zwischen zwei Wellen geschehen, in einem Moment von Verwechslung und Verwirrung. Er hat die Gesellschaft im Zustand der Blöße gepackt, in einer Viertelstunde galanter und überraschter Entkleidung; der Radau von der Straße hatte den Alkoven einen Spaltbreit geöffnet, er ist hineingeschlüpft; wenn auch solche Zufälle kostbar sind, darf man sie doch nicht missbrauchen, das spürt man, und sie auch nicht über die Maßen ausdehnen, auf die Gefahr hin, dass der Zauber dem Abscheu weicht. Nun ist der unselige Alkoven seither geöffnet geblieben, was sage ich, er steht sperrangelweit offen; man geht ein und aus und

18 Lat. «Heiter zeigt die tückische See ihr einladend Lächeln.» Aus Titus Lucretius Carus, *Von der Natur*. Dt. von Johann Heinrich Friedrich Meineke, Leipzig 1795.

erzählt alles, man schildert alles, was da ist; es ist nicht mehr der Dichter, der erlesene Geheimnisse entdeckt, es ist der indiskrete Arzt verschwiegener Krankheiten. – Anstelle von Monsieur de Balzac, der außerstande scheint, den wachsenden Druck seiner Neigungen zu mäßigen, und der sich am unsauberen Fluss seiner Nachahmer schadlos hält, möchte man doch vom einen oder anderen seiner rivalisierenden Schüler und tatsächlich anständigen Erben das richtige Werk fordern, in dem die Wahl des Ausdrucks, die Pflege des Details, eben irgendeine literarische Kunstfertigkeit sich verbindet mit all den feinen Nerven, über die sie verfügen.»[19]

Balzacs Reaktion kam vier Monate später in seiner *Revue parisienne* vom 25. August 1840 mit dem Artikel über Sainte-Beuves Abhandlung zu *Port Royal*, die in unserem Band auszugsweise wiedergegeben ist. Ironisch und bissig setzt er mit der allgemeinen Betrachtung an, ein jeder Schriftsteller entscheide sich für sein Genre, bei dem einen sei es Lyrik, bei jenem anderen Dramatik, bei diesem Epik, und bei Sainte-Beuve sei es langweilig.[20]

Sainte-Beuve hatte erstmals 1824 in *Le Globe*

19 Charles-Augustin Sainte-Beuve in: *Revue Des Deux Mondes* 1840, S. 695 (21. März 1840).
20 S. *Erste Art: Der Scharfrichter*, S. 97 ff.

einen Artikel unter dem Pseudonym Joseph Delorme publiziert. 1829 hat er *Vie, poésies et pensées de Joseph Delorme* veröffentlicht und im Jahr 1840 in seinen *Poésies complètes* neu aufgelegt. Die Idee für das Bild des ins Glas gesteckten Embryonen Joseph Delorme als Karikatur des Schriftstellerkollegen rührt von dem Umstand her, dass Sainte-Beuve tatsächlich Medizin studiert hat.

Französische Literaturwissenschaftler, die Romane gerne als historische Zeugnisse begreifen (nach einem Literaturverständnis, das unter anderem auf den hier so geschmähten Sainte-Beuve zurückgeht), haben sich große Mühe gegeben, Entsprechungen zwischen historischen Personen und Romanfiguren aufzuspüren. Dabei halfen Balzacs Erstfassungen, weil er manche Namen zunächst unverschlusselt niedergeschrieben hatte. Andererseits hat Balzac seine Figuren mit Eigenschaften ausgerüstet, die er zuweilen bei unterschiedlichen Personen beobachtet hat, oder er verteilte die Eigenschaften einer einzelnen historischen Person auf unterschiedliche Romanfiguren. Das kann hier nicht für jeden Typus ausgebreitet werden, mit Ausnahme einer einmaligen, phänomenalen Gestalt, eines Autors, dessen Mangel an Geradlinigkeit, dessen Zynismus, dessen Missbrauch seiner Verstandesgaben berühmt geworden sind: Jules Janin.

Janin hat sich seinen schlechten Ruf erarbeitet. Er schrieb unter anderem für den *Courrier des Théâtres*, ein Blatt, das teilweise auf Kosten der bedauernswerten Schauspieler lebte, die ihre Haut nicht anders als durch ein Abonnement vor dessen Kritik schützen konnten, also eins dieser bereits beschriebenen Erpresserblätter. In seinem Tagebuch zitiert Comte Apponyi[21] Janins Ausspruch: «Ich bin wie eine bezahlte Geliebte, ich bin in Mode, ich muss den Wahn ausnutzen; in einem Jahr bin ich vielleicht bloß noch für hundert Sou zu haben.» Damals, 1834, war er angeblich gegen Zahlung von 1000 Franc für einen lobenden Artikel zu gewinnen.

1836 hat Théodore Muret in *La Quotidienne* dargestellt, welche Widersprüche sich in Janin fanden, der stets bereit gewesen sei, sich auf den Glauben, die Ordnung oder die Regierung zu berufen, je nachdem, was ihm gerade zum Vorteil gereichte. Dabei hat Jules Janin eine besondere Art von Kritik entwickelt, die Aufsehen erregte und die bis heute ein mögliches Stilmittel geblieben ist. Den Anfang macht, viel zitiert in der Literatur, Janins Kritik im *Journal des Artistes* über *Le Nègre* des Au-

21 Rudolph Graf Apponyi von Nagy-Appony (1812–1876), Attaché der österr.-ungar. Botschaft in Paris, *Vingt-cinq ans à Paris (1826–1850)*, Paris 1913, S. 397.

tors Ozanneaux: «Ich habe bereits vom Stil dieses Stücks gesprochen, sofern es eines ist. Niemals seit Gründung der Comédie Française ist ein Stück dieser Geschmackslage geschrieben worden. Stellen Sie sich Verse vor, mal lang, mal kurz, mit zwei Reimen, mit zehn Reimen, gebrochen, gestaucht, gedehnt, mal langsam, mal schnell, nie im selben Rhythmus, und Sie bekommen eine Vorstellung von der Mühsal und Enttäuschung.»

Charles Baudelaire schrieb einen *Briefentwurf an Jules Janin*: «Wenn ich dem Zorn Luft machen wollte, den Sie in mir entfacht haben, dann müsste ich mindestens 50 Seiten schreiben und Ihnen beweisen, dass es in unserem armen Frankreich im Gegensatz zu Ihrer Behauptung nur sehr wenige Dichter gibt und nicht einen, den man Heinrich Heine an die Seite stellen könnte. Aber Sie mögen die Wahrheit nicht, Sie mögen das Maß nicht, Sie mögen die Gerechtigkeit nicht, Sie mögen die Vergleiche nicht, Sie mögen weder den Rhythmus noch das Versmaß, noch den Reim. All das erfordert viel zu viel Mühe, um es zu schaffen. Es ist so bequem auf dem Ruhekissen der *vorgefassten Meinung*!»[22]

22 Charles Baudelaire, *Projets de lettre à Jules Janin*, Februar 1865, übersetzt nach Jean-François Revel, *Baudelaire polémiste*, Paris 1968.

«Sie vernehmen großen Radau; man tritt ein, man geht hinaus, man stößt aneinander, man schreit, man brüllt, man spielt, man berauscht sich, man ist irre, man ist träge, man ist tot, man ist schmerzverzerrt, man ist von Schlägen, Küssen, Bissen der Lust, des Feuers und des Eisens mit Wunden übersät. So ist *La Peau de chagrin*»,[23] schrieb Jules Janin über Balzacs *Chagrinleder*. Balzac hat diesen Artikel als Vorbild zu Lucien de Rubemprés Artikel in *Illusions perdues* verwendet: «Man tritt ein, man tritt hinaus, man redet, man spaziert...»

Janin war auch einer der Unterzeichner der bereits zitierten «Erklärung», als es um einen ungenehmigten Abdruck in der Petersburger *Revue étrangère* ging. Auch das ließ Balzac nicht unkommentiert: Janin komme ihm vor wie eine Märchengestalt, die ins Wasser steigt, um nicht vom Regen nass zu werden. «Wenn ich die Zeit hätte, würde ich Monsieur Janin seine eigenen Artikel mit seiner Polemik gegen das Raubdruckerwesen aus der *Revue* um die Ohren hauen; aber ich fordere ihn auf, sie noch einmal zu lesen, und er wird einräumen, dass ich in eigener Sache gar nicht so beredt sein könnte, wie er es gewesen ist.»

23 Jules Janin in: *L'Artiste*, 14.8.1831. «*Peau de chagrin*» bedeutet wörtlich übersetzt «Leidenshaut».

Jules Janin seinerseits verwahrte sich gegen das Bild der Journalisten, das Balzac in den *Illusions perdues* zeichnete, und konstatierte, wer sich über Journalisten ärgere, sei doch bloß eitel: «Von allen verkannten Berufen ist dieser der am meisten verleumdete, der am ärgsten verkannte. Die, die darüber zornbebend reden, sind fast alles Zitterer, gekränkte Eitelkeiten, verkannte große Männer, verwässerte Berühmtheiten; sie rächen sich mit kleinen unbemerkten Bissen für die heftigen Fußtritte, die sie vor aller Augen eingesteckt haben.»

Über Balzacs Vorwort zu seinem Stück *Les Ressources de Quinola*[24] urteilt Janin: «Das Vorwort ist des Helden würdig, der Held ist es des Vorworts; zwei Fetzen am einen und am anderen, derengleichen man nirgends finden könnte, nicht einmal, wenn bei Robert Macaire und seinem Genossen Bertrand welche fliegen. [...] Also was! Wenn diesem miesen Stück Theater Gerechtigkeit widerfahren ist und wir uns die Hände gewaschen haben, wenden wir uns wieder rasch dem Autor zu und sagen ihm: ‹Nur Mut! Werfen Sie die dramatischen Lappen über den Zaun, die aus allen schäbigen Kanälen stammen; auf geht's, vergessen Sie diesen Moment der Trunkenheit, kleiden Sie sich, bereiten Sie sich

24 Brüssel 1842.

vor, seien Sie wieder ein Mann von Welt, nehmen Sie ein Bad und bringen Sie uns wieder Ihre eleganten und charmanten Einfälle von früher. Geben Sie sich einen Ruck, verzichten Sie aufs Theater, wo Sie doch bloß ein armseliger Abschreiber, ein linkischer Schüler wären, ein einfallsloser und schlaffer Einfaltspinsel, und kehren Sie schleunigst zurück zu Ihren kleinen Geschichten, die der modernen Generation so gefallen haben. Mut, nur Mut! Im Namen Ihrer Beliebtheit, im Namen Ihres Ruhms, und wenn es sein muss, im Namen Ihrer Verleger, stürzen Sie sich nicht wieder ohne roten Faden in dies Labyrinth der Leidenschaften, der Launen und aller Arten von Geschwätz, wo sich niemand mehr auskennt, nicht einmal Sie. Haben Sie die Gnade, und vergessen Sie wenigstens aus Mitleid nicht, Ihren Helden einen Stammbaum zukommen zu lassen, denn es drängen und drücken sich ja schon drei Generationen in Ihrer menschlichen Komödie.› *Die menschliche Komödie*, das ist in der Tat der aufgeblasene Titel, den Monsieur de Balzac seinen Werken soeben verliehen hat.»[25]

Die Antwort kam im Januar 1843 und noch einmal in Gestalt einer kleinen Sonderausgabe von Texten verschiedener Autoren im März 1843,

25 Im Feuilleton des *Journal des Débats*, 18. April 1842.

als zweiter Band der Kompilation *La Grand' Ville. Nouveau tableau de Paris:* Die *Monographie de la presse parisienne*, scherzhaft als Teil einer «Naturgeschichte des Zweihänders in Gesellschaft» wissenschaftlich verbrämt. Davon schreibt Balzac am 17. Januar 1843 seiner Madame Hanska: «Ich habe die letzten Korrekturbögen der *Typenlehre der Pariser Presse*, eine große Arbeit über die Pariser Presse, von der ich ihnen erzählt habe und die gut gemacht sein muss, denn es ist in Form eines Pamphlets gegen die tyrannischste und dümmste Macht gerichtet, die in unserem armen Land hat erstehen können.»[26]

Am Montag, 20. Februar 1843, folgte im Feuilleton des *Journal des Débats* über drei Seiten hin die Antwort von Jules Janin. Auch sie ist in den wesentlichen Passagen in unserem Band wiedergegeben.

Wenn man in Balzacs Umgang mit seinen Kritikern oder Gegnern oder gar, wie er es womöglich erlebt hat, seinen Feinden eine qualitative Entwicklung sehen will, dann hat er sich zuerst auf die Ebene seiner Kritiker begeben und polemisiert. Mit der *Typenlehre* hat er jedoch ein anderes Niveau erreicht, die Kritiker einer Abstraktion unterzogen

26 Honoré de Balzac, *Lettres à l'étrangère. Œuvres posthumes. II. 1842–1844*, Paris 1906, S. 100.

und typisiert. Zuletzt ließ er noch einmal, künstlerisch weit über Polemik und Parodie hinaus, sein journalistisches Feindbild Fleisch und Blut annehmen. Erzählstoff bot Jules Janin offenbar reichlich, und das nicht nur für Balzac. So widmeten die *Blätter für literarische Unterhaltung* in ihrer Serie über *Die Pariser Schriftsteller und ihre Quartiere* auch Jules Janin einen Artikel: «In der Rue de Tournon wohnt der Jakobiner der französischen Romantik, der Verfasser von *Der tote Esel und die geköpfte Frau.* Jules Janin führt in der Tat ein wüstes Schriftstellerleben. Aus einem reichmöblierten Zimmer in das andere kommt man endlich in das Cabinet, wo der geistreiche flüchtige Mann, wie Voltaire, im Bett arbeitet, und zwar unter dem Tumult von einem halben Dutzend und mehr jungen Leuten, die um ihn her scherzen und jubeln. Dies alles stört den Arbeitenden nicht; ja, es scheint, als flössen ihm die Gedanken umso reichlicher, je toller das Lärmen ist. Auch mischt er sich häufig in die Unterhaltung selbst, und ehe man sich's versieht, fliegt ein geistreiches Bonmot, ein flüchtiger Witz aus seinem Munde über das Papier. Janins Haus ist ein steter Sammelplatz von jungen Menschen, die im Leben nichts besseres zu tun haben als sich herumzutreiben; oft wird ihr Zulauf so groß, dass sich der gepeinigte Poet, den die Liebe seines Volks zu erdrücken droht, in ein kleines entlegenes Souterrain flüchtet, welches nur wenigen seiner Getreuesten bekannt ist. Hier nimmt alsdann der Exilierte sein Frühstück ein und schreibt ungestört und ungeliebkost beim Kauen und Schlürfen ein Capitelchen an seinem neuesten Roman. Eine graue Blousenredingote[27] und eine blaue Mütze sind das Arbeitskostüm Jules Janins.»[28]

Wenige Wochen nach Janins Polemik zur *Typenlehre* erschien Balzacs Roman *La Muse du département (Die Muse vom Land)*, in deren Mittelpunkt der Pariser Journalist und Kritiker Étienne Lousteau steht, den wir bereits aus *Verlorene Illusionen* kennen. Den dritten Teil des Romans beginnt Balzac mit einer Nahaufnahme seines Helden Lousteau, der die Titelheldin, Dinah Gräfin Milaud de La Baudraye, verführt hat, nachdem sie drei ortsansässigen Verehrern widerstanden hatte. Dann ist er nach Paris zurückgekehrt, wo er das Leben eines angesehenen etablierten Journalisten und Kritikers führt. Also ein Roman, in dem sich der Autor Genugtuung verschafft gegenüber einem unliebsamen Zeit-

27 Arbeitskittel und Reitmantel.

28 *Die pariser Schriftsteller und ihre Quartiere* (Beschluss aus Nr. 89) in: *Blätter für literarische Unterhaltung*, Nr. 90, 30. März 1836, S. 394. S. auch *Der junge blonde Kritiker* in Balzacs *Typenlehre*.

genossen? So wie schon in den *Verlorenen Illusionen*, die von den Kritikern als ein Racheakt aufgefasst worden sind? Dann hätte Balzac in *Die Muse vom Land* in der Form des Romans umgesetzt, was er in der Form der Polemik, unserer Typologie, nicht hat «erledigen» können. Jules Janin ließ sich eben nicht zum Schweigen bringen. Vielmehr sieht es so aus, als hätte Janins Energie Balzac zu diesem weiteren Roman beflügelt.

Wenn auch nicht mehr erklärt werden muss, warum Balzac ein Schriftsteller von Weltrang ist, handelt es sich bei der vorliegenden *Typenlehre* dennoch um einen Reflex aus Balzacs literarischem Leben, um einen Splitter aus einem riesigen Œuvre, das von Balzacs Kollegen und Konkurrenten herabgesetzt wurde. So ist die Polemik, wenn man es so sehen will, Teil einer Gesamtstrategie zur Behauptung eines Werks.

Heute lachen wir über diese Typen, auch ohne dass wir die Vorbilder kennen müssten. Aber wenn man sie kennt und von Balzacs Nöten mit ihnen weiß, dann versteht man den großen Schriftsteller Balzac viel besser.

Rudolf von Bitter

NAMENVERZEICHNIS

Mit → versehene Periodika und Publikationen finden sich im Zeitschriftenverzeichnis aufgelistet.

Abd-el-Kader (1808–1883), alger. Gelehrter und Freiheitskämpfer, vereinigte nach der Eroberung von Oran, Algier und Bône durch die frz. Armee die Berberstämme in Westalgerien im Kampf gegen Frankreich; 1830 bei Mascara zum Emir gewählt, führte er zwischen 1832 und 1847 den Widerstand gegen die frz. Kolonialtruppen an.

Laure-Adelaide Junot, Duchesse d'Abrantès (1784–1838), Hofdame bei Napoleon und Schriftstellerin, die in ihren Werken historische Ereignisse thematisierte.

Jean-Michel Agar, auch Jean-Antoine-Michel Agar, Comte de Mosbourg (1771–1844), hoher Verwaltungsbeamter unter Napoleon, später Minister und Pair.

Dominique François Jean Arago (1786–1853), frz. Astronom, Physiker und Politiker, engagierte sich in der Nationalversammlung der Julimonarchie für Eisenbahn, Seefahrt und Kanalbau.

Étienne Arnal (1794–1872), frz. Komödiant, nach Misserfolgen im ernsten Fach ein Star der Pariser Vaudeville- und Varietészene.

Joseph Victor Aubernon (1783–1851), frz. Politiker, der die Regierung der Julimonarchie unterstützte und schließlich Pair wurde.

François Noël Babeuf (1760–1797), frz. Journalist, Agitator unter der Revolution, Frühsozialist, wurde hingerichtet.

Camille Bachasson, Comte de Montalivet (1801–1880), frz. Politiker, Anhänger der konstitutionellen Monarchie, bekleidete unter der Julimonarchie diverse Ministerämter.

Bagoas (altpers. *Bagoi*; † 336 v. Chr.), Eunuch mutmaßlich ägypt. Herkunft, Hofminister und «Königsmacher» im pers. Großreich.

Ferdinand Victorin Barrot (1806–1883), Bruder von → Odilon Barrot, frz. Jurist und Politiker, von 1849 bis 1850 Innenminister.

Odilon Barrot (1791–1873) gehörte der gemäßigt liberal-konstitutionellen Opposition der Julimonarchie an, von 1848 bis 1849 Ministerpräsident. Miteigentümer von → *Le Siècle.*

Charles Baudelaire (1821–1867), frz. Lyriker, Wegbereiter der literarischen Moderne Europas.

François-Jean Baudouin (1759–1835), Autor, Drucker der Nationalversammlung und Buchhändler; musste 1805 seine Druckerei aufgeben, als er vom Staat keine Aufträge mehr erhielt.

Michel Antoine Baudrand (1633–1700), frz. Historiker und Geograf, verfasste ein *Dictionnaire* aller Länder und Völker.

Pierre-Augustin Caron de Beaumarchais (1732–1799), frz. Schriftsteller, Verfasser populärer Theaterstücke, der nach einem Honorarstreit mit der Comédie-Française im Jahr 1777 gemeinsam mit Schriftstellerkollegen die *Société des auteurs dramatiques* (Gesellschaft der Theaterautoren) ins Leben rief.

Jeremy Bentham (1748–1832), engl. Rechtsgelehrter, Begründer des klassischen Utilitarismus und einer der wichtigsten Sozialreformer Englands im 19. Jahrhundert.

Louis Hector Berlioz (1803–1869), frz. Komponist und Musikkritiker, Schöpfer der sinfonischen Programmmusik.

Louis-François Bertin (der Ältere, 1766–1841), frz. Journalist und politischer Autor, kaufte 1799 das → *Journal des Débats,* dessen Direktor er wurde; ab 1830 gemeinsam mit seinem Bruder Pierre Louis Unterstützer Louis-Philippes; seine Söhne Édouard und Armand leiteten nach seinem Tod das *Journal des Débats.*

Adolphe Augustin Marie Billault (1805–1863), frz. Politiker, zunächst liberal, unter Napoleon III. verschiedentlich Minister.

Jean-Baptiste Biot (1774–1862), frz. Physiker und Mathematiker, untersuchte im frühen 19. Jahrhundert den Zusammenhang zwischen elektrischem Strom und Magnetismus.

Jean Bodin, auch Joannes Bodinus Andegavensis (1529–1596), frz. Theoretiker zu Staat und Souveränität, ein früher Verfechter des Absolutismus.

Alexandre-Victor-Philippe Bohain (1805–1856), Journalist, Geschäftsmann und Politiker; zunächst Redakteur bei → *L'Europe littéraire,* kaufte 1827 für 30 000 Franc → *Le Figaro*; Begründer des *Courrier de l'Europe,* Theaterdirektor und -autor, wurde 1830 für einen Monat Präfekt der Charente.

Boilay: Die *Neue Würzburger Zeitung* berichtet am 24. Oktober 1841, ein Monsieur Boilay sei mit einer Broschüre gegen → Thiers aufgetreten, obwohl er doch dessen vertrautester Mitarbeiter beim → *Constitutionnel* und unter der Regierung vom 1. März ihm wie ein Faktotum attachiert gewesen sei; Boilay habe den *Constitutionnel* verlassen und sich jetzt ganz der Regierung → Guizot zugewandt, wo er nun mit der Redaktion des → *Messager* betraut sei.

Nicolas Boileau, auch Boileau-Despréaux (1636–1711), frz. Dichter, der sich auch als Kritiker hervortat; Vertreter der Alten im Literaturstreit gegen die Neuen (*Querelles des Anciens et des Modernes,* um 1700).

Gabriel Bonnot de Mably (1709–1785), frz. Denker und Anhänger der Aufklärung, engagierte → Jean-Jacques Rousseau als Hauslehrer.

Jacques Bénigne Bossuet (1627–1704), frz. Bischof und Theoretiker des Absolutismus.

Joseph Bouchardy (1810–1870), frz. Dramatiker, Autor populärer Melodramen, was ihm den Beinamen «Impresario der Schrecken des Boulevardtheaters» eintrug.

André-Charles Boulle (1642–1732), frz. Möbeltischler, dessen Kunstmöbel wegen seiner Fertigkeiten stilprägend wurden.

Achille Léonce Victor Charles de Broglie (1785–1870), frz. Politiker, Staatsrat unter Napoleon, Innenminister der Julimonarchie und später einer der Führer der Rechten im Parlament.

Johannes Calvin (1509–1564), neben Luther radikaler christlicher Reformator frz. Abstammung, der eine Verkündigungstheologie propagierte.

Monsieur de Cardonne ist nicht eruierbar.

Armand Carrel (1800–1836), Journalist, Mitherausgeber und zeitweiliger Chefredakteur der Zeitung → *National,* musste für seine politischen Meinungen verschiedentlich vor Gericht und saß sechs Monate ein. Hatte zwei Duelle mit Journalisten von Konkurrenzblättern, zuletzt gegen → Girardin, der ihn tödlich an der Leiste verletzte. In dem Streit war es um unlauteren Wettbewerb von Girardins Presse gegangen, worauf dieser Carrel mit der Veröffentlichung einer außerehelichen Affäre erpressen wollte.

Angélique Félicité Anaïs Bosio, Marquise de La Carte (1808–1871), heiratete 1823 den Comte de La Carte de La Ferté-Sénectère, unterhielt einen literarischen Salon in Paris, wurde 1828 die Geliebte von → Musset, dann von → Janin, von dem sie eine Tochter hatte.

Herz Cerf Beer von Medelsheim (1726–1793),

Vorkämpfer für die jüdische Emanzipation; 1775 verlieh ihm Ludwig XVI. als erstem Juden des Elsass die frz. Staatsangehörigkeit.

Polycarpe Chabaille (1796–1863), frz. Drucker und Korrektor, als Privatgelehrter (Romanist und Mediävist) Mitarbeiter des → *Journal des Savants*.

François-Adolphe Chambolle (1802–1883), Abgeordneter der konstitutionellen Opposition seit 1838, schloss sich 1848 der rechten Mitte an; übernahm 1837 die Leitung von → *Le Siècle* bis 1848, als die Zeitung sich für die Republik erklärte.

François-René, Vicomte de Chateaubriand (1768–1848), frz. Schriftsteller, Begründer der literarischen Romantik in Frankreich.

André Marie Chénier (1762–1794), frz. Lyriker, Publizist und Pamphletist, attackierte die Radikalen der Revolution von 1789, die Jakobiner, in Pamphleten; wurde hingerichtet.

Monsieur Conilh findet sich 1839 in der → *Revue de Paris* erwähnt als ehemaliger Abgeordneter der Royalisten und Zeitungsbesitzer, der ein von den Kolonien besoldetes Abgeordnetenmandat erlangen will.

Benjamin Constant (1767–1830), frz. Schriftsteller Schweizer Herkunft, durfte unter Napoleon an der Verfassung mitarbeiten, verfasste ein Plädoyer für die konstitutionelle Monarchie.

Louis-Marie de la Haye, Vicomte de Cormenin (1788–1868), Staatsbeamter unter Napoleon und der Restauration, dann Abgeordneter der Opposition bis 1846. Verfasste unter dem Pseudonym *Timon* Broschüren, in denen er die Ausgabenpolitik des Hofs kritisierte.

Pierre Corneille (1606–1684), neben Racine der größte Dramatiker der frz. Klassik.

Paul-Louis Courier de Méré (1772–1825), frz.

Schriftsteller und politischer Pamphletist, erbitterter Gegner der Monarchie.

Victor Cousin (1792–1867), frz. Kulturtheoretiker, Herausgeber der Werke von René Descartes.

Honoré Daumier (1808–1879), frz. Maler, Bildhauer, Grafiker und Karikaturist; seine politischen und sozialkritischen Karikaturen sind ein Hauptbestandteil der Pariser Presseszene zu Balzacs Zeit.

Jean-Gaspard Deburau, eigentlich Jan Kašpar Dvořák (1796–1846), Pantomime in der Art der Commedia dell'arte, als «Baptiste» Star am Théâtre des Funambules.

Émile Deschamps de Saint-Amand (1791–1871), frz. Dichter, Dramatiker, Librettist und Übersetzer.

Amédée Louis de Cubières, genannt Despans-Cubières (1786–1853), zunächst Steuereinnehmer, dann Militär; als Politiker stürzte er über eine Korruptionsaffäre.

Pauline Virginie Déjazet (1798–1875), frz. Schauspielerin, in den 1830er-Jahren Star des Théâtre du Palais-Royal.

Madame Dosne s. Élise Thiers.

Charles Marie Tanneguy, Graf Duchâtel (1803–1867), frz. Politiker, Mitarbeiter an den doktrinären Zeitschriften → *Le Globe* und der *Revue française*, unter Louis-Philippe Staatsrat im Finanzministerium, danach Abgeordneter, teils in der Opposition, teils Regierungsmitglied.

Jules Armand Stanislas Dufaure (1798–1881), frz. Politiker, Mitglied der liberalen Partei, zweimal Premierminister.

Alexandre Dumas (der Ältere, 1802–1870), frz. Klassiker, in den 1830er-Jahren erfolgreicher Bühnenautor; bis heute berühmt sind seine Abenteuerromane *Die drei Musketiere* (1843) und *Der Graf von Montecristo* (1845).

Baron Victor Guy Duperré (1775–1846), frz. Militär und Politiker, wurde

1830 zum Pair ernannt, gehörte dem ersten Kabinett → Thiers als Minister für Marine und Kolonien an.

Gilbert-Louis Duprez (1806–1896), frz. Sänger und Komponist, zwischen 1837 und 1847 Erster Tenor an der Pariser Oper, unterrichtete am Conservatoire de Paris und schrieb komische Opern und Operetten.

Fanny (Franziska) Elßler (1810–1884), österr. Balletttänzerin der Romantik, gehörte neben der → Grisi und der → Taglioni zu den internationalen Berühmtheiten ihrer Kunst und ging mit Nationaltänzen wie Polka und Cachucha auf Welttournee.

Léon Faucher (1803–1854), frz. Publizist und Politiker; wurde als Philologe und Archäologe Hauslehrer; nach der Julirevolution Redakteur bei *Le Temps*, → *Le Courrier Français* und beim *Constitutionnel*.

François de Salignac de La Mothe-Fénelon (1651–1715), Erzbischof, beauftragt mit der Erziehung des Thronfolgers, schrieb von 1694 bis 1696 den Erziehungsroman *Les Aventures de Télémaque, fils d'Ulysse – Die seltsamen Begebenheiten des Telemach* (dt. 1733).

Jean-Pierre Louis de Fontanes (1757–1821) frz. Politiker, unter Ludwig XVIII. Pair, Dichter im Stil des Klassizismus.

Joseph Fouché (1759–1820), frz. Politiker, machte sich in der Französischen Revolution einen Namen als «Schlächter von Lyon» und organisierte als Polizeiminister unter Napoleon ein ausgedehntes Spionage- und Spitzelsystem.

Charles Fourier (1772–1837), frz. Gesellschaftstheoretiker und Kritiker des Kapitalismus. Entwickelte eine Gesellschaftsutopie, das Phalansterium, eine Art abgeschlossener Kooperative, gleichermaßen Wirtschafts- und Liebesgemeinschaft; sein erstes größeres Werk war die *Theorie der vier Bewegungen* von 1808.

(Jean Baptiste) Joseph Fourier (1768–1830), frz. Mathematiker und Physiker.

Élie Catherine Freron (1718–1776), frz. Literat und Publizist, der sich als Gegner → Voltaires profilierte.

Jean Nicolas Gannal (1791–1852), frz. Chemiker, entwickelte ein neues Verfahren zum Schmelzen und Härten von Talglichten sowie zur Leichenkonservierung.

Dieudonné-Jean-Baptiste-Paul Gaschon, bekannt als Paul de Molènes (1821–1862), frz. Soldat und Schriftsteller, gefördert von → Chateaubriand; Mitarbeiter der → *Revue des Deux Mondes* und des *Journal des Débats*.

Théophile Gautier (1811–1872), Schriftsteller und Literatur- und Kunstkritiker; sein Briefroman *Mademoiselle de Maupin* erschien 1835.

Delphine Gay (1804–1855), frz. Dichterin, verheiratet mit → Émile de Girardin.

Abbé Antoine-Eugène de Genoude (1792–1849), frz. Theologe und Politiker, von 1846 bis 1848 Mitglied der Nationalversammlung.

Abbé Julien Louis de Geoffroy (1743–1814), journalistisch tätiger Geistlicher, hatte wohl erheblichen Anteil an der Verbreitung des Wortes *Feuilleton*, indem er den Begriff zu einer speziellen Zeitungsrubrik machte; wandelte um 1800 das Anzeigenfeuilleton des Pariser → *Journal des Débats* in eine literarisch-kritische Kultur- und Unterhaltungsbeilage um und sortierte deren Beiträge wenig später unter der seither üblichen Überschrift «Feuilleton» im Hauptteil des Blattes «unterm Strich», der quer durchgehenden Linie unterhalb der Seitenhälfte. So wurde der Name zur Standardbezeichnung des Kultur- und Unterhaltungsteils von frz., bald auch dt. Zeitungen.

Émile de Girardin (1806–1881), Autor und Zeitungsverleger, gründete 1828 seine erste Zeitung, *Le Voleur*, und 1829 *La Mode*, 1831 das *Journal des connaissances utiles* und 1832 → *Le Musée des familles*; heiratete 1831 die Schriftstellerin → Delphine Gay; am bedeutendsten war die Gründung von → *La Presse* 1836, nicht nur wegen des Duells mit → Carrel vom → *National*. *La Presse* erreichte 1846 bereits eine Auflage von über 22 000 Exemplaren; Girardin modernisierte das Zeitungswesen und schuf einer breiten Öffentlichkeit Zugang zu diesem Medium.

Léon Gozlan (1803–1866), Schriftsteller, begann als Gehilfe in einer Buchhandlung, Autor für → *Figaro* und → *Corsaire*, schrieb Romane und Novellen und vor allem über Balzac, der mit ihm näheren Umgang pflegte, wenn man Gozlans Darstellungen in seinem Buch *Balzac en pantoufles* (1856) folgt. Sein Einfluss stützte sich u. a. auf Anhänger wie → Karr, Auguste Luchet und Louis Reybaud, «die auf den kleinsten Pfiff hin ihre Federn zücken, um den Hassgefühlen ihres Meisters zu genügen», bemerkte Balzac.

Grandville (eigentlich Jean Ignace Isidore Gérard, 1803–1847), frz. Zeichner und Karikaturist, wie → Daumier eine der wichtigsten Personen der Pariser Presseszene in der ersten Hälfte des 19. Jahrhunderts.

Monsieur Grimaldi ist als Journalist oder Zeitungsmann nicht mehr zu eruieren.

Carlotta Grisi (1819–1899), ital. Ballerina, zählte nach → Marie Taglioni und → Fanny Elßler zu den bedeutendsten Tänzerinnen der Romantik; ihr Lebensgefährte Jules Perrot schrieb 1841 das Ballett *Giselle* für sie.

Hugo Grotius (1583–1645), holl. Aufklärer und politischer Denker, gilt als Schöpfer des Souveränitätsgedankens.

François Pierre Guillaume Guizot (1787–1874), Politiker und Schriftsteller, gründete 1828 die *Revue française*, die während der

Julirevolution eingestellt wurde und erst 1837 für kurze Zeit wieder erschien; ab Januar 1830 saß er für die Stadt Lisieux in der Deputiertenkammer, wo er zum linken Zentrum gehörte; die Formel des *«Enrichissez-vous»* – «Bereichert euch!» wird ihm zugeschrieben; er unterdrückte kritische Meinungen und Reformforderungen aus der Bevölkerung, vor allem auf dem Gebiet des Wahlrechts.

Kaspar Hauser (1812–1833), dt. Findelkind, als geistig zurückgebliebener Halbwüchsiger in Nürnberg aufgetaucht; seine Identität blieb ungeklärt, sein Fall erregte international Aufsehen.

Charles Louis Havas (1783–1858) wurde als Kaufmann unter Napoleon reich. 1832 gründete er in der Pariser Rue Jean-Jacques-Rousseau, gegenüber der Post, mit offizieller Unterstützung eine Presseagentur, aus der die heutige *AFP* wurde.

Georg Wilhelm Friedrich Hegel (1770–1831), dt. Philosoph, wichtigster Vertreter des deutschen Idealismus; seine Theorien wurden der Ausgangspunkt für den Historischen Materialismus von Karl Marx.

Heinrich Heine (1797–1856), bedeutender dt. Dichter der Romantik und Journalist; lebte von 1831 bis zu seinem Tod im Pariser Exil, von wo er der Augsburger → *Allgemeinen Zeitung* Berichte schickte.

Pierre-Jules Hetzel (1814–1886), frz. Verleger und Schriftsteller mit dem Pseudonym P.-J. Stahl; besonders bekannt wurde er mit den von ihm illustrierten Ausgaben von Jules Vernes Romanen.

Meindert Hobbema (1638–1709) war neben Jacob van Ruisdael der bedeutendste ndl. Landschaftsmaler in der zweiten Hälfte des 17. Jahrhunderts; er malte bevorzugt Waldszenen, Fluss- und Stadtansichten.

Victor Hugo (1802–1885), frz. Schriftsteller und politischer Publizist; die Julirevolution von 1830 machte ihn zum Kritiker des neuen Regimes von Louis-Philippe; als er gegen den Staatsstreich protestierte, mit dem sich Bonaparte 1851 zum Präsidenten auf Lebenszeit ausrufen ließ, wurde er inhaftiert und aus Frankreich verbannt; erst 1871, nach dem Sturz des Kaisers, kehrte er aus dem Exil zurück.

Hugues III. (um 780–837), Graf von Tours, einer der Gesandten Karls des Großen, wurde der Verschwörung gegen Karl verdächtigt und sollte enthauptet werden, doch die Henker schafften es nicht, ihr Schwert niederfahren zu lassen, selbst Karl der Große, ungeduldig geworden, verharrte in unfreiwilliger Erstarrung; die Unmöglichkeit, Hugues zu enthaupten, wurde als Gottesurteil aufgefasst, Hugues wurde rehabilitiert.

Jean-Auguste-Dominique Ingres (1780–1847), frz. Maler, Vertreter des Klassizismus; als Bewahrer der Tradition verehrt, porträtierte er u.a. → Louis-François Bertin.

Gabriel-Jules Janin (1804–1874), Autor und Theaterkritiker; kannte Balzac aus der gemeinsamen Zeit in einer Anwaltskanzlei; schrieb in seinem improvisiert wirkenden, leichten und lebhaften Stil vor allem für die → *Revue de Paris*, deren Mitbegründer er war, für die → *Revue des Deux Mondes*, den *Figaro* und *La Quotidienne*; im → *Journal des Débats* veröffentlichte er jahrzehntelang Theaterkritiken und erwarb sich mit der Zeit das Ansehen eines «Kritikerfürsten»; nach mehreren Anläufen erlangte er als Nachfolger von → Sainte-Beuve einen Sitz in der Académie française; in seiner Frühzeit hatte er außer mit Balzac auch Streit mit → Pyat, den er erfolgreich wegen übler Nachrede verklagte.

Jacquou Jasmin (1798–1864), Friseur, wurde berühmt für seine volkstümliche Dicht- und Vortragskunst.

Guillaume Auguste Jaubert (1762–1825), Bruder des Gouverneurs der Banque de France und frz. Geistlicher, der zu politischen Ehren kam.

Tony Johannot (1803–1852), frz. Radierer, Holzschnittzeichner, Lithograf, Maler und Illustrator.

Laure-Adelaide Junot s. d'Abrantès.

Jean-Baptiste Alphonse Karr (1808–1890), Journalist und Schriftsteller, gründete das satirische Magazin *Les Guêpes – Die Wespen* (1839–1876); beschreibt in seinem *Livre de bord* von 1880, was → Bohain ihm sagte, als er sich im *Figaro* vorstellte: «Bloß keine Verse! Als ich den *Figaro* gekauft habe, waren welche drin, und es gab achtundzwanzig Abonnenten» («Verse» klingt im Frz. wie «Würmer»).

Johann Friedrich Gottlob Koenig (1774–1833), Buchdrucker und 1812 Erfinder der Zylinderschnellpresse, die den Buchdruck revolutionierte; am 29. November 1814 wurde die Londoner *Times* als erste Tageszeitung der Welt mit seiner dampfgetriebenen Zylinderdruckmaschine produziert.

Charles Honoré Martial Labitte (1816–1845), frz. Kritiker und Literaturprofessor am Collège de France, schrieb seit 1835 für die → *Revue des Deux Mondes.*

Pierre-François Ladvocat, genannt Camille Ladvocat (1791–1854), Verlagsbuchhändler, verlegte ab 1822 in 23 Oktavbänden *Chefs-d'oeuvres des théâtres étrangers – Meisterwerke des ausländischen Theaters.*

Jacques Laffitte (1767–1844), frz. Politiker, Bankier und Financier mehrerer frz. Regierungen; 1830 wurde er als Anhänger der konstitutionellen Monarchie Abgeordneter.

Jean de La Fontaine (1621–1695), frz. Schriftsteller, berühmt vor allem durch seine Fabeln.

Louis Marie de Lahaye s. Cormenin.

Alphonse Marie Louis Prat de Lamartine (1790–1869), frz. Schriftsteller und Politiker, heute vor allem als Lyriker bekannt; lehnte die Julimonarchie ab und wirkte an der Revolution von 1848 mit.

Hugues Félicité (François) Robert de Lamennais (1782–1854), frz. Priester, Philosoph und Verfasser politischer Schriften, die dem Versuch gewidmet waren, Katholizismus und das liberale Gedankengut der Aufklärung in Einklang zu bringen.

Monsieur de Lapelouze, d.i. Valentin de la Pelouze (1777–1838), Direktor des → *Courrier Français*; die Augsburger → *Allgemeine Zeitung* vom 6.12.1829 meldet in ihrer Beilage, er sei wegen Aufrufs zum Ungehorsam zu einem Monat Gefängnis, 500 Franc Geldstrafe und Konfiskation diverser Zeitungsnummern verurteilt worden.

Hyacinthe-Joseph Alexandre Thabaud de Latouche, genannt Henri de Latouche (1785–1851); unter Napoleon Steuerbeamter, verfasste später Lustspiele, Romane, Artikel und Gedichte und schloss sich in den 1820er-Jahren den Romantikern an.

Antoine Laurent de Lavoisier (1743–1794), frz. Chemiker, einer der Väter der modernen Chemie; wurde hingerichtet.

Alain-René Lesage (1668–1747), frz. Schriftsteller, berühmt durch seinen Schelmenroman *Gil Blas* (1715–1735).

Pierre Lhermite (1761–1828), Marineoffizier und Präfekt unter Napoleon.

John Locke (1632–1704), engl. Philosoph, als Empirist ein Vordenker der Aufklärung.

François-Adolphe Loève-Veimars (1801–1854), Schriftsteller, Übersetzer, Pionier der Vergleichenden Literaturwissenschaft, Mitarbeiter an → *Figaro*, *Revue de Paris*,

Temps und *La Revue des Deux Mondes*, zwischenzeitlich Operndirektor, unter Louis-Philippe geadelt und von → Thiers als Diplomat nach Russland entsandt; möglicherweise war er für Balzac das Vorbild des *farceur – Spaßvogels*.

Charles Léopold Louandre (1812–1882), frz. Historiker, der für die → *Revue des Deux Mondes* und die *Revue de Paris* schrieb, teilweise in Zusammenarbeit mit → Labitte.

Guillaume-Jacques-Lucien, Marquis de Maleville (1805–1889), frz. Politiker aus der orleanistischen Regierungsmehrheit.

Chrétien-Guillaume de Lamoignon de Malesherbes (1721–1794), frz. Rechtsgelehrter, Politiker, Staatsanwalt und Zensor, Protektor der *Encyclopédie* und später Verteidiger von Ludwig XVI.; wurde hingerichtet.

Louise-Charles-Théophile (Mademoiselle) Mante (1799–1849), frz. Schauspielerin; debütierte 1822 an der Comédie-Française.

Jean Paul Marat (1743–1793), Arzt, Naturwissenschaftler und vor allem radikaler Protagonist der Französischen Revolution von 1789.

Alphonse-Louis-Dieudonné Martainville (1777–1830), politischer Journalist, Anhänger der Monarchie, Autor bei → *Journal de Paris, La Quotidienne, Gazette de France*, die ihm aber nicht hinreichend königstreu waren, sodass er 1818 das Blatt → *Le Drapeau blanc* (*Die weiße Fahne* mit den Lilien war das Zeichen des bourbonischen Königshauses) gründete, das ab Juli 1819 täglich erschien; sein Wahlspruch lautete: *«Vive le roi!… quand même.»* – «Es lebe der König!… trotz allem.» 1815 soll er den Preußen den Übergang über die Seine ermöglicht haben, obwohl auch er von ihnen ausgeplündert wurde.

Jean-Baptiste Sylvère Gay, Vicomte de Martignac (1778–1832), zunächst Publizist, später gemäßigter royalistischer Politiker unter der Restauration, von 1815 bis 1830 Innenminister.

Martin (genannt *der kleine Martin*) s. Jean Martin Petit.

Nicolas-Ferdinand-Marie-Louis-Joseph Martin, Graf Martin du Nord (1790–1847), frz. Politiker, Anhänger der Restauration und konservativer Abgeordneter.

Syriès de Mayrinhac taucht in wenigen Protokollen und deren Fußnoten des parlamentarischen Betriebs auf, seine Lebensdaten sind jedoch nicht überliefert.

Charles Montalembert Merruau (1807–1882), frz. Publizist, Chefredakteur von *Le Temps*, später von → *Le Constitutionnel.*

Klemens Wenzel Lothar von Metternich (1773–1859), österr. Diplomat und Staatsmann, 1809 Außenminister, führender Kopf bei der Neuordnung Europas nach Napoleon und insgesamt der Restauration.

Charles Mévil (1824–1869), regierungstreuer Direktor des *Nouvelliste*, später des → *Journal de Paris.*

Honoré Gabriel Victor de Riqueti, Marquis de Mirabeau (1749–1791), frz. Publizist und Politiker, Vorbereiter und Mitstreiter der Französischen Revolution 1789; sein früher Tod wurde nicht aufgeklärt.

Louis-Mathieu, Graf Molé (1781–1855), frz. Politiker, während der Restauration hoher Verwaltungsbeamter und unter der Julimonarchie zeitweise Nachfolger von → Thiers als Premierminister.

Molière (eigentlich Jean-Baptiste Poquelin, 1622–1673), frz. Schauspieler und als Dramatiker einer der Klassiker der Weltliteratur.

Gaschènes de Molon s. Gaschon.

Charles-Louis de Secondat, Baron de La Brède et de Montesquieu (1689–1755), frz. Rechtsphilosoph und Staatstheoretiker der Aufklärung; Vordenker der Gewaltenteilung.

François Dominique de Reynaud, Comte de Montlosier (1755–1838), frz. Politiker, als royalistischer Abgeordneter 1791 in der Nationalversammlung; schrieb in Napoleons Auftrag eine Geschichte der Monarchie, die Napoleon aber verwarf.

Monsieur Montrol ist nicht zu eruieren.

Antoine-Jean-Baptiste-Robert Auget, Baron de Montyon (1733–1820), frz. Ökonom und Philanthrop, stiftete 1782 einen *«prix de vertu»* für herausragende Werke in Wohltätigkeit, Literatur und Wissenschaft.

Pierre Marie Sébastien Bigot de Morogues (1776–1840), Mineraloge und liberaler frz. Politiker, 1835 als Anhänger Louis-Philippes zum Pair ernannt.

de Mosbourg s. Agar.

Alfred de Musset (1810–1857), frz. Schriftsteller der Romantik; *Die Reise ins Blaue* (1842, *Le Voyage où il vous plaira*) mit Illustrationen von → Johannot erschien zunächst als Fortsetzungsroman.

Narses (griech. Ναρσῆς, um 490–574), Eunuch aus Persarmenien, stieg zum General des oström. Kaisers Justinian auf.

Jean-Marc Nattier (1685–1766), frz. Maler des Rokoko, zuletzt bevorzugt galanter Porträtist der Damen der Hofgesellschaft.

Jean Nicot (1530–1604), frz. Diplomat, brachte den Tabak als Heilpflanze nach Frankreich; zugleich einer der frühesten Lexikografen.

Nikolaus I. Pawlowitsch (1796–1855), war von 1826 bis 1855 russ. Kaiser und erließ eine Vielzahl repressiver Bestimmungen.

Mademoiselle (Marie-Elisabeth, «Lise») Noblet (1801–1852), war eine Solo-Tänzerin an der großen Oper zu Paris und tanzte den Zapateado, eine Art Flamenco, bei dem rhythmisch und geräuschvoll aufgestampft wird.

Charles Nodier (1780–1844), frz. Schriftsteller der Romantik, der für seine kritischen Gedichte unter Napoleon auch in Haft kam; verfasste Räuberromane und Schauergeschichten.

Jacques Charles Odry (1779–1853), frz. Schauspieler des Boulevardtheaters mit mächtiger Himmelfahrtsnase.

Blaise Pascal (1623–1662), frz. Mathematiker und christlicher Philosoph; mit seinen *Lettres provinciales* griff er die Kasuistik der Jesuiten an.

Hippolyte Passy (1793–1880), frz. Politiker und Nationalökonom; zunächst Angehöriger der linken Mitte, später Finanzminister unter der Julimonarchie.

Vincent de Paul (1581–1660), Begründer der neuzeitlichen Caritas; 1737 heiliggesprochen, wurde 1885 zum Schutzpatron der Vinzentinerinnen, einem Orden, der sich der Armen- und Krankenpflege widmete.

Jean-Baptiste-Alexandre Paulin (1796–1859), Journalist, Verleger und Buchhändler, vor allem als Mitbegründer der Zeitschrift *L'Illustration* bekannt geworden; mit → Thiers, François-Auguste Mignet und → Carrel gründete er 1830 die liberale Zeitung → *Le National.*

William Penn (1644–1718), verließ seine Heimat England aus Glaubensgründen, Gründer des US-Bundesstaats Pennsylvania.

Père Joseph, eigentlich François-Joseph Le Clerc du Tremblay de Maffliers (1577–1638), frz. Kapuziner mit großem politischem Einfluss unter Richelieu.

Jean Martin Petit (1772–1856), als napoleonischer General während der Restauration degradiert, wurde erst unter der Julimonarchie rehabilitiert.

Charles Philipon (1800–1861), frz. Karikaturist, Grafiker und Journalist, gründete 1829 mit Gabriel Aubert einen Vertrieb für

Druckgrafik; beteiligte sich als «Juniorpartner» an der gemäßigt liberalen, reich illustrierten Zeitschrift *La Silhouette*; gründete 1830 das Satireblatt → *La Caricature*, an dem → Grandville und → Daumier als Zeichner und Balzac als Autor mitwirkten, danach → *Le Charivari*, deren erste Nummer am 1. Dezember 1832 erschien und die sich bis 1862 hielt, obwohl ihr Gründer mehrfach wegen seiner Karikaturen belangt wurde.

Joseph Jean-Baptiste Marie Charles Amédée Pichot (1795–1877), Mediziner, Romancier und Historiker; Redakteur der *Mercure du XIXe siècle*, der *Revue de Paris*, ab 1840 der *Revue britannique*, Übersetzer von Dickens, Sheridan, Thackeray und Bulwer-Lytton.

William Pitt der Jüngere (1759–1806), Premierminister von England, ordnete mit → Smith die engl. Staatsfinanzen und wirkte an der Abschaffung des Sklavenhandels mit.

George Plantagenet, 1. Duke of Clarence (1449–1478), war ein Sohn von Richard Plantagenet, 3. Duke of York, Prinz von England; beteiligte sich am Aufstand gegen seinen Bruder Edward IV.; wurde zum Tod verurteilt und im Tower getötet – angeblich durch Ertränken in einem Fass voll Malvasierwein.

Samuel Freiherr von Pufendorf (1632–1694), dt. Natur- und Völkerrechtslehrer, beeinflusste mit seinen Gedanken zum säkularen Naturrecht und zum Völkerrecht die Rechtsphilosophie seiner Zeit.

Félix Pyat (1810–1889), sozialistischer Journalist und Politiker; saß sechs Monate in Haft, weil er groteske und widersprüchliche Äußerungen → Janins zusammengestellt hatte, was ihm eine Klage wegen Beleidigung einbrachte; Gründer der Zeitschrift *Le Combat*, Teilnehmer an der Kommune.

Mademoiselle Rachel, eigentlich Elizabeth-Rachel

Félix (1821–1858), in der Schweiz geborene frz.-jüd. Schauspielerin, eine der größten Tragödinnen ihrer Zeit; mit ihren zahlreichen Affären sorgte sie in der Boulevardpresse regelmäßig für Schlagzeilen.

François-Vincent Raspail (1794–1878), Chemiker, Arzt, Politiker, gründete 1834 die republikanische Oppositionszeitung → *Le Réformateur*.

Charles François Marie de Rémusat (1797–1875), frz. Politiker; sein Wechsel von der Oppositions- auf die Regierungsseite brachte ihm 1840 einen Posten als Innenminister ein.

Pierre de Ronsard (1524–1585), frz. Hofdichter und katholischer Pamphletist; einer der bedeutendsten frz. Lyriker seiner Zeit; sein künstlerischer Ruf litt unter → Boileaus Kritik.

Jean-Baptiste Rousseau (1671–1741) galt zu Anfang des 18. Jahrhunderts als versiertester frz. Lyriker; musste wegen seiner Spottverse ins Exil gehen.

Jean-Jacques Rousseau (1712–1778), frz.-schweiz. Philosoph der Aufklärung; seine Bücher zur Erziehung, seine *Bekenntnisse* und sein Roman von der *Neuen Héloïse* haben ganze Generationen von Denkern und Dichtern im Sinne der Naturromantik und Zivilisationskritik inspiriert.

Émile Deschamps de Saint-Amand (1791–1871), frz. Dichter, schrieb Opernlibretti und war an Gedichtsammlungen beteiligt.

Charles-Augustin Sainte-Beuve (1804–1869), frz. Literaturkritiker und Schriftsteller (*Volupté*, 1834), studierte zunächst Medizin, verfasste dann Artikel und Poesiebände unter Pseudonymen, darunter auch «Joseph Delorme» (*Poésies*, *Consolations* und *Pensées d'août*); 1840 Konservator an der Bibliothek Mazarine, 1845 Mitglied der Académie française, 1865 Berufung in den Senat; er soll als Vorbild für Balzacs Romanfigur Lucien Chardon gedient haben und schrieb als Erster gegen das Projekt der *Comédie humaine*, zur großen Enttäuschung Balzacs, der Sainte-Beuves Kritiken schätzte und auf Lob gehofft hatte; 1838 tat er die *Comédie* gar als «industrielle Literatur» ab.

Henri de Saint-Simon (1760–1825), frz. Staatstheoretiker; die nach ihm benannte Denkschule des Saint-Simonismus beeinflusste viele Autoren der Romantik und ebenso politische Akteure der ersten Hälfte des 19. Jahrhunderts.

Sainty: keine historische Person dieses Namens eruierbar.

Narcisse-Achille, Comte de Salvandy (1795–1856), frz. Politiker und Publizist; schrieb im → *Journal des Débats*, bekleidete verschiedene Ministerämter und wurde Mitglied der Académie française.

George Sand (eigentlich Amantine Aurore Lucile Dupin de Francueil, 1804–1876), frz. Schriftstellerin, wurde 1831 Mitarbeiterin des → *Figaro* und gründete 1841 mit Pierre Leroux die sozialistische *Revue indépendante.*

Jules Sandeau (1811–1883), frz. Schriftsteller, schrieb für *Le Siècle, Le Figaro*; zeitweilig Geliebter von → George Sand.

François-Pierre Savary (1750–1821), Schweizer Politiker, bekleidete mehrere Ämter und wurde Bürgermeister von Freiburg.

Julius Caesar Scaliger (1484–1558), ital. Humanist, der Streitschriften gegen Erasmus von Rotterdam und François Rabelais verfasste.

Friedrich Wilhelm Joseph Schelling (1775–1854), dt. Philosoph, einer der Hauptvertreter des Deutschen Idealismus.

August Wilhelm Schlegel von Gottleben (1767–1845) und Karl Wilhelm Friedrich von Schlegel (1772–1829), dt. Literaturkritiker, Übersetzer und Vertreter der «Jenaer Frühromantik».

Der Räuber Schubry, bekannt als «der ungarische

Rinaldo» und «der ungarische Cartouche», soll in Ungarn in einer Waldhütte gehaust, nach anderen Quellen in Hamburg gelebt haben; Lebensdaten sind nicht überliefert.

Emmanuel Joseph Sieyès, Abbé, seit 1808 Comte Sieyès (1748–1836), frz. Priester und Staatsmann, zentraler Theoretiker der Französischen Revolution und des Französischen Konsulats, nach dem Staatsstreich am 18. Brumaire einer der drei Konsuln der Republik; den Grundstein zu seinem rasanten Aufstieg legte er im Januar 1789 mit *Qu'est-ce que le Tiers État? (Was ist der Dritte Stand?)*, der auflagenstärksten politischen Flugschrift der frz. Geschichte; er wurde in die Generalstände gewählt und 1795 zu einem der ersten Mitglieder der Académie des sciences morales et politiques, aus der man ihn 1815 wieder ausschloss, da er wegen seines Votums für die Hinrichtung Ludwigs XVI. als «Königsmörder» galt.

Adam Smith (1723–1790), Begründer der klassischen Volkswirtschaftslehre und Verfechter der freien Marktwirtschaft.

Nicolas Jean-de-Dieu Soult (1769–1851), frz. General und Kriegsminister unter der Julimonarchie.

Spartacus († 71 v. Chr.), röm. Sklave und Gladiator, der 73 v. Chr. als Anführer des nach ihm benannten Aufstandes zu welthistorischer Berühmtheit gelangte.

Madame de Staël, d. i. Baronin Anne Louise Germaine de Staël-Holstein (1766–1817), frz. Schriftstellerin, beeinflusste mit ihrem Werk *De l'Allemagne* (1813, *Über Deutschland*) das Deutschlandbild ihrer Landsleute nachhaltig.

Stahl s. Pierre-Jules Hetzel.

Eugène Sue (1804–1857), in den 1840er-Jahren einer der erfolgreichsten Romanciers; seine *Mystères de Paris*, von Juni 1842 bis Oktober 1843 in Fortsetzungen im → *Journal des Débats* erschienen, gelten als Meilenstein bei der Durchsetzung des Feuilletonromans.

Marie Taglioni (1804–1884), stammt aus einer berühmten ital. Choreografen- und Tänzerdynastie, gilt als erste Meisterin des Spitzentanzes und früher Star des romantischen Balletts; ihr Auftritt an der Pariser Oper in dem Ballett *La Sylphide* 1832 eröffnete eine Weltkarriere.

Charles-Maurice de Talleyrand-Périgord (1754–1838), führender frz. Staatsmann und Diplomat während der Französischen Revolution, der Napoleonischen Kriege und beim Wiener Kongress. Da er in allen politischen Systemen seiner Epoche hohe Ämter ausfüllte, stand sein Name schon bald sinnbildlich für realpolitische Anpassungsfähigkeit und Opportunismus.

Jules-Antoine Taschereau (1801–1874), frz. Historiker und Abgeordneter, zunächst bei den Liberalen, später als politischer Publizist auf Seiten der gemäßigten Opposition.

Jean-Baptiste Teste (1780–1852), frz. Politiker und liberaler Abgeordneter, stürzte über die Korruptionsaffäre Teste Cubières.

Élise Thiers (1818–1880), geborene Eulalie Élise Dosne, Tochter von Alexis Dosne, Steuereinnehmer und Bankpräsident, und Euridyce Dosne; vor und auch nach Élises Eheschließung (1833) mit → Louis Adolphe Thiers unterhielt dieser eine Liebschaft mit ihrer Mutter und verliebte sich auch noch in ihre jüngere Schwester, weshalb in der Presse von den drei besseren Hälften des Monsieur Thiers die Rede war.

Louis Adolphe Thiers (1797–1877), Journalist der liberalen Zeitungen → *Constitutionnel* und *Le National*; als Politiker hatte er in → Talleyrand einen Förderer, war aber vor allem ein Bewunderer Napoleons; bekleidete Ministerämter und war zwischen 1836 und 1840 mehrmals für kurze Abschnitte Ministerpräsident; Symbolfigur für die soziale Entwicklung der herrschenden Klassen Frankreichs, die nach dem Zusammenbruch der absoluten Monarchie auf der Suche nach einer neuen Gesellschaftsordnung waren; wurde in Paris Journalist und Historiker der Revolution von 1789, trug zur Revolution von 1830 und zur Installation der Julimonarchie bei, deren Ratspräsident er zweimal wurde; Anhänger des Hauses Orléans und einer konstitutionellen Monarchie, in der «der König herrscht, aber nicht regiert» *(«Le roi règne et ne gouverne pas»,* → *Le National)*; wurde 1871 Präsident der 3. Republik und war verantwortlich für die Niederschlagung der Commune; nach Misserfolgen in der Orient- und der Rheinkrise trat er zurück und wechselte zur Opposition.

Alcide Tousez (1806–1850), frz. Sänger und Schauspieler, bekannt geworden durch das Vaudeville *Judith et Holopherne.*

Jean Vatout (1791–1848), frz. Schriftsteller und Politiker, begleitete 1848 Louis-Philippe nach dessen Absetzung ins Exil.

Publius Vergilius Maro (70 v. Chr.–19 n. Chr.), kurz: Vergil, lat. Dichter der röm. Antike; seine *Eklogen* entstanden zwischen 42 und 35 v. Chr.

Louis-Désiré Véron (1798–1867), frz. Operndirektor und Journalist, gründete 1829 die → *Revue de Paris.*

Alfred de Vigny (1797–1863), frz. Schriftsteller der Romantik; von politischer Brisanz war sein 1835 veröffentlichter Erzählband *Servitude et grandeur militaires (Knechtschaft und Größe des Militärs),* in dem die Unzufriedenheit mit dem Regime des Bürgerkönigs und mit einem von Bankiers und Fabrikanten beherrschten System offen zur Sprache kam.

Jean Baptiste Guillaume Marie Anne Séraphin Joseph Comte de Villèle (1773–

1854), frz. Finanzminister und Regierungschef unter der Restauration, Feind der liberalen Presse; versuchte, oppositionelle Blätter durch Zensur und Aufkauf auszuschalten.

Abel-François Villemain (1790–1870), frz. Gelehrter und Politiker, bekleidete nach seiner Karriere unter der Restauration während der Julimonarchie mehrere Ministerämter und wurde 1841 in die Académie des inscriptions et belles-lettres aufgenommen.

Voltaire (Pseudonym für François-Marie Arouet, 1694–1778), frz. Philosoph und Schriftsteller, Zentralgestalt der europäischen Aufklärung; *Der Mann mit vierzig Talern* erschien 1768, *Candide oder der Optimismus* 1759.

Alexandre Florian Joseph Graf von Colonna-Walewski (1810–1868), frz. Politiker und Diplomat, außerehelicher Sohn Napoleons und der Gräfin Maria Walewska; nahm 1837 seinen Abschied aus dem diplomatischen Dienst und wurde Schriftsteller und Journalist.

Perkin Warbeck (um 1474–1499), mutmaßlich Sohn eines reichen ndl. Zollaufsehers; gab sich als Richard von Shrewsbury, 1. Duke of York und Sohn Eduards IV. aus und machte mit Unterstützung Margaretas von York und Kaiser Maximilians von Habsburg als Thronprätendent gegen König Heinrich VII. von sich reden.

Klara Wendel (1804–1884), Schweizer «Räuberkönigin», der zahlreiche Morde zur Last gelegt wurden; die Geständnisse nach ihrer Festnahme sollen allerdings erpresst gewesen sein.

Christian Wolff (1679–1754), dt. Philosoph und Universalgelehrter, als Aufklärer Vertreter des Naturrechts, definierte zahlreiche philosophische Grundbegriffe.

ZEITSCHRIFTENVERZEICHNIS

Die Pariser Presselandschaft zu Balzacs Zeit war vielfältig und reich an Dynamik. Je nach politischer und wirtschaftlicher Situation wurden Zeitungen gegründet oder eingestellt, umbenannt oder ideologisch neu ausgerichtet. Hier vorab einige grundsätzliche Erläuterungen: Politische Blätter wurden gewöhnlich auf großem Papierformat gedruckt, sodass sie mit dem Sammelbegriff *grande presse* – «große Blätter» bezeichnet wurden, und zwar schon vor Gründung des *Petit Journal* im Jahr 1863.

Im Umkehrschluss hieß die nicht politische Presse *la petite presse*, in der aber ganz genauso politische Inhalte zu finden waren, wenn auch vermischt mit allgemeinen Themen. Die «kleine Presse» oder besser: die «kleinen Blätter» verkauften sich auch dank ihres Feuilletons, das es, ohne so zu heißen, vorher schon gegeben hat (s. im Namenverzeichnis → Geoffroy); ein weiterer Erfolgsfaktor der kleinen Blätter waren ihre Satiren auf Alltagsereignisse und Pariser Sitten. Dass diese Blätter für einen Sou (5 Centime) zu haben waren, begünstigte ihre Verbreitung.

Zeitungen durften seit 1807 gemäß einem Dekret zur Autorisation eigener Vertriebsgesellschaften ihren Vertrieb selbst organisieren, wurden aber von den (kaiserlichen) *Messageries impériales*, die es seit 1805 gab und die 1815 in *royales* unbenannt wurden, als Konkurrenz bekämpft und per Preiskampf erdrückt.

Die *journaux royalistes* oder *presse royaliste*, also die königstreuen Blätter, waren die Organe der Aristokratie und des katholischen Ultramontanismus. Die *journaux ministériels* oder *presse ministérielle* befand sich in den Händen der Regierungspartei oder war an deren Kurs ausgerichtet.

Die Zeitungen und Zeitschriften fanden ihre Leser vor allem über das Abonnement, die Mindestbezugszeit betrug drei Monate.

Im Jahr 1826 wurden Abonnentenzahlen veröffentlicht, worauf Balzac Bezug nimmt: Von insgesamt 63 000 Zeitungsabonnenten der Pariser Presse entfielen 43 000 auf liberale Blätter; die *journaux royalistes* kamen nur auf 6000, und 14 000 waren auf die Regierungspresse abonniert; s. auch Nachwort im Abschnitt *Zeitungen und Zeitschriften*.

Mit → versehene Personen finden sich im Namenverzeichnis.

Einen speziellen Einblick in die Pariser Zeitungswelt geben die im Herbst 1837 in Leipzig bei Brockhaus herausgegebenen *Blätter für literarische Unterhaltung* (im Folgenden kurz *Blätter* genannt), die in mehreren Folgen über «Die neuere französische Journalistik» berichteten und aus denen hier fallweise zitiert wird; s. Nachwort.

Allgemeine Zeitung, im 19. Jahrhundert eine der wichtigen politischen Tageszeitungen Deutschlands; erschien vom 16.1.1807 bis zum 30.9.1882 täglich mit vier Druckseiten in Augsburg; → Heine publizierte hier 1831/1832 seine Berichte aus Paris unter dem Titel *Französische Zustände*.

L'Aristarque français, literarisches Blatt mit Themen aus Politik und Geschichte, bestand vom 1.5.1815 bis zum 8.2.1827; erschien jedoch mit etlichen Unterbrechungen, weil die vom Staat verlangte Kaution nicht rechtzeitig eingetroffen war oder weil deswegen prozessiert wurde.

La Caricature, illustrierte satirische Wochenzeitschrift, gegründet 1830 von → Charles Philipon mit dem vollständigen Titel *La Caricature morale, religieuse, littéraire et scénique*, ab 1832 dann *La Caricature politique, morale, littéraire et scénique*; war gegen die Regierung von Louis-Philippe gerichtet und musste sich gegen Zensur und Verbote behaupten; von 1835 bis 1838 eingestellt, erschien dann bis 1843; Balzac war bis Februar 1831 Mitarbeiter.

Le Capitole. Journal politique et littéraire, begründet vom Marquis de Crouy-Canel, dessen Leitgedanke die Verbindung demokratischer Prinzipien mit bonapartistischen Sympathien war.

Le Charivari, illustrierte satirische Zeitschrift, gegründet von → Charles Philipon, erschien erstmals im Dezember 1832, im Untertitel wurde auf die täglich neue Illustration hingewiesen *(«publiant chaque jour un nouveau dessin»)*; hatte ein etwas kleineres Format und weniger teures Papier als *La Caricature*, dafür höhere Auflage und für die Zensur weniger brisante Artikel; ab 1835 vorrangig unpolitische Themen, da politische Karikaturen verboten worden waren; regelmäßiger Mitarbeiter war → Daumier. Die *Blätter* berichten: «Das *Charivari* ist ein natürliches Kind der Julirevolution und des gegenwärtigen französischen Volksgeistes, lebenslustig leicht bis auf einen gewissen Punkt, übermütig keck wie ein Gamin, übersprudelnd von Witz, nichts Heiliges und Hohes über sich anerkennend, alles mit einer unerbittlichen Satire bespöttelnd und den ernstesten Stoff mit der lachendsten Behandlung verbindend. Die *Hauptredacteurs* sind die sogenannten *trois hommes d'état du Charivari»* – möglicherweise eine andere Art «Staatsmänner», als Balzac gemeint hat. Ein ähnliches Blatt sei der → *Corsaire.*

Le Conservateur vertrat die Ansichten von → Chateaubriand und einer Fraktion der Ultras; dazu gab es eine Beilage *Conservateur littéraire*, die von 1819 bis März 1821 vom jungen → Victor Hugo redigiert wurde.

Le Constitutionnel erschien vom 29.10.1815 bis zum 23.7.1817 und erneut ab dem 2.5.1819; Hauptorgan des liberalen Bürgertums im Kampf gegen die Restauration; 1826 hatte der *Constitutionnel* gut 20000

Abonnenten (im Vergleich: *La Quotidienne* 5000, *La Gazette de France* 800), 1843 nur mehr 3700; 1844 kaufte sie → Louis-Désiré Véron und setzte → Charles Merruau als Direktor ein; mit dem Abdruck des *Juif errant* von → Eugène Sue kam man wieder auf 15 000 Abonnenten; → Thiers hatte bis 1849 Einfluss auf das Blatt. «Ihm verdankt die liberale Partei ihr Dasein», schreiben die *Blätter*; die Redakteure seien «ein Gemisch von ehemaligen Conventsmitgliedern, Republikanern und kaiserlichen Zensoren [gewesen], welche, da sie im Grunde keine durch gemeinsame Übereinkunft festgestellten Prinzipien hatten, nur in dem Schatten einer schützenden Neutralität sich zusammenfinden konnten. Diese schützende Neutralität war die Charte [die Verfassung von 1814 bzw. 1830]. Die Ideen, welche dieses Blatt verbreitete, waren von der verschiedensten Farbe und bildeten ein buntscheckiges Gemengsel von Wahrheiten und Irrtümern.» Zur Zeit des Berichts (1837) sei der *Constitutionnel* in einem stetigen finanziellen und intellektuellen Niedergang begriffen.

Le Corsaire, journal des spectacles, de la littérature, des arts, mœurs et modes, Tageszeitung, erschien von Februar 1822 bis November 1858; zu den Mitarbeitern gehörten → Karr, Gozlan, Sandeau, später → Baudelaire, Banville und Murger. Die *Blätter* nennen *Le Corsaire* «Nebenbuhler und verwandter Geistesbruder des *Charivari*».

Le Courrier Français, Tageszeitung mit liberaler Tendenz, erschien ab Juni 1819; diente → Benjamin Constant als Plattform einer Polemik um die Politik Bolivars; 1842 wurde → Léon Faucher Chefredakteur. Die *Blätter* schreiben: «Eines der geachtetsten dynastischen Oppositionsblätter ist der *Courrier Français*, ursprünglich von den Herren de Broglie, Kératry und einigen anderen Doctrinaires dirigiert, welche die Anglomanie so weit trieben, dass sie den Titel des Journals nur mit einem r schrieben, weil *The Courier* nur ein *r* hat.»

La Démocratie pacifique. Journal des intérêts des gouvernements et des peuples, erschienen von 1843 bis 1851, Organ der Fourieristen, das ursprünglich unter dem programmatischen Titel *Phalange* firmierte; in der utopischen Weltordnung von → Charles Fourier war die Phalange eine elitäre Lebensgemeinschaft von exakt 1620 Personen, je zur Hälfte Männer und Frauen, in harmonischer Arbeitskooperative in einem sogenannten Phalanstère, was man auch als Kaserne verstehen kann.

Le Drapeau blanc von Martainville erschien ab 1819, hielt sich bis Februar 1827 und kompromittierte die Restaurationsregierung durch die ultraroyalistische Heftigkeit seiner Königstreue; 1829 hat der Herausgeber einen neuerlichen Anlauf genommen, ab Mai 1829 unter dem geänderten Titel *Démocrite*, ab Juli 1829 wieder unter dem alten Titel.

L'État erschien erstmals am 9.6.1843, musste sein Erscheinen aber schon am 20.6. einstellen; fusionierte mit der Zeitschrift *Le Parisien* und hieß ab 27.7.1843 *Le Parisien L'État*.

L'Europe littéraire, 1833 gegründet von → Victor Bohain, zuvor Direktor des → *Figaro*; ab dem 8.9.1833 war Louis Lefebvre Geschäftsführer, mit Capo de Feuillide als wichtigstem Redakteur; nachdem Redakteure und Aktionäre das Blatt gekauft hatten, entstand am 15.8.1833 eine neue Eigentümergemeinschaft.

Le Figaro, 1826 als «satirisch, witzig, kämpferisch» gegründet, hatte seinen Titel nach einer Antwort des gleichnamigen Titelhelden von → Beaumarchais' Theaterstück: «Ohne die Freiheit, zu tadeln, gibt es kein echtes Lob.» Es erschien mit zahlreichen zensurbedingten Unterbrechungen als vierseitiges Kleinformat (halbes Folio), zu den ersten Autoren zählten → Gozlan, Janin, Karr, George Sand und Jules Sandeau. Als Replik auf den royalistischen Wahlspruch: *«Vive le roi!... quand même»* («Es lebe der König!... trotz allem») galt der Slogan: «Die Wahrheit, trotz allem!»; zum Sturz von Karl X. soll auch der *Figaro* beigetragen haben.

La Foudre, journal des nouvelles historiques, de la littérature, des spectacles et des arts erschien vom 10.3.1821 bis zum 30.11.1823 und verstand sich als antiliberales Kampfblatt, dessen Titel Programm war: *Foudroyer le parti libéral* («Die Liberalen zerschmettern»).

La France. Journal des intérêts monarchiques et réligieux de l'Europe erschien von 1834 bis 1847 als ultrareaktionäre legitimistische Tageszeitung; 1847 mit *L'Echo français* und *La Quotidienne* zu *L'Union monarchique* vereint.

La Gazette de France hieß so seit 1797, nach 1814 legitimistisches und nationalistisches Organ, das das Bürgertum des Juste Milieu, die ultramontanen Katholiken *(L'Univers)* und die Republikaner *(Le National)* attackierte; Abbé Genoude versuchte in ihr, die revolutionären Ideen von 1789 mit der Restauration von 1815 zu versöhnen; bis 1843 verlor das Blatt gegen die gemäßigt legitimistische *Quotidienne* erheblich an Boden.

Le Globe, 1824 gegründet von Alexandre Lachevardière, Pionier der mechanischen Druckpresse, und Pierre Leroux, Erfinder des Pianotype, einer Setzmaschine; galt als Organ der Doktrinären, das heißt jener Royalisten, die die Revolution und die Monarchie vereinen wollten; ging unter Pierre Leroux zum Saint-Simonismus über.

Vom *Journal du Commerce* berichten die *Blätter*: «Das

Journal du Commerce wurde im vorigen Jahr von den Pflanzern der französischen Kolonien für Herrn Mauguin angekauft, welcher bekanntlich ihr Delegierter ist und als solcher jedes Jahr eine Rede gegen die Abschaffung des Sklavenhandels in der französischen Deputiertenkammer hält, für welche Aufopferung er, nebenbei gesagt, 30 000 Jahresgehalt bezieht. Böse Zungen sagen, dass Herr Mauguin seine Kommittenten zu diesem Ankauf bewogen [habe], indem er ihnen erklärt: um die Interessen der Kolonien auf eine siegreiche Art wahren zu können, müsse er Minister sein, und um Minister zu werden, müsse er ein eigenes Journal haben, *ergo.*»

Das *Journal des Débats*, 1789 gegründet und 1799 von → Louis-François Bertin und Pierre Louis Bertin de Vaux als Kleinoktav mit dem Titel *Journal des Débats et décrets* versehen, berichtete von den Sitzungen der Nationalversammlung, erschien im Januar 1800 als Quartformat und hieß nun *Journal des Débats et lois du pouvoir législatif et des actes du gouvernement*, ehe es am 16. 7. 1805 auf Napoleons Befehl zu *Journal de l'empire* umbenannt werden musste (so bis zum 31. 3. 1814); Napoleon überwachte die Besetzung der Redakteursposten (1805: Fiévée, 1808: Étienne) und ließ hohe Gehälter an willfährige Autoren zahlen; zu dieser Zeit gehörten Féletz, Delalot, Guayrard, Maltebrun, Hoffmann und Duvicquet zur Redaktion; um 1800 war das Anzeigenfeuilleton in eine literarisch-kritische Kultur- und Unterhaltungsbeilage umgewandelt worden (→ Geoffroy); Bertin führte 1814 das Feuilleton mit Platz für Theater, Kunst und Literatur wieder ein und vergrößerte das Blatt auf Folioformat; jetzt hieß die Zeitung *Journal des Débats politiques et littéraires* und beanspruchte eine Art Kritikermonopol mit Duviquet, Béquet, Castil-Blaze und

→ Jules Janin; 1826 wurden für die *Débats* 14 000 Abonnenten gezählt; nach Louis François Bertins Tod leiteten dessen Söhne Armand und Édouard die Zeitung und machten aus ihr unter der Restauration ein Organ der konstitutionellen Opposition; man favorisierte gegenüber der Politik von Karl X. liberale Tendenzen, übte aber keine offene Kritik wie der → *National*; nach 1830 war es dem neuen System verbunden und wurde mit einer Auflage von 13 000 Exemplaren zu einer seiner festesten Stützen. → Gozlan beschreibt, wie in den 1830er-Jahren das Zusammenwirken von Presse und Buchhandel funktionierte: «Ein Verleger wusste im Voraus, dass ein Artikel in den *Débats* den Verkauf von 1500 Exemplaren bewirken konnte, ein Artikel im *Constitutionnel* 800 Exemplare, ein Artikel im *Courrier français* 400 Exemplare. Es gab kaum Irrtümer.» (*Balzac chez lui*, S. 270) Die *Blätter* nennen das *Journal des Débats* «eins der ältesten und verbreitetsten Blätter der ministeriellen Presse. Es war ursprünglich ein Organ ohne politische Farbe, welches sich lediglich darauf beschränkte, genauen Bericht über die Debatten der legislativen Versammlungen abzustatten», und zwar bereits im Revolutionsjahr 1789. Seit Mitte der 1820er-Jahre habe es eine politische Position eingenommen, allerdings mal gegen und mal für die Regierung, um nach der Julirevolution gemeinsame Sache zu machen «mit den Siegern der drei Tage [der Julirevolution], ohne jedoch seine alte Vorliebe für die verjagten Bourbons zu verheimlichen»; das Blatt sei «eine feste Stütze des Julithrons und der Dynastie Orléans» geworden. «Neuerdings scheinen die ehemaligen Saint-Simonisten sich des *Journal des Débats* bemächtigen zu wollen.»

Le Journal Général de l'instruction publique et des cours

scientifiques et littéraires, offizielles staatliches Verlautbarungsorgan, das von 1834 bis 1882 Bestand hatte.

Le Journal de Paris politique, commercial et littéraire, auch *Poste de Paris* oder *Poste du soir*, die erste französische Tageszeitung, gegründet 1777 nach dem Vorbild der *London Evening Post*; übernahm 1811 den *Courier de l'Europe*, wurde unter Karl X. offizielles Regierungsorgan; die letzte Ausgabe erschien 1840.

Journal des Savants («Zeitung der Gelehrten»), zunächst *Journal des sçavans*, gegründet von Denis de Sallo; erschien ab 1665 als erste wissenschaftliche Fachzeitschrift Europas; 1792 während der Französischen Revolution eingestellt, 1797 mit modifiziertem Titel, ab 1816 wieder regelmäßig unter dem Patronat des Institut des France, wobei sich der Schwerpunkt von der Wissenschaft zur Literatur verlagerte; Direktor bis 1838 war Pierre-Claude-François Daunou, danach Pierre-Antoine Lebrun.

Mercure de France, bereits 1672 als *Mercure galant* gegründet; 1807 fusioniert mit *La Revue philosophique* und 1825 eingestellt; ab 1835 erschien die Zeitschrift als Beilage, später als Sonderdruck der Zeitschrift → *Musée des Familles*; ab 1823 gab es neben dem *Mercure de France* noch den *Mercure du dix-neuvième siècle*, für den eine Reihe liberaler Autoren schrieb: Félix Bodin, Pierre François Tissot, Charles-Guillaume Étienne, Antoine Jay, → Henri de Latouche; unter dem neuen Eigentümer → Ladvocat hieß er *Mercure de France au dix-neuvième siècle*; unter Paul Lacroix und → Pichot wandte sich das Blatt verstärkt der Literatur zu.

Le Messager des Chambres, 1820 gegründet von Vicomte de Martignac, einem Ultraroyalisten, der sich gegen die Zensur unter der Julimonarchie wandte; 1827 wurde Jean-Baptiste Honoré Raymond Capefigue Herausgeber; Charles Rabou war Mitarbeiter, zu den Stenografen gehörten Hippolyte Prévost, Augustin Grosselin, Hippolyte Lamarche; 1840 wurde das Blatt von → Graf von Colonna-Walewski gekauft und überdauerte bis 1852.

La Minerve, dann *La Minerve française*, erschien als Tageszeitung von Februar 1818 bis März 1820 mit → Benjamin Constant und Pierre-Jean de Béranger als bekanntesten Redakteuren; wurde erst als bonapartistisch, dann als republikanisch angesehen und von der Zensur unterdrückt; gilt heute als literarische Zeitschrift der Liberalen.

Miroir des spectacles, des lettres, des mœurs et des arts, erschien von 15. 2. 1821 bis zum 24. 6. 1823 und zählte mit Étienne de Jouy, Antoine-Vincent Arnault, Louis-Marie Dupaty, Louis-Auguste-François Cauchois-Lemaire die Edelfedern des Parti libéral zu ihren Autoren; die als überaus niveauvoll und geistreich angesehene Zeitschrift diente der ersten Redaktion des → *Figaro* als Vorbild.

Le Moniteur universel, 1789 als *Gazette nationale* von Charles Joseph Panckoucke gegründet, hielt sich bis 1901; 1811 wurde der Untertitel *Moniteur universel* zum Haupttitel; erhielt 1834 das Recht des stenografierten Parlamentsberichts zugebilligt und brachte als offizielles Regierungsorgan unkommentierte Transkriptionen der Parlamentsdebatten; Themenbereiche waren neben *«Assemblée nationale»* Innen- und Außenpolitik, Verwaltung, Literatur, Wissenschaften, Künste sowie Anzeigen; folgte der jeweiligen Linie der Regierung, war also nacheinander monarchistisch, konstitutionell und kaiserlich.

La Muse française, erstmals erschienen am 28. 7. 1823, wurde von Alexandre Soumet und Émile Deschamps herausgegeben; Organ der jungen romantischen, monarchistischen, nationalistischen und katholischen Dichter in der Nachfolge → Chateaubriands, zu den Autoren gehörten → Hugo, de Vigny, Nodier und Sophie und Delphine Gay.

Le Musée des familles, mit dem Untertitel *Lectures du soir*, gegründet von → Émile de Girardin, erschien ab 1833 als eines der ersten illustrierten billigen Blätter; dem Herausgeber schwebte eine Art «populärer Louvre» vor, sein Blatt bespielte eine große Themenpalette, mied aber gesellschafts- und tagespolitische Inhalte; Mitarbeiter waren neben Balzac → Dumas, Gautier, Sue, Hugo und Jules Verne.

Le Nain jaune mit dem Untertitel *Journal des arts, des sciences et de la littérature*, erschien vom 15.12.1814 bis zum 15.7.1815 als satirische Zeitung mit gelegentlich einer kolorierten Karikatur und einer Auflage von 4000 Exemplaren; wandte sich gegen Monarchie und Wiener Kongress, unterstützte Napoleon während der 100 Tage und wurde unter der Restauration verboten; Nachfolger waren ein belgischer *Nain jaune réfugié* («Der geflüchtete gelbe Zwerg») und ein späterer *Nain tricolor* («Dreifarbzwerg»).

Le National erschien ab dem 3.1.1830 als Tageszeitung, gegründet von → Adolphe Thiers und → Armand Carrel als Oppositionsblatt gegen die Restauration, finanziell von → Laffitte, ideell von → Talleyrand unterstützt; setzte sich für eine parlamentarische Regierung unter einer konstitutionellen Monarchie ein. Die *Blätter* rechnen *Le National* zu den Zeitungen «der äußersten Opposition», dem zwei südfranzösische Chefs vorstünden (Thiers und François-Auguste-Marie Mignet), denen es im → *Constitutionnel* nicht mehr gefallen habe. «Sie verteidigten damals im *National* ungefähr die Grundsätze der jetzigen Linken, die wahren Prinzipien eines Repräsentativsystems nach dem Axiom: *Le roi règne et ne gouverne pas*, was Thiers im März 1830 entwickelte. [...] Die finanzielle Stellung des *National* unter Carrel war, wenn auch nicht glänzend, doch hinreichend, einen bedeutenden Kostenaufwand zu decken. Der Hauptredakteur hatte ein fixes Jahresgehalt von 12 000 Franc, außerdem 30 Sou für jedes Abonnementsexemplar und das Honorar für seine Beiträge, welches für ihn wie für alle übrigen Mitarbeiter 48 Franc für die Seite betrug. Der Tod Carrels schlug dem *National* eine gefährliche Wunde, woran er vielleicht verbluten wird.»

L'Oriflamme (als Ausdruck für das Banner der Bourbonen) war ein monarchistisches Blatt, erstmals erschienen am 16. 12. 1822 mit dem Titel *L'Oriflamme-Le Régulateur, journal politique et littéraire* als Wiederbelebung des *Régulateur*, der 1820 gegründet worden war; am 17. 7. 1824 erschien schließlich ein *Oriflamme, journal de littérature, des sciences et arts, d'histoire et des doctrines religieuses et monarchiques*.

Phalange s. *La Démocratie pacifique*.

La Presse, 1836 gegründet von → Émile de Girardin als politisch unabhängige, aber nicht oppositionelle Tageszeitung, in der der Werbeteil dieselbe Bedeutung hatte wie der redaktionelle Teil und die sich explizit von parteigebundenen Blättern distanzierte; mit dem durch Werbeanzeigen subventionierten Abonnementpreis von 40 Franc (statt der üblichen 80 Franc) erzielte man einen beachtlichen Anfangserfolg; hinzu kam die Idee des vorabpublizierten Fortsetzungsromans, als erster *La Vielle fille* von Balzac, ein Skandalerfolg; gegen Widerstände der Konkurrenz (→ Carrel) und mit Unterstützung des Bankiers Alexandre Dujarrier stieg die Auflage von gut 13 000 auf 63 000 Exemplare.

Punch, 1841 in London mit dem Untertitel *The*

London Charivari von Henry Mayhew und Ebenezer Landells gegründet; als eine Art Robert Macaire trat die Handpuppe Mr. Punch auf.

La Quotidienne, royalistisches Blatt seit 1790, von 1817 bis 1839 unter der Direktion des Historikers und Pamphletisten Joseph-François Michaud, in dessen Salon die feurigsten monarchistischen und ultramontanistischen Überzeugungen vorgetragen wurden, obwohl niemand mehr daran geglaubt habe, wie der Journalist Philarète Chasles schrieb; *La Quotidienne* fusionierte 1847 mit *La France* und *L'Écho français* zur ultraroyalistischen *L'Union monarchique.*

Le Réformateur, 1834 von → François-Vincent Raspail als republikanisches Oppositionsblatt gegründet. Die *Blätter* berichten, dass Raspail «unaufhörlich gegen die Regierung geschrieben und konspiriert hat. Im Jahr 1831 war er Präsident der Gesellschaft der Volksfreunde und figurierte als Haupträdelsführer in verschiedenen politischen Prozessen. Er besitzt eine unermessliche Eigenliebe, hasst jeden, der sich mit ihm auf gleiche Stufe stellt, kompromittiert Freund und Feind und hat die Manier, überall Spione zu wittern. Von den Fragen der höheren Politik versteht er wenig [...] die Septembergesetze zwangen den *Reformateur,* seine Segel zu streichen. Er hat gerade ein Jahr bestanden und in diesem Zeitraum 75 000 Franc an den Fiskus bezahlt; er zählte 3000 Abonnenten, welche hinreichend gewesen waren, seine Kosten zu bestreiten.» Einer der Mitarbeiter des *Reformateur* sei Ludwig Börne gewesen.

Le Réveil, journal des sciences, de la littérature, des mœurs, théâtres et beaux-arts, erschien vom 1.8.1822 bis zum 30.3.1823 und enthielt sich als Wissenschafts- und Kulturblatt weitgehend politischer Parteinahme.

Revue des Deux Mondes, recueil de la politique, de l'administration et des mœurs, liberale «Zeitschrift der zwei Welten, Sammlung aus Politik, Regierung und Sitten», gegründet von Prosper Mauroy und Pierre de Ségur-Dupeyron zur Beförderung des Ideenaustauschs zwischen Ländern, besonders zwischen Frankreich und Amerika, erschien erstmalig am 1.8.1829, ab 1830 mit dem Zusatz «der verschiedenen Völker der Erde oder: Geographische und historische Archive des 19. Jahrhunderts» im Titel; unter Direktor François Buloz publizierten dort außer Balzac → Dumas, Sand, Musset u.a.

Revue encyclopédique ou analyse raisonnée des productions les plus remarquables dans la littérature, les sciences et les arts, Monatszeitschrift, 1819 von Marc Antoine Jullien gegründet, erschien bis 1835; geschätzt für ihre wissenschaftliche Seriosität, war sie Nachfolger des *Magasin encyclopédique* (1795–1816) und der *Annales encyclopédiques* (1817–1818).

Revue de Paris, literarische Zeitschrift, 1829 gegründet von → Louis-Désiré Véron als Konkurrenz zur → *Revue des Deux Mondes*; Balzac publizierte hier, überwarf sich aber 1834 mit dem neuen Besitzer → François Buloz wegen ungenehmigter Weitergabe des Andrucks der *Lilie im Tal*; zu Balzacs Zeit wurden große Teile der *Revue* in Belgien als Raubdrucke vertrieben.

Le Siècle, Tageszeitung mit dem Untertitel *Journal politique, littéraire et d'économie sociale*, erschien gleichzeitig mit → *La Presse* ab dem 1.7.1836, vertrat die Linie der linken konstitutionellen Monarchisten und erzielte bald höhere Auflagen als → *La Presse*; Miteigentümer war → Odilon Barrot, zu den literarischen Autoren zählten → Nodier, Gozlan, Karr, Sandeau und Balzac; *Le Siècle* konnte seine Auflage von 11000 in 1837 auf 32000 in 1846 steigern, was einerseits der Werbung und dem niedrigen Abonnementpreis zu verdanken war, andererseits dem Umstand, dass *Le Siècle* in der Opposition blieb und republikanisch wurde.

La Tribune, auch *La Tribune des départements*, erschien ab dem 8.6.1829 und hielt sich bis zum 11.5.1835; die Ausrichtung war republikanisch und patriotisch, heftig im Ton gegen Karl X. und gegen die Julimonarchie; 1833 veröffentlichte *La Tribune* ein Manifest für eine streng demokratische (jakobinische) und soziale Republik und galt als Organ der Société des droits de l'homme (Gesellschaft für Menschenrechte), die an Bedeutung noch zunahm, nachdem die Société des amis du peuple (Gesellschaft der Volksfreunde) verschwunden war; unter der Last von 80 Prozessen zwischen 1830 und 1835, 17 Haftstrafen und insgesamt 159 000 Franc Geldbußen – bei einer Auflage von 733 Exemplaren (1831) – wurde das Blatt schließlich eingestellt. Die *Blätter* berichten von der *Tribune*, die aus dem Zusammenschluss verschiedener Zeitungen entstanden sei und deren Besitzer verschiedentlich wechselten, um dann ab der Julirevolution ihren endgültigen Namen zu erhalten. «Das Journal hieß von nun an kurzweg *Tribune* und stimmte sofort den leidenschaftlichsten Ton an; in seiner dritten Nummer beantragte es die Abschaffung des erblichen Königtums und die Einsetzung der Republik mit einem Diktator, welchem Programm sie bis zu ihrem Untergang im April 1834 treu blieb.» Die *Tribune* habe in ihren besten Zeiten eine verkaufte Auflage von 2000 Exemplaren erzielt. Die «*Redacteurs* verdienen wenig oder nichts; die Spalte wurde mit 20, 10, 5 Franc oder gar nicht honoriert und oft war kaum so viel Geld in der Kasse, um den armen Geschäftsführern in Sainte Pélagie [Haftanstalt im 5. Arrondissement] ihre 200 Franc monatlich auszuzahlen.»

EDITORISCHE NOTIZ

Wie im Nachwort dargelegt, hat auch Honoré de Balzac seine Texte gelegentlich durch Ausführlichkeit und Einbeziehung aller Umstände gefüllt. Im Schwung einer Polemik ist es natürlich, dass selbst entlegene Argumente und Beweise angeführt werden. Bei den Auslassungen in dieser Typologie der Journalisten, mit [...] gekennzeichnet, handelt es sich um Stellen, die allzu weit vom Thema fortlocken, die ein Vorbild parodieren, das uns heute fremd ist und darum nicht erkennbar wäre, oder deren Bezugspunkt sich uns nicht mehr erschließt. Die weiteren Texte, deren Anordnung der Chronologie folgt, verdeutlichen Balzacs Haltung sowie Stimmungen und Hintergründe, die sein Werk beeinflusst haben. Damit aber niemand meint, er sei um essenzielle Äußerungen Balzacs gebracht worden, haben wir die Auslassungen der *Typenlehre* auf einer Website für alle erreichbar gemacht: http://www.von-bitter.de/uebersetzungen/

Balzacs *Monographie de la presse parisienne*, die hiermit erstmalig auf Deutsch veröffentlicht und im Zusammenhang ihrer Entstehungsgeschichte vorgestellt wird, habe ich 1977 in einer Ausgabe des Verlegers Jean-Jacques Pauvert im Ramschverkauf der FNAC gefunden und für 5,40 Franc erworben. In derselben Buchreihe mit der ungewöhnlichen Titelgestaltung von Pierre Faucheux und mit dem Reihentitel *Libertés. La littérature de combat de tous les temps et de toutes tendances* («Freiheiten. Streitbare Texte aller Zeiten und Richtungen») sind auch Oskar Panizza, Karl Marx, André Breton, Stendhal, Voltaire, Pascal und Bertrand Russell erschienen, also engagierte oder polemische Texte. Seither wollte ich die *Monographie* übersetzen, habe das aber wegen der zahlreichen Namen heute unbekannter Größen und wegen des spezifischen Jargons insbesondere aus der Zeitungswelt nicht so schnell gekonnt. Und ein Verlag dafür wollte auch erst mal gefunden sein. Heute hilft das Internet, vergessene Personen zu identifizieren, die Originaltexte sind in gescannter Form einsehbar, und inzwischen erkenne ich Balzacs Typen im Habitus mancher Kollegen viel deutlicher als damals.

R. v. B.

INHALTSVERZEICHNIS

Diese Buchausgabe der *Manesse Bibliothek der Weltliteratur*
wurde von Greiner & Reichel in Köln
aus der Berthold Bembo gesetzt,
von Kösel GmbH in Altusried
auf FSC-zertifiziertem Papier
gedruckt und in Fadenheftung gebunden.
Den Umschlag gestaltete Cornelia Niere, München.
Printed in Germany 2016
ISBN 978-3-7175-2382-6

www.manesse.ch